Julia von Brencken

Mein Herz an deiner Seite

Julia von Brencken

Mein Herz an deiner Seite

Historische Liebesgeschichten

EUGEN SALZER-VERLAG HEILBRONN

© Eugen Salzer-Verlag, Heilbronn 1993
Alle Rechte vorbehalten
Umschlaggestaltung: Klaus Pohl, unter Verwendung
eines Gemäldes von Thomas Gainsborough (1727-1788)
Gesamtherstellung: Gutmann, Heilbronn
Printed in Germany · ISBN 3 7936 0321 0

Sag, guter Schäfer, diesem jungen Mann,
was Lieben heißt:
Es heißt, aus Seufzern ganz bestehen
und Tränen,
es heißt, aus Treue ganz bestehen
und Eifer,
es heißt, aus nichts bestehen als Phantasie,
aus nichts als Leidenschaft,
aus nichts als Wünschen,
ganz Anbetung, Ergebung und Gehorsam,
ganz Demut, ganz Geduld und Ungeduld,
ganz Reinheit, ganz Bewährung und ganz Hingabe.

William Shakespeare
Aus: Wie es euch gefällt (5. Akt, 2. Szene)

Die heimliche Hochzeit

Elisabeth Woodville und Eduard IV.
von England – 1461

Herbstlich bunt leuchtet der Wald von Whittleby, von fern klingen Jagdhorn und Geläut der Meute, dann Hufschlag auf moosigem Grund und alsbald Rufe der Männer im Sattel. Ein Dutzend sind es vielleicht, der König mit Freunden und Knechten bei der Hatz. Jetzt Knacken von Zweigen im Dickicht, Schleifen und Schlürfen im Gesträuch. Wo wird er ausbrechen, der stattliche Hirsch, dem König Eduard IV. von England seit Tagen auf der Spur ist? Dort? Oder dort? Oder ist es nur eine Rotte Schwarzwild, als Braten an königlicher Tafel nicht weniger willkommen? Schon hebt Eduard von York höchstselbst den Jagdspieß zum Wurf, da steht plötzlich eine Frau vor ihm. Unter dem verworrenen Geäst einer mächtigen einzelnen Eiche ist sie hervorgetreten, an der Hand je einen Knaben, blond wie sie selbst, dem Alter nach der Kinderstube grad entwachsen.

»Vergebung, Sire ...« beginnt die Frau und sieht freimütig zum König auf.

»Was zum Teufel!« Aus der Gruppe der Reiter hat Graf Warwick, Onkel des Königs und Reichskämmerer zugleich, blitzschnell sein Pferd zwischen Majestät und Bittstellerin gedrängt. »Was zum Teufel fällt Euch ein!« wiederholt er.

Doch der König hebt die Hand.

7

»Laßt gut sein, Warwick, ich will hören, was Mylady wünscht.«

›Mylady‹ hat er gesagt, also erkannt, daß die Dame von Stand ist. Doch als sie spricht, kann er kaum dem Sinn ihrer Worte folgen, so sehr fasziniert ihn das Bild ihrer Erscheinung. Sie ist schön, denkt er, sie ist wunderschön! Die schmale Gestalt im weitfallenden, braunsamtenen Kleid, hochgeschürzt der Busen unterm reich bestickten Brustlatz, fast hochmütig der Blick aus blauen Augen, kurzum eine Frau, die im Arm zu halten köstlich sein mußte! Einen Augenblick überließ sich Eduard ganz dieser Vorstellung, ehe er sich zwang, dem Vortrag der Dame seine Aufmerksamkeit zu schenken.

»Ich bin Elisabeth Woodville«, hörte er sie sagen, »Tochter von Graf Rivers und Witwe Lord Ferrers' von Groby...«

Lord Ferrers von Groby? König Eduard erinnerte sich gut an den Lord. Er hatte bei St. Albans für die Lancasters gegen die Yorks gekämpft und war dabei gefallen. Lancaster und York – die beiden Zweige der Familie Plantagenet, die nun so lange schon im sogenannten ›Rosenkrieg‹* um Englands Krone kämpften! Und Eduard war ein York. Er hatte Lord Ferrers von Groby mit der Acht belegt und alle seine Güter einziehen lassen.

»Ich flehe um Gnade, Sire«, rief jetzt die Witwe, »um

---

* Die Familien Lancaster und York, ursprünglich aus dem Hause Plantagenet, bekämpften sich in den Jahren 1455–1485 gegenseitig, um auf den englischen Thron zu gelangen. Da Wappen und Schild der Lancaster eine rote Rose zeigten, die der Yorks eine weiße Rose, nennt man diese innerenglischen Auseinandersetzungen die ›Rosenkriege‹.

meiner beiden Söhne willen, unschuldige Kinder noch, flehe ich um Nachsicht und Rückgabe ihres väterlichen Erbes...«

Mit sanfter Gebärde schob sie die beiden blonden Knaben einen Schritt auf den König zu und diese, gewiß dazu angehalten, hoben wie bittend die gefalteten Hände. Die Szene als solche hätte niemals das Herz Eduards von York gerührt, zumal der Ton, den Lady Elisabeth anschlug, weniger flehentlich klang, sondern überaus bestimmt, so als gäbe *sie* dem König Anweisung, was zu tun rechtens sei. Aber schon stand der König unter ihrem Bann, hatte Cupido seinen Pfeil auf ihn abgeschossen, war er unrettbar der schönen Lady verfallen.

»So, so, Ihr wünscht die Freigabe von Lord Ferrers' Erbe?« fragte Eduard nachdenklich, ohne den Blick von Lady Elisabeth zu nehmen, und erwog innerlich den Handel bereits frohlockend. Geb ich ihr die paar Dörfer, Wiesen und Äcker samt altem Gemäuer von Burg zurück, ist mir ihr Dank gewiß, und ich kann bestimmen, in welcher Münze sie ihn zu entrichten hat!

Laut gab er der Lady Bescheid: »Ich werde den Fall prüfen, Mylady«, sagte er und fügte möglichst gleichgültig an: »Sucht mich in Stony Stratford auf, wo ich zur Jagd weile. Sprecht nächste Woche vor, ehe ich nach London zurückkehre, oder besser...« schon wandte er sein Pferd und wollte ihm die Sporen geben, »...oder kommt übermorgen, und wir werden handelseinig!«

Davongaloppierend brachte Eduard es fertig, sich nicht mehr umzusehen. Übermorgen, übermorgen! hämmerte sein Herz im Takt der Hufe, übermorgen wird sie kommen, und übermorgen wird sie mir zu Willen sein!

Grafton Place war nicht gerade das, was man einen reichen Landsitz nennen könnte. Der Ort selbst umfaßte knapp hundert Seelen in geduckten Katen. Am Ende einer Allee von Krüppelweiden Zugbrücke, Torturm und Burghof. Drum herum Saal und Kammern im Geviert, zugig und schlecht beheizt. Hier lebten die Woodvilles, so der Familienname, denn nach englischem Brauch führte nur das Haupt der Familie den Titel eines Lords. Und da der einzige Reichtum der Woodvilles der Kinderreichtum war, mußten von den vier Brüdern drei sehen, wie sie anderweitig zu Ehren kamen. Bisher hatte von vier Schwestern allein Elisabeth einen Lord geheiratet, ihn aber samt Vermögen wieder verloren. Seither sann die Familie gemeinsam darauf, das Schicksal noch einmal günstig zu stimmen.

»Wo bleibt sie nur so lange?«
»Sie müßte längst zurück sein von der Audienz am Königshof.«
»So weit ist's doch nicht bis Stony Stratford.«
»Es dunkelt schon, und allerlei Gesindel treibt sich herum.«
»Wir hätten sie begleiten sollen, meine ich.«
So sorgten sich die Geschwister um Elisabeth, die gestern fortgeritten war, König Eduard erneut um Freigabe des beschlagnahmten Erbes zu bitten. Nach der Schwester Ausschau haltend drückten sich die Brüder

ihre Nasen an grünen Butzenscheiben platt, während die Mutter, Lady Rivers, sich mit den Töchtern im Hintergrund hielt.

»Ach was«, brummte jetzt beruhigend Lord Rivers, »sie reitet mit einem Dutzend bewaffneter Männer, die es mit jeder Bande von Robin Hoods aufnehmen!« Tatsächlich fand die Sagengestalt aus der Ballade derzeit eine ganze Anzahl realer Nachahmer, die ohne jeglichen Anspruch auf Edelmut die Wälder unsicher machten.

Der Ruf der Torwache erklang, und gleich darauf hörten sie Hufgetrappel auf der Zugbrücke. Den Reisigen voran ritt Lady Elisabeth auf ihrem Zelter in den Burghof ein. Um ihre Schultern hing ein Cape von Marderfellen, das blonde Haar lag in Flechten unter pelzverbrämter Haube. Ihr folgten auf zwei kräftigen Ponys ihre Söhne: Eduard, der Ältere, und Richard, nur wenig jünger. Voller Stolz führte jeder von ihnen ein neues, blankes Schwert an seiner Seite, das beim gestrigen Abritt noch nicht dort zu sehen gewesen war.

Kaum war Lady Elisabeth aus dem Sattel geglitten, wurde sie von Brüdern und Schwestern umringt und ins Haus geführt.

»Erzähle, Schwester, wie war es? Sprich, was hast du erreicht?« so stürmten alle auf sie ein, und auch der Vater drängte:

»Nun, mein Kind, bist du endlich wieder Herrin der Ferrers'schen Ländereien? Bist du erneut in deine Rechte eingesetzt?«

Elisabeth schien müde vom langen Ritt, und so winkte sie ermattet ab.

»Ja, Vater, ja... Seine Majestät geruhte, uns unseren

11

Besitz zurückzugeben, aber nicht mich setzte er in alle Rechte wieder ein, sondern Richard...«

»Richard?« wurde sie heftig unterbrochen, »warum nicht Eduard? Er ist der Ältere!«

»Eduard«, fuhr Elisabeth geduldig fort, »soll stattdessen zum Marquis von Dorset avancieren, sobald...«

Wieder wurde sie unterbrochen, so blieb im Dunkeln, welche Bedingung an die Erhöhung zum Marquis von Dorset geknüpft war. Stattdessen brachen die Wood-ville-Brüder in lauten Jubel aus.

»Hurra, fein hast du den König ausgenommen! Der alte Fuchs ist dir auf den Leim gegangen!«

Hatten sie erwartet, die Schwester würde in den schadenfrohen Jubel über Eduard von York mit ein-stimmen, so hatten sie sich geirrt. Stattdessen warf sie unwillig den Kopf auf.

»Weder alt ist er, noch ist er ein Fuchs!« rief sie bitter-böse, und war es eben noch Zorn gewesen, der in ihren Augen geblitzt hatte, so waren es plötzlich Tränen, die darin blinkten. »Er ist jung, der König, jünger noch, als ich es bin! Und schön ist er, von ebenmäßigem Antlitz und stolz an Wuchs! Und im Wesen ist er euch allen zehnfach über!«

Recht hatte sie. Eduard von York, kaum zwanzig Jahre alt, maß sechs Fuß und vier Zoll, und Chronisten seiner Zeit schildern ihn als *hochgewachsenen und stattlichen Prinzen mit Geschmack und Charme* und bescheinigen ihm an anderer Stelle: *Er war von angenehmem Wesen und sehr fürstlich anzusehen, von tapferem Herzen, klug im Rat, im Unglück nicht verlegen, im Glück eher dankbar als stolz, im Feld aber tapfer und kühn.*

Totenstille herrschte in der Halle von Grafton Place. Keiner der Woodvilles konnte sich den leidenschaftlichen Ausbruch der ältesten Schwester erklären. Nur die Mutter, Lady Rivers, trat vor und nahm Elisabeth bei der Hand.

»Komm, Kind, du wirst müde sein vom langen Ritt. Ich bringe dich auf deine Kammer.«

Die Magd, die sonst beim Ausziehen half, dem mühseligen Öffnen von Knoten und Knöpfen, wurde fortgeschickt.

»Geh, Mary, ich helfe Mylady heute selbst«, sagte Lady Rivers, entflocht der Tochter eigenhändig den langen blonden Zopf, wärmte Hemd und Federbett am offenen Kohlenbecken.

»So, Elisabeth, nun rede!« forderte sie dann die Tochter auf, »was ist geschehen in Stony Stratford? Du hast zwar das Erbe deines Mannes zurückgewonnen, aber mir scheint, du hast im Tausch dafür deinen kühlen Kopf verloren.«

»Ach, Mutter, es war alles so anders...« Seufzend streckte Elisabeth sich auf der Bettstatt aus.

»Man nennt den König einen Weiberhelden«, fuhr Lady Rivers unbeirrt fort, »er breche jede Blume am Wegesrand, sagt man. Hat er dich bedrängt, Elisabeth?«

»Nicht bedrängt, Mutter...«

Es war, als müsse sie sich erst selbst wieder besinnen. Wie war es doch in Stony Stratford gewesen?

Der König, umgeben von seinen Beratern und Justitiaren, allen voran Graf Warwick, hatte sie mit allen Ehren empfangen.

»Ich habe mich entschlossen«, verkündete er ohne große

13

Einleitung, »den Bann über den verstorbenen Lord Ferrers von Groby aufzuheben und seinen Besitz zur Erbfolge freizugeben, dergestalt, daß...«

Diesmal hatte Elisabeth alle Mühe, dem Sinn seiner Worte zu folgen. Wie weggeblasen waren ihr Stolz und ihre Sicherheit, an deren Stelle sie ein bisher ungekanntes Sehnen spürte. Sich diesem Mann dort auf dem Thron Englands ganz anzuvertrauen, ganz anheimzugeben, erschien ihr mit einem Mal als das einzig Erstrebenswerte.

Weiter sprach die Stimme, die sie fast physisch zu umschmeicheln schien.

»...daß dem Zweitgeborenen Titel und Ländereien zufallen, während dem Ältesten aus dem Hause Groby, meinem Namensvetter Eduard...«

Kaum hatte Elisabeth die juristischen Spitzfindigkeiten begriffen, die ihrer Familie eine höchst schmeichelhafte Standeserhöhung bringen sollten, wurde ihr auch schon die Rechnung präsentiert. Die Herren erhoben sich, und der König bedeutete Lady Ferrers, ihm in ein Nebengemach zu folgen.

Dort war bei romantischem Kerzenlicht für zwei Personen ein Mahl aufgedeckt, standen die köstlichsten Leckerbissen wie Krammetsvögel in Aspik, kaltes Roastbeaf, Zuckerbäckerwaren und kandierte Früchte zum Verzehr bereit, ohne daß es der Dienste von servierenden Dienern bedurft hätte. Eigenhändig goß der König roten Wein in die geschliffenen Gläser und reichte eines davon Lady Elisabeth.

»Nun, Mylady, ich hoffe Euch zufrieden zu sehen, aber auch dankbar Eurem Souverän gegenüber, der mit Ungeduld auf die Abstattung dieses Dankes wartet...«

Während König Eduard genießerisch den ersten Schluck des schweren Weines nahm, stellte Elisabeth ihr Glas, ohne getrunken zu haben, langsam wieder ab.

»Ich fürchte, Sire, ich verstehe Euer Majestät nicht ganz . . .«

»Ihr werdet gleich verstehen, meine wunderschöne, nun wieder reiche Lady Ferrers.« Damit suchte er seinen Arm um Elisabeth zu legen und sie gebieterisch an sich zu ziehen. Diese aber, wie aus einem Traum erwacht, konnte plötzlich wieder klar denken. So war das also! Für einen Federstrich, der sie in ihre Rechte einsetzte, sollte sie nun dem, der die Feder geführt, zu Willen sein. Alles fiel ihr ein, was man Eduard von York an nimmersatten Abenteuern nachsagte. Eine Liebesnacht bedeute ihm alles, die Frau, mit der er sie verbringe, nichts, so munkelte man über ihn. Nicht aber mit Elisabeth Woodville! Stolz und Hochmut kehrten mit einem Schlag zurück und verwandelten die vorübergehende Schwäche in lodernden Zorn. Hochaufgerichtet, schöner denn je, den Kopf ins Genick geworfen, stand sie da, die stahlblauen Augen fest auf ihren Souverän geheftet.

»Sollte ich Euer Majestät Absicht so zu deuten haben, wie sie Euer Majestät nicht zur Ehre gerät, bitte ich darum, mich augenblicklich zurückziehen zu dürfen!«

»Nicht so hastig, Lady Elisabeth«, suchte er sie aufzuhalten und schien sich des nächsten Trumpfes sicher, »noch sind meine Schreiber beschäftigt, die Dokumente auszufertigen, die mein gegebenes Wort besiegeln. Ihr werdet nicht gehen wollen, ohne mit Euch zu nehmen, worum Ihr gekommen seid. Also laßt uns die Wartezeit verkürzen mit dem, was Ihr als Witwe lang genug entbehren mußtet.« Lachend suchte der König erneut, sie an sich zu ziehen.

»Sire!« empörte sich Elisabeth, »ist Eure Gier das Siegel, verzichte ich auf mein verbrieftes Recht!«

»Ach, seid kein Spielverderber, Elisabeth!« wechselte Eduard von York den Tonfall seiner Werbung, »Ihr seid so schön, daß ich darauf brenne, Euch im Arm zu halten.«

»Lieber stieße ich mir ein Messer in die Brust!« brachte Lady Ferrer atemlos hervor und nestelte an ihrem Gewand. Zu des Königs Entsetzen hielt sie plötzlich in der Tat ein Messer in der Hand und setzte es gegen sich an. Unwillkürlich machte er einen Schritt zurück.

»Bin ich Euch denn so zuwider?«

»Keineswegs«, gestand Elisabeth ein, »ich sah im Gegenteil einen Mann voll Edelmut in Euch, von dem ich jetzt fürchte, daß er mich täuschte! Noch immer aber sehe ich Glieder von schönstem Ebenmaß, ein Gesicht von edlen Zügen, Augen von jugendlichem Feuer, kurz einen Mann, den zu lieben ich in großer Versuchung war, Sire, dem aber ehrlos mich hinzugeben ich niemals einwilligen würde, trägt er auch die Krone Englands auf dem Kopf!«

»Aber Lady Elisabeth . . .« setzte Eduard völlig verwirrt eben wieder an, als ihm gemeldet wurde, die Schreiber seien mit der Arbeit fertig, die Dokumente zur Auslieferung bereit. Wortlos überreichte sie der König, wortlos nahm die Lady sie entgegen und wortlos sank sie in gebührende Reverenz. Diener öffneten Lady Elisabeth die Tür und schlossen sie wieder hinter ihr. Reglos blieb der König allein im verschwiegenen Gemach.

Plötzlich aber, in blinder Wut, fegte er den Ellenbogen über den Tisch, gingen Krammetsvögel und kandierte Früchte zu Boden, ergoß sich der rote Wein über schneeig weißen Damast.

»Verflucht!« stöhnte Eduard von England, »verflucht diese Frau! Was fällt ihr ein, mir zu trotzen!«

Vor bleigefaßten Fensterscheiben tanzen Schneeflokken, drinnen in steinerner Halle prasselndes Kaminfeuer. Am großen Eichentisch sitzt der junge König, die Schreibfeder in der Hand, und zögert, sie zu benutzen.

»Mein Gott, Warwick«, seufzt Eduard IV., »zwölf Todesurteile? Zwölf Leben zu Richtbeil und Strang verurteilt? Und das durch meine Unterschrift?«

»Es muß sein, Majestät!« Warwick schüttelt bedauernd den Kopf. Sein Bedauern gilt weniger den Konspiranten gegen die Krone als dem König. Eduard, in der Schlacht als mutig bekannt, scheut den Kampf von Mann zu Mann nicht, das Amt als oberster Richter des Landes aber liegt schwer auf seinen Schultern. Die Feder kratzt, als er endlich zwölfmal seinen Namen schreibt. Nochmals seufzend lehnt Eduard sich zurück, aber noch ist sein Reichskämmerer nicht am Ende.

»Erneut muß ich Euer Majestät darauf hinweisen«, doziert Warwick streng, »daß es an der Zeit ist, eine Königin für England zu suchen.«

»Eine Königin...?« fragt York unaufmerksam zurück. Er ist mit seinen Gedanken längst wieder weit fort, dort, wo sie in letzter Zeit fast immer weilten! In einer Waldlichtung nahe Whittleby, bei einer einzeln stehen-

den Eiche, unter deren Geäst eine Frau ihm entgegen-
tritt, blond, hochgewachsen und doch von zarter Gestalt, bittend und doch von unbeugsamem Stolz. Seit
Monaten geht ihm dies Bild nicht mehr aus dem Sinn,
Tag für Tag gaukelt es ihm lächelnd und lockend vor
Augen, Nacht für Nacht sehnt er sich danach, es zu
fassen, ja für immer zu halten.

»Ja, Majestät, eine Königin! Majestät sollten heiraten!«
Warwicks Worte rütteln den König auf. Heiraten?
Wäre das die Lösung? Doch die Überlegungen des
Onkels nehmen ganz andere Wege.

»Ich könnte dieserhalb Boten nach Spanien schicken,
Majestät! Isabella von Kastilien, die Schwester des Königs, ist allerdings erst dreizehn Jahre alt, aber sie hat ein
bedeutendes Erbe zu erwarten. Andererseits macht
Frankreich sich anheischig und bietet die Hand der
königlichen Schwägerin Bona von Savoyen zum
Bund... Eduard, hört Ihr mir überhaupt zu?«

»Ja, Onkel, ja!« wehrt Eduard ungeduldig ab, »schickt
meinetwegen Boten wohin Ihr nur wollt, zum Himmel oder zur Hölle, aber laßt mich in Frieden damit!«

»Aber, Majestät!« fährt Warwick auf. »Ich habe nichts
als das Wohl Englands im Auge, und auf gleiches bedacht zu sein, muß ich Euer Majestät auf das ener-
gischste mahnen!«

Gekränkt wendet er sich ab und verläßt, eine Mappe
mit zwölf Todesurteilen unterm Arm, den Saal. Gei-
stesabwesend, mit einem Lächeln auf den Lippen,
bleibt Eduard zurück. Heiraten, tönt es in seiner Seele,
heiraten – das ist die Lösung!

Sobald der erste Hauch von Frühling zu ahnen war, gab König Eduard IV. ein großes Fest. Turnier und Kampfspiel waren angesagt, zu dem der Adel des Landes geladen war, auch Lord Rivers mit seinen Söhnen und Töchtern. Tribünen wurden errichtet, bunte Banner und seidene Wimpel flatterten allerorten, Würste und Speckseiten hingen im Rauchfang, ganze Ochsen drehten sich am Spieß, Fässer voll Wein und Humpen von Bier standen bereit.

Fanfaren und Trompeten begrüßten den Tag, und die Gäste strömten herbei. Zu Pferd und zu Wagen, mit ihren Knappen und Dienern kamen sie in die City von London, sich im Zweikampf zu messen, einen Favoriten anzufeuern oder einfach dabei zu sein.

Der König gab seinen Dienern einen Wink, nach Lady Ferrers von Groby Ausschau zu halten, und wie erstaunt war diese, als sie vernahm:

»Seine Majestät bittet Eure Ladyschaft, in seiner Loge sein Gast zu sein!«

Längst, so hatte sie geglaubt, war sie aus des Königs Gunst, ja aus seinem Gedächtnis gelöscht.

Als Elisabeth Woodville dann vor Eduard in eine tiefe Reverenz versank und er, ihr die Hand reichend, den Sitz an seiner Seite anbot, wurden beide vom Charme und Liebreiz des anderen erneut ergriffen.

Welch ein Mann ist er doch, dachte sie.

Wie schön sie ist, tausendmal schöner, als die Erinnerung sie mir spiegelte! Und laut sagte er:

»Nehmt Platz, Mylady, und erfreut Eure Augen am ritterlichen Spiel! Euer Ohr aber leiht mir, ich habe Euch viel zu sagen!«

»Majestät...« hauchte Elisabeth und raffte ihr weißes

Kleid, zu dem sie einen scharlachroten Schal um die Schultern trug, »Majestät haben allen Grund, mir noch zu zürnen, aber . . .«

»Nichts dergleichen, Lady Elisabeth! Hört mir nur zu . . .«

Letzteres war eben jetzt nicht leicht, da ein Fanfarensignal den Beginn der Kämpfe ansagte, der König den Rittern seinen Gruß entbieten mußte, und gleich drauf die ersten Rivalen auf ihren schweren Rössern mit eingelegter Lanze einander berannten. Lauter Jubel, als es den einen aus dem Sattel hob und er zu Fuß, die Streitaxt schwingend, weiterkämpfte. Mitten in diesen Jubel hinein hörte Elisabeth den König, der sich nahe zu ihr beugte, sagen:

»Ich kann ohne Euch nicht mehr leben, Mylady! Wärt Ihr bereit, meine Königin zu sein?«

Das waren genau die Worte, die sie sich in tausend Gebeten vom Himmel erfleht, aber niemals die Hoffnung hatte, sie wirklich zu hören. So war sie denn, wie ebenfalls tausendfach in geheimer Phantasie geprobt, sofort zur Antwort bereit.

»Eure Königin und Eure Dienerin, Sire, wenn die Kirche den Bund segnet . . .«

Ein Strahlen ging über das Gesicht Eduard von Yorks, und den Lärm von Hieben gegen eiserne Rüstungen übertonend, rief er:

»Verdammt, dann soll es sein!« Weit leiser erklärte er Elisabeth dann seinen Plan: »Erwartet mich den dritten Tag von heute zur Abenddämmerung in der Kapelle von Grafton Village, sorgt für einen verschwiegenen Priester und zwei Zeugen! Noch müssen wir die Welt täuschen, denn ein König hat nicht nach seinem Herzen zu heiraten. Ich hatte die Wahl zwischen Spanien und Frankreich, und jetzt will man mir gar die schottische Witwe aufschwatzen.«

Als sprächen sie nur vom Wetter, das sonnig den Festtag beschien, winkte König Eduard grüßend in die Runde und grüßte auch Warwick, der drei Reihen unter ihm saß. Finster blickte dieser zum königlichen Neffen herauf.

Was hat er sich die Woodville in die Loge geholt und macht ihr schöne Augen vor aller Welt, so sorgte sich der Reichskämmerer, doch beschwichtigte sich zugleich: Ach, er wird sich mit ihr vergnügen wie mit so vielen schon und sie dann vergessen wie alle zuvor!«

Was weiter in der Königsloge geflüstert wurde, wenn es auch aussah wie obenhin gesprochen, war die zärtlichste Versicherung gegenseitiger Liebe und Sehnsucht und die Bitte Elisabeths, einzig von der Familie die Mutter einweihen zu dürfen.

»Sie ist mir ganz vertraut und wird uns nicht verraten.«

»Nun gut, Lady Rivers mag der Hochzeit beiwohnen, kann sie uns doch auch zu heimlichem Brautgemach verhelfen, denke ich.«

Abgemacht wurde, daß schon kommenden Tags König Eduard zu längerer Jagd nach Stony Stratford aufbrechen solle, er sich in jener Nacht dann allein im Wald ›verirren‹ und bei den Woodvilles auf Schloß Grafton um Unterkunft bitten solle, während Elisabeth, ihm dann längst angetraut, unter Protektion der Mutter sein Lager teilen konnte.

Das Fest ging lärmend und fröhlich zu Ende, viel Blut war geflossen, viel Ehre eingeheimst. Man beklagte einen Toten, und an zerhauenen und zerstochenen Gliedern hatte der Wundarzt noch lange zu tun. Aber es war ein Tag ganz nach dem Geschmack der Zeit.

Dem Priester, der am 1. Mai 1464 zu später Stunde den Brautleuten die Hände ineinanderlegte und seinen Segen darüber sprach, kam manches seltsam vor. Zum einen wollte der Bräutigam seinen Namen nicht nennen, zum anderen war die Braut, obwohl vom nahen Schloß, nur von der Mutter und einer Magd begleitet, und hatte man als weiteren Zeugen einen Hirten vom Feld hereingeholt, wie auch ihn, den Priester selbst, nicht aus dem Dorf bestellt, sondern von weither aus einsamer Klause geholt. Ein paar Goldstücke aber und das glückstrahlende Gesicht der Braut beschwichtigte sein Gewissen, und so wunderte ihn auch nicht, daß Braut und Brautmutter allein den Weg zum Schloß hinauf nahmen, während der Bräutigam auf prächtig gezäumtem Rappen dem nahen Wald zugaloppierte.

»Darf ich Euer Majestät noch einmal mit der Angelegenheit Schottland behelligen!« Graf Warwick trug damit seinem Herrn keineswegs eine Frage vor, sondern einen äußerst dringenden Appell. »Die Boten der Stuart-Witwe warten seit Wochen auf eine Entscheidung Eurer Majestät!«
Eduard von York fuhr spielerisch mit der Reitgerte durch die Luft und nickte Warwick gönnerhaft zu.
»Bemüht Euch nicht weiter, Oheim, ich bin bereits verheiratet!«
»Was seid Ihr?« fuhr der Graf auf und glaubte, nicht recht gehört zu haben.

»Ich habe bereits eine Königin, Warwick, und damit Ihr mir glaubt, seht her!« Eduard öffnete eine Tür zum Nebenraum, und herein kam Elisabeth Woodville, begleitet von zwei Ehrenfräulein, den unverkennbaren Abglanz ihres Glücks auf geröteten Wangen.

»Die erste Königin Englands von einheimischem Blut!« rief Eduard stolz aus, »das wird mir die Liebe des Volkes einbringen!«

»Nicht weniger als ein Thronfolger von rein englischem Blut«, fügte Elisabeth an und strich sich verschämt über den Leib. Es war immerhin unterdessen Sommer geworden.

Warwick wußte, wann er verloren hatte. Adieu Schottland, adieu Savoyen, adieu Spanien!

»Ich werde die Vorbereitungen zur Huldigung durch die Lords und zur Krönung Ihrer Majestät treffen«, schloß er für sich den Fall ab.

Zwanzig glückliche Jahre blieben den beiden Liebenden, ehe Eduard IV. an einer Blinddarmentzündung verstarb. Die Thronfolge aber ging an keines der zehn Kinder Elisabeths über. Sie wurde von Eduards Bruder auf das heftigste bestritten, der selbst als Richard III. den Thron bestieg.

Von ihm sagt Shakespeare:

Der bucklige Richard, bei dessen Anblick die Hunde heulen,
mit Zähnen im Mund geboren, zum Zeichen, daß er kam,
die Welt zu beißen ...

Es heiratet mancher ein braves Weib

Isabella Brant und Peter Paul Rubens – 1608

*Denke Dir, ich habe mich verlobt! Sie heißt Marie und ist
die Schwägerin unseres Ratsherrn Jan Brant. Ach, welch
braves Weib, sag ich Dir, und zu allem begabt, was eine
Haushaltung bedarf!*

So schrieb Philip Rubens zu Beginn des Jahres 1608 an
seinen Bruder Peter Paul, der den Brief kopfschüttelnd
las. Da heiratet mancher ein *»braves Weib«*, das ihm
kocht und Kinder kriegt, dachte er, aber nicht so ich!
Ihm, dem Hofmaler des Herzogs von Mantua, stand
Höheres an. Sollte er je eine Frau zum Altar führen, so
mußte diese zumindest von Rang sein, ging doch das
Gerücht, daß auch er, Peter Paul Rubens, Sohn aus
einer Affäre seines Vaters mit einer Prinzessin von Ora-
nien sei und Frau Rubens, gutmütig wie sie war, sich
nur zu der Rolle einer Ziehmutter hergegeben habe.
So sollte also seine künftige Frau, dachte Peter Paul
weiter, die Hauswirtschaft den Mägden überlassen, es
stattdessen verstehen zu parlieren und zu parieren,
wenn es galt, Gespräche an großer Tafel zu führen. Sie
mußte schön sein, vor Gesundheit strotzen, sich zu
kleiden verstehen und natürlich auch ein Stück Geld
mit in die Ehe bringen.

Vor allem aber sollte sie von Kunst etwas verstehen,
damit sie seine Malerei beurteilen konnte und zu schätzen wußte, was er darin leistete.

So in Gedanken an das Ideal einer Gattin versunken,

überflog er die weiteren Zeilen des brüderlichen Briefes nur noch flüchtig.

Du erinnerst dich sicher noch an Isabella, Jan Brants Tochter? Sie ist unterdessen zu einer blühenden Jungfrau geworden, die ich künftig werde Nichte nennen können.

Ja, an Isabella erinnerte er sich gut, ein liebes kleines Ding von etwa neun Jahren, verträumte Augen, das Haar straff unter einem Leinenhäubchen, hinter Mieder und Brustlatz ein magerer Kinderkörper. Als blühende Jungfrau jedoch konnte er sich Isabella nie und nimmer vorstellen. Wieder aufmerksamer las Peter Paul dann die letzten Zeilen.

Wir erwarten Dich natürlich zur Hochzeit, lieber Bruder, sie soll genau übers Jahr gefeiert werden.

Plötzlich überkam den Dreißigjährigen ein Gefühl der Unruhe und Beklemmung, ein Brennen in den Augen, ein Ziehen in der Herzgegend. Es brauchte eine Weile, bis er begriff, was es war: Heimweh. Vor sieben Jahren hatte er seine Heimatstadt Antwerpen verlassen, war von Stadt zu Stadt gezogen, von Land zu Land, hatte Auftrag nach Auftrag eingeheimst und ausgeführt und war dabei die Leiter des Erfolges emporgestiegen zum hochgelobten und anerkannten Kunstmaler der ersten Garde. Und jetzt sehnte er sich mit aller Macht zurück in das wohnliche Haus in der Klostergasse zu Antwerpen.

Peter Paul Rubens faltete den Brief zusammen und nahm stattdessen den Pinsel zur Hand, um das Gewand des heiligen Gregor weiterzumalen. Wunderbar faltete sich der Stoff, fühlte man förmlich Wolle und Leinen. Am besten aber gelang Rubens stets das menschliche Fleisch darzustellen. Man sagte von ihm, er habe wohl Blut unter die Farbe gemischt, so lebendig und natürlich wirke es.

Noch den ganzen Winter malte Peter in seiner Werkstatt zu Rom am heiligen Gregor, umgeben von weiteren Heiligen. Das Bild war ein Auftrag der Bruderschaft der Oratorianer und bestimmt für deren Kirche Santa Maria in Valicelle. Dreitausendzweihundert Dukaten sollte es bringen, wenn es gefiel. Und darüber, ob ein Bild von Rubens gefiel, gab es keine Zweifel mehr. Viel früher als für das Fest vorgesehen, nahm Peter Paul Rubens dann im nächsten Jahr Urlaub von seinem Herzog und machte sich zu Pferd auf die Reise nach Hause.

Obwohl er sich beeilte und das Pferd nicht schonte, dauerte es fast zwei Wochen, bis Rubens Antwerpen erreichte. Sobald er sich auf flandrischem Boden befand, dachte er sorgenvoll an das Schicksal seines Vaterlandes, das noch immer unter spanischer Oberhoheit stand.

»Wenn es nur keinen Krieg gibt!« seufzte er und lenkte sein Pferd in die Straßen der Stadt. Hier war ein Haus abgerissen, dort eins neu erbaut, aber das Elternhaus in der Klostergasse stand unverändert. Kaum zog Peter Paul die Glocke, wurde die Tür aufgerissen, und die Gebrüder Rubens lagen sich in den Armen.

»Ich kann es kaum erwarten, Peter, dich mit zu den Brants zu nehmen«, gestand Philip alsbald, und so wurde ein Besuch im Haus des Ratsherrn bereits für den nächsten Tag vereinbart.

»In meiner Marie kannst du das hübscheste Mädchen Flanderns sehen«, schwärmte er anderntags auf dem Weg dorthin, »aber neugierig bin ich, wie du Isabella finden wirst.«

»Du willst dir wohl einen Kuppelpelz verdienen?« lachte der Jüngere der beiden Brüder.

Die Magd der Brants nahm ihnen die hohen schwarzen Hüte ab und geleitete sie ins dunkel getäfelte Wohnzimmer, wo die ganze Familie Brant sie erwartete. Der Ratsherr im gepolsterten Wams und spanischer Krause, die Damen in ihren steifen Kleidern mit breitem Kräuselkragen und engen goldgewirkten Kappen über glattgekämmtem Haar.

Die Begrüßung begann steif und gehemmt, bis die Erzählungen des weitgereisten Rubens die Stimmung auflockerten.

»Ah, Rom, welch eine Stadt!« begeisterte er sich, »Ihr müßt es einfach gesehen haben! Die Kuppeln von Sankt Peter, die vatikanischen Gärten! Aber wieviel mehr noch die erhabenen Zeugen des Altertums!«

Brant bekannte, daß er schon in Rom gewesen, ja sogar den Papst besucht habe, seinerzeit noch Gregor XIII.

Beim opulenten Frühstück dann ging es richtig lebhaft zu.

»Auf deine Heimkehr, Peter!« rief der Ratsherr und hob seinen Humpen schäumenden Biers.

»Ich danke dir, Brant, und würde dir gern Bescheid tun«, erwiderte der Maler, »aber ich rühre kein alkoholisches Getränk an.« Das paßte zu seinen sonstigen Gewohnheiten wie dem frühen Aufstehen am Morgen und dem Bienenfleiß, den er an den Tag legte.

»An Peter sollten sich alle Männer ein Beispiel nehmen!« warf Frau Brant ein, worauf der Ratsherr lachend vor dem Joch der Ehe warnte.

»Dein Bruder, Peter, ist ja schon verloren, aber dir sag' ich: jung gefreit, spät gereut!«

Bei alledem verhielt sich nur eine zurückhaltend, und das war Isabella Brant. Rubens streifte sie gelegentlich mit einem Blick, konnte aber nichts an ihr finden, das seine Aufmerksamkeit länger als zwei Sekunden in Anspruch genommen hätte, nichts von jener strahlenden Schönheit, die er sich als Ziel seiner Wahl gesetzt hatte, keinerlei Geschick, ein Gespräch zu beleben, dabei eine Bescheidenheit, die an Gehemmtheit grenzte.

Der Ratsherr verabschiedete die Brüder auf das herzlichste.

»Philip gehört ja schon zur Familie«, sagte er, »aber du, Peter, sollst dich von nun an ebenso bei uns zu Hause fühlen!«

Rubens überhörte geflissentlich die versteckte Absicht. Aber kaum auf der Straße, überfiel Philip ihn ebenfalls.

»Nun, Peter, wie gefällt dir Isabella?«

»Isabella?« Rubens schien sich erst zu besinnen, »nun lieb und nett, etwas still vielleicht.« Das Urteil kam betont gleichgültig. Und richtig verschwendete Peter Paul Rubens an diesem Tag keinen weiteren Gedanken an Isabella Brant.

Das Datum der Hochzeit von Philip und Marie, der 26. Februar 1609, war endlich da. Beim glänzenden Festschmaus fand Rubens, wie konnte es anders sein, Isabella Brant zu seiner Rechten. Er schenkte ihr außer einer kurzen familiären Begrüßung kaum Beachtung.

Der Tisch war prächtig geschmückt und gedeckt. Blumenbouquets wechselten mit silbernen Tafelaufsätzen.

Rubens trank trotz der angebotenen Weine nur einen Becher klaren Wassers und aß mäßig von den üppigen Speisen. Die Gilde der Maler hatte ihre Lehrbuben zum Servieren der Süßspeisen und Kuchen geschickt. Einer von ihnen in rotem Wams und grünem Barett, bot eben aus kristallner Schale Konfekt an.

»Seht nur, was für ein hübscher Knabe!« hörte Rubens seine Tischnachbarin ausrufen, und als er sich umwandte, mußte auch er zugeben, daß es sich bei dem etwa zehnjährigen Jungen um ein ganz besonders wohlgelungenes Menschenkind handelte.

»Bei welchem Meister lernst du?« fragte er den Jungen mehr aus Höflichkeit denn aus Interesse.

»Bei Meister van Balen«, gab der Junge zur Antwort.

»Und wie ist dein Name?«

»Anton, zu dienen, Anton van Dyck.«

»So, so ... van Dyck...« Rubens wußte nur, daß es einen reichen, sehr vornehmen Großkaufmann dieses Namens in der Stadt gab. »Nun lauf, Anton, am anderen Ende der Tafel wird nach Konfekt verlangt!«

Isabella sah dem Jungen versonnen nach.

»Ein wahres Engelsgesicht«, sagte sie in einem so andächtigen Ton, daß Rubens unwillkürlich aufhorchte.

»Liebt Ihr Kinder so sehr?« Zwischen Isabella und Rubens war es noch nicht zum familiären Du gekommen, wie es die ältere Generation wegen gemeinsam verbrachter Kindheit unwillkürlich tauschte.

»Kinder?« fuhr Isabella auf, »ich bete sie an! Wenn ich

ein Kind sehe, fürchte ich immer, daß mir die Tränen kommen, so ergreift mich sein Anblick.« Der Anblick aber, den sie selber während ihrer Worte bot, war ein so veränderter, daß Rubens' Malerauge wie gebannt auf ihr ruhte. Das an sich nichtssagende Gesicht verklärte sich in eigenartiger Schönheit, strahlte und leuchtete, solange Isabella dem Jungen nachblickte. Dann fiel es ebenso plötzlich wieder zu blasser Pausbäckigkeit zusammen.

Seltsam, bei seiner recht genauen Vorstellung von Heirat und Ehe, hatte Rubens niemals an Kinder gedacht. Aber Kinder gehörten ja wohl dazu und wenn je eine ihm zur Mutterschaft geeignet erschien, so war es Isabella Brant.

Von nun an begann Peter Paul Rubens ohne jede Emotion Isabella Brant auf Herz und Nieren zu prüfen. Er wollte herausfinden, ob vielleicht in der Tiefe ihres Gemütes sich ein ungehobener Schatz befände, den zu heben sich lohne.

»Kommt mich doch einmal in meiner Werkstatt besuchen«, forderte er sie auf, während sie noch an der Hochzeitstafel saßen. Ihre Reaktion auf seine Arbeit zu kennen, schien ihm der wichtigste Punkt. Eine Frau, die einen Künstler heiratet, so sagte sich Rubens, muß mit der dämonischen Besessenheit ihres Lebensgefährten rechnen und damit zufrieden sein, daß sie neben seiner Kunst stets nur den zweiten Platz einnehmen wird. Andererseits wieder durfte sie keine Sklavin oder seelenlose Magd sein, denn der Künstler fordert Verständnis und Einfühlung an seiner Seite, auch Sachkenntnis und zieht sogar Kritik jedem Mangel an Interesse vor.

Seiner Einladung in die Werkstatt folgte Isabella bereits

nach kurzer Zeit, züchtig in Begleitung ihrer Mutter. Rubens hatte gerade zwei Bilder fertiggestellt, den »Englischen Gruß« für die jesuitische Bruderschaft und die »Madonna mit dem Jesukind« für den erzherzoglichen Hof in Brüssel. Einen dritten Auftrag, »Die Anbetung der Heiligen Drei Könige« für den Antwerpener Ratssaal hatte er gerade in Arbeit genommen.

»Nun, welches von den drei Bildern gefällt Euch am besten?« begann Rubens die Unterhaltung, die mehr einem Verhör glich.

»Beschämt mich nicht, Rubens! Ich verstehe wenig von diesen Dingen und müßte Euch als berufenen Mittler anrufen, mir Eure Kunst ausführlich zu erklären.«

Die Antwort gefiel dem Maler, sie enthielt weder Schmeichelei noch gab sie überlegenes Wissen vor.

»Auf welches Bild aber würde Eure persönliche Wahl fallen?« drängte Rubens dennoch weiter.

»Oh, das ist etwas anderes«, rief Isabella, und wieder war da dieser Schimmer von Begeisterung, der ihr Gesicht leuchten machte. »Ich bin ja eine Kindernärrin, wie Ihr unterdessen wißt, und auf zweien dieser Bilder habt Ihr das Jesuskind so lebendig dargestellt, daß ich es gleich in die Arme schließen möchte . . . «

Das war nun einmal ein Lob seiner Malkunst nicht aus Technik und Intellekt, sondern aus jener Mischung von Gefühl und Realität, die Isabellas ganzes Wesen auszumachen schien.

Beim weiteren Frage- und Antwort-Spiel, das die nächsten Wochen füllte, war sich Rubens nie im klaren, ob das Mädchen seine Absichten durchschaute, ob sie unbefangen sein Spiel mitmachte oder gar ihren Antworten eine eigene Absicht unterlegte.

»Habt Ihr diesen Kuchen selbst gebacken, Isabella?«

»Backen ist meine Leidenschaft! Ihr solltet meine Pasteten einmal kosten!«

Rubens erschien jetzt öfter im Hause Brant. Isabella fand er dann über eine Stickerei gebeugt, die ihm Häuslichkeit signalisierte, oder über einem guten Buch, wie beispielsweise einer Übersetzung Ciceros.

»O tempora o mores!« zitierte Rubens hocherfreut, obwohl Isabella sofort gestand, Latein nicht zu verstehen.

»Vater hat mir viel aus römischer wie auch aus griechischer Kultur vermittelt, und Cicero nennt man ja wohl die Klammer um beiderlei Kultur.«

Ein Band Dantischer Verse lag aufgeschlagen auf dem Tisch, in Saffian gebunden und mit Goldschnitt versehen.

»Welch wertvoller Band«, staunte Peter, »da müßt Ihr einen Batzen Geld dafür ausgegeben haben.« Auch das war auf dem Prüfstein vermerkt, und die Antwort fiel befriedigend aus.

»Da habt Ihr recht«, lachte Isabella verschmitzt, »gewöhnlich lege ich Groschen auf Groschen, aber bei schönen und seltenen Dingen kann ich schon mal einen Taler springen lassen.«

Sie war also sparsam, aber nicht knauserig, obwohl dies bei anderer Gelegenheit Rubens zu bezweifeln hatte.

Ein Bettler war ihnen in den Weg getreten als sie eben zu einem Spaziergang gemeinsam das Haus verließen.

»Bitte, mein Fräulein, habt Erbarmen! Nur eine kleine Gabe!«

Isabella, ohne die Börse zu ziehen oder einen Blick auf ihn zu werfen, ging an dem Bettler vorüber.

»Nun, Isabella, habt Ihr kein Mitleid mit den Armen?«
fragte Rubens, dem das Verhalten nicht in das Bild
paßte, das er sich bis jetzt von Isabella Brant gemacht
hatte.

»Wenn ich mein Mitleid unter alle aufteile, die dessen
bedürfen, so hat keiner etwas davon«, war die vernünf-
tige Antwort, »es gibt ein Dutzend, die ich meine
Bettler nenne und die sich regelmäßig holen, was ich
vom Taschengeld entbehren kann. Sie genießen das
Recht der Gewohnheit, das ihnen die Schmach erspart,
Almosen zu empfangen.«

Ihre Theorie versetzte Peter Paul in Entzücken. Gibt es
denn keinen einzigen Fehler an diesem Frauenzimmer,
fragte er sich und schloß das Examen im stillen ein für
alle Mal ab.

Schon im Frühjahr hatte sich Rubens in Brüssel um die
Stelle eines erzherzoglichen Hofmalers beworben und
eben jetzt traf die offizielle Ernennung ein.

»Ich glaube, es wird Zeit, daß wir das Hochzeitsdatum
festsetzen«, sagte der Habsburger Hofmaler Rubens
laut, als im Brant'schen Hause alle beieinander saßen.

Nur eine Sekunde herrschte atemlose Stille, hielt die
ganze Familie den Atem an. Frau Brant faßte sich als
erste.

»Ihr solltet am besten Anfang Oktober heiraten, meine
ich«, sagte sie in möglichst unbefangenem Ton. »So
lange wird es brauchen, euch ein Heim einzurichten.«

Das weitere Gespräch befaßte sich dann mit Politik und
dem bevorstehenden Ende des Waffenstillstands zwischen Spanien und den Niederlanden.

»Wenn es wieder Krieg gibt, sitzen wir Flamen genau

zwischen den Fronten«, bemerkte Philip und wurde von seinem Schwager noch übertrumpft.

»Was die Konfession angeht, so läuft die Front sogar mitten durch unser Land!«

»Gott schütze uns vor einem Waffengang in seinem Namen!« seufzte Marie Rubens.

Niemand hatte bemerkt, daß Isabella stillschweigend das Zimmer verlassen hatte. Sie aber, der wie den anderen bei Rubens Worten der Atem versagt war, lief durch die Hintertür in den Garten. Dort, an den Stamm einer Birke gelehnt, holte sie tief Luft.

»Herrgott im Himmel«, stieß sie hervor, »ich habe bestanden! Er wird mich heiraten, dieser Mann, der mein Herz bezaubert hat, seit er unser Haus das erste Mal betrat. Hab Dank, Herrgott, daß du mich sicher durch die Klippen seiner Skepsis, aber auch denen seines Hochmut geführt hast! Ich werde ihn mir erobern, ohne Latein, ohne falsche Wohltätigkeit, einfach durch meine Liebe.« Mit dem Zipfel ihres Batistärmels wischte sie eine trotzige Träne fort, ehe sie wieder zu den anderen in den Wohnraum zurückkehrte.

Nach dem Abendessen bat Jan Brant seinen Schwager, der nun bald sein Schwiegersohn werden sollte, auf ein Wort ins Nebenzimmer.

»Nun, Peter, an welche Summe hast du gedacht, die Isabella mit in die Ehe bringen sollte?«

»Es wäre gerecht, denke ich, wenn du deiner Tochter die gleiche Mitgift einräumst, wie sie deine Schwägerin erhalten hat.«

»Ja, das ist gerecht«, stimmte Jan Brant zu, und damit war das Finanzielle geregelt. »Und was den Oktober angeht, was hältst du vom 3. Oktober?«

Rubens bedachte einen Augenblick die Termine, zu denen er Aufträge abzuliefern hatte, dann nickte er mit dem Kopf.

»Ja, der 3. Oktober paßt gut.«

Man stieß wieder zur Familie, trank ein Glas Wein, dem Peter sich mit klarem Wasser anschloß.

Rubens Gewohnheit, vor Tau und Tag aufzustehen und an die Arbeit zu gehen, schloß ein, daß er stets sehr früh schlafen ging. So verabschiedete er sich auch diesen Abend bald.

»Gute Nacht Isabella!« sagte er wie gewöhnlich, und auch Isabella verzog keine Miene.

»Gute Nacht, Peter!«

Und damit verließ er das Haus der Brants, um in die Klostergasse hinüberzugehen. Der Himmel war noch fast hell, und die Vögel gaben gerade ihr Abendkonzert.

Peter Paul Rubens und Isabella Brant waren verlobt, obwohl er ihr niemals einen Antrag gemacht oder auch nur ein Wort von Liebe geredet hatte. Wie ein Kaufmann hatte er sorgfältig und lange die Ware begutachtet und jetzt den Handel abgeschlossen. Und es schien ihm recht so.

Am 3. Oktober 1609 also, wie vorgesehen, wurde das Paar von der Heiligen Kirche zusammengegeben. Der Bräutigam war einunddreißig Jahre alt, die Braut gerade eben achtzehn.

Die Festlichkeiten im Hause Brant übertrafen an Prunk und Aufwand noch die der Hochzeit vom Februar, und diesmal saßen Peter und Isabella als Brautpaar am Kopf der Tafel. Ein Toast nach dem anderen wurde ausgebracht, eine Rede nach der anderen gehalten. Es wurde Nachmittag, es wurde Abend, der Bräutigam schien ungeduldig den Aufbruch herbeizusehnen. Niemand wußte allerdings, daß Peters Ungeduld seiner Gewohnheit, früh zu Bett zu gehen entsprang und keineswegs den bevorstehenden Freuden der kommenden Nacht. Endlich also erhob er sich recht entschlossen und faßte die Braut an den Händen.

»Komm, Isabella, es ist Zeit!«

Errötend stand Isabella auf, um ihm zu folgen. Der schmunzelnde Beifall der Festgäste bekräftigte noch das Mißverständnis. Peter Paul Rubens war es um nichts anderes zu tun, als pünktlich Schlaf zu finden und beim ersten Morgenlicht wieder an der Staffelei zu stehen.

Gemeinsam betrat das Paar das Schlafgemach in der neu eingerichteten Wohnung. Isabella streifte Schleier und Blumengebinde aus ihrem Haar und sah ihrem Mann erwartungsvoll entgegen. Peter blieb unentschlossen mit hängenden Armen mitten im Raum stehen. Das von ihm Erwartete wollte er möglichst hinter sich bringen, aber unhöflich wollte er nun auch wieder nicht sein. So trat er einen Schritt auf Isabella zu und preßte sekundenschnell seine Lippen auf die ihren. Es war das erste Mal, daß er sie küßte. Und dann geschah, was nicht in seiner Rechnung vorgesehen war. Isabella schlang die Arme um seinen Hals und erwiderte seinen Kuß. Peter spürte eine Wärme und Wohligkeit in sich überströmen, die ihm noch niemals begegnet war. Der Körper einer Frau war ihm bekannt, so meinte er, hatte er ihn doch tausendmal mit dem Auge erforscht und mit dem Pinsel erschaffen! Aber was sich jetzt an ihn drängte, sich zärtlich anbot, das war Wirklichkeit, Leben. Vorsichtig noch, ungläubig widerstrebend griff er danach, ertastete, was er so gut zu kennen glaubte, spürte als Antwort Bereitschaft und Hingabe. Das erste Mal seit langen Jahren suchte Peter Paul das Bett auf, nicht allein um darin zu schlafen. Es wurde eine lange Nacht und ebenfalls gegen seine Gewohnheit war es eine späte Morgensonne, die ihn weckte. Er wandte den Kopf und sah das Gesicht einer Frau über sich, seiner Frau. Als habe er einen Pinsel in der Hand, fuhr er die Linien dieses Gesichts nach, die weiche Linie der Stirn, der ernst blickenden Augen, der geraden kleinen Nase, des rundlichen Kinns. Es war ein schönes Gesicht, mußte er sich eingestehen. Und plötzlich hörte er sich sagen:

»Isabella, ich liebe dich.«

»Ich liebe dich auch, Peter«, war ihre Antwort.

»Du hast mich sehr glücklich gemacht heute nacht!«

»Auch ich bin sehr glücklich.«

»Wir wollen uns dieses Glück erhalten mit all unserer Macht.«

»Ja, Peter, das wollen wir.«

Gott versuchte dieses Glück, als er ihnen das erste Kind schenkte. Es war ein gelähmtes kleines Mädchen, dessen Geist nicht mit dem normalen Schritt hielt. Sie nannten es Klara und umgaben es mit so viel liebevoller Sorgfalt, wie nur Eltern es können. Isabella erholte sich nur langsam von den Strapazen der Geburt. Sie war abgemagert, bekam eine graue Gesichtsfarbe und wirkte um Jahre gealtert. Peter in seiner abgrundtiefen Liebe schien das nicht zu sehen oder sehen zu wollen.

Isabella hingegen ließ sich nicht täuschen. Ihr Spiegelbild sagte ihr schonungslos die Wahrheit, und wie jede Frau griff sie zur List. Sie versuchte es mit vorwurfsvoller Behauptung in der Hoffnung auf zärtlichen Widerspruch.

»Du liebst mich nicht mehr, Peter«, klagte sie verzweifelt, »und das ist verständlich, denn ich bin häßlich geworden!«

»Rede keinen Unsinn, liebste Bella!« setzte er sofort dagegen und zog sie kurz an sich, »für mich bist und bleibst du die Allerschönste auf Erden!«

»Ich habe dir ein krankes Kind geboren!« brach es dann aber ohne jede weibliche Verstellung aus ihr heraus, »ich fühle mich so schuldig . . .«

Sie, der Kinder alles bedeuteten, litt unter der Vorstellung, versagt zu haben.

Wie sollte er ihr diesen Gedanken nur ausreden? Zu schlagfertiger Argumentation unfähig, suchte Peter stattdessen mit allem Zartgefühl, ihr jeden Wunsch von den Augen abzulesen. Er brachte ihr Blumen und kleine Geschenke und lief alle Augenblicke von der Staffelei fort, um nach ihr zu sehen und ein liebes Wort zu sagen.

»Unsere Klara wird ganz sicher noch gesund, Bella, glaube mir, sie ist nur ein wenig schwach auf den Beinen!« Und da er selbst nicht daran glaubte, setzte er mit in typisch männlicher Weise hinzu:

»Wir werden andere Kinder haben, Bella, gesunde Söhne, ein ganzes Dutzend!«

Isabella spürte dankbar die Absicht zu Trost und Zuspruch und belohnte ihn mit einem tapferen Lächeln.

Derweil stieg Peter Paul Rubens die Leiter seiner Karriere Sprosse für Sprosse steil nach oben. In seine Werkstatt hatte er längst Lehrbuben aufgenommen, unter ihnen den hübschen Knaben Anton van Dyck. Aufträge flogen ihm zu wie Tauben dem Taubenschlag. Die Gemeinde St. Walpurgis bestellte für 2600 Gulden ein Altarbild, das er nach eigenen Vorstellungen gestalten durfte. Rubens schlug die Aufrichtung des Kreuzes vor.

»Das wird das Allergroßartigste!« rief er begeistert und sah alles schon genau vor sich, »die gesamte Fläche des Bildes durchschnitten von der Diagonalen des noch nicht vollständig aufgerichteten Kreuzes! Henkersknechte mit athletischer Muskulatur, römische Legionäre im Harnisch und am Kreuz blutend der Messias ...«

Der Erzherzog in Brüssel beauftragte Rubens ein Portrait der Erzherzogin zu malen. Die Familie Jan Moerentorf, Buchdrucker daselbst, bat um ein Bildnis für ihre Privatkapelle.

Die Preise für seine Bilder stiegen, aber die Auftraggeber zahlten willig, wenn sie nur einen echten Rubens dafür bekamen. Sogar die Gilde der Fischer, sicher keine reichen Leute, wandte sich an Rubens.

»Was würde es kosten, Meister, wenn Ihr uns für unsere Kirche den ›Wunderbaren Fischzug‹ malen würdet? Natürlich müßte man die im Netz gefangenen Fische ganz deutlich erkennen, nach Art und Größe. Nach unserem Glauben bringt das Glück. Also, Meister, wie hoch wäre der Preis?«

»Ja«, überlegte Rubens, »wie groß sollte ein solches Bild denn sein?«

Wie groß? Ach, malt nur immer zu, wenn es denn zu groß wird, können wir ja ein Stück abschneiden!«

Rubens, aufs höchste amüsiert über die naive Vorstellung der guten Leute, nannte seinen Preis.

»Achtzehnhundert Gulden!«

Die Summe verschlug den Fischern fast die Sprache.

»So viel haben wir nicht, Meister! Wir sind arm . . .«

»Wollen wir doch nicht mit Feilschen anfangen«, unterbrach der Maler, »alles hat seinen Preis. Ihr verkauft mir eure Fische auch nicht für den halben Preis, weil ich ein Maler bin.«

Die Fischer gingen wieder, kamen aber am nächsten Tag zurück.

»Wir haben gesammelt, Meister, wir bezahlen die achtzehnhundert Gulden!«

Rubens trug also den »Wunderbaren Fischzug« in sein Bestellbuch ein, in dem nun schon mancher Auftrag warten mußte, so viel war zu tun. Aber im Geiste entwarf er bereits den ans Ufer gezogenen Kahn, aufrecht darin stehend den Heiland, um ihn versammelt die Fischer, die sich des reichen Fanges im Netz erfreuen.

Zwischendurch nahm er sich die Zeit zu einem Selbstbildnis, das heißt zu einem Bild von sich und seiner Frau.

Isabella war zu ihrer größten Freude wieder schwanger, und so scherzte Rubens:

»Ich muß mich eilen, denn Isabella soll auf dem Bild ihr schönstes Kleid tragen, und sehr bald paßt sie nicht mehr hinein!«

So malte er sie beide unter einem blühenden Baum

zum Zeichen ihrer blühenden Liebe. Isabella trug eine Taille aus weißem Atlas, golden und mattgrün bestickt, eine gerippte Jacke dazu mit Manschetten aus Goldspitze. Unter ihrem veilchenfarbenen Seidenrock guckt ein blauer Unterrock hervor. Die Krempe ihres hohen Hutes ist seitlich aufgeschlagen, darunter eine Spitzenschleife, die zu malen ebenso sein ganzes Können zeigt wie die gefältelte Halskrause.

Da Isabella schon lange den Wunsch hatte, in einem eigenen Haus zu wohnen, wurde ein solches gekauft, und zwar das des Doktor Backaert am Wapper. Rubens war anfangs nicht dafür. Er fürchtete, daß es Krieg geben würde. Habsburg und Brandenburg stritten sich um das Herzogtum Jülich, und da Frankreich durch ein Waffenbündnis an Brandenburg gebunden war, mußte es ihm wohl beispringen.

»Sollen wir uns ein Haus kaufen, damit es uns in Brand gesteckt wird?« gab also Peter Paul anfangs zu bedenken. Nachdem es ihm aber gelungen war, den Preis von zwölftausend Gulden auf neuntausend zu drücken – ein guter Kaufmann war Rubens also auch – und das Haus groß genug war, auch die Werkstatt darin aufzunehmen, schloß er den Handel ab.

Isabella war überglücklich.

»Wir werden uns das Haus wunderhübsch einrichten!« schwärmte sie und schob ihren Arm in den seinen.

»Ja, mein Herz, das werden wir«, rief er und drückte ihren Arm, »und ist es erst mal fertig, so wollen wir ein Leben lang darinnen kosen!«

Im vierten Jahr ihrer Ehe brachte Isabella den ersehnten Sohn zur Welt, ein Kind so kräftig und gesund, wie man es sich nur wünschen konnte. Die Eltern dankten Gott dafür, wie sie ihm insgeheim grollten, daß Klara trotz aller Fürsorge vor sich hinkümmerte. Das Kind erhielt in der Heiligen Taufe den Namen Albrecht.

Alsbald konnte Rubens auch in der neuen Werkstatt und mit sechs Lehrbuben die viele Arbeit nicht mehr bewältigen. Van Dyck, der begabteste unter ihnen, war zwar schon eine große Hilfe, aber Rubens beschloß, auch noch Frans Snyders zu sich zu nehmen, der sich als Maler schon einen gewissen Ruf erworben hatte, aber mit dem Aufbau einer eigenen Werkstatt nicht zurecht kam. Die Zusammenarbeit erwies sich bald als sehr fruchtbar. Rubens, ungeschlagen in seinen großzügigen Entwürfen, hätte niemanden finden können, der den Glanz frischer Früchte oder die zarten Ausläufer einer Vogelfeder besser malte als Snyders.

Innerhalb ihrer künstlerischen Tätigkeit galt beider Ehrgeiz der immer weiter vervollständigten Genauigkeit und Lebensechtheit nicht nur der Hauptgestalten ihrer Bilder, sondern jedes Details, ja selbst noch des fernsten Hintergrunds.

Eines Tages kam ein Schausteller in die Stadt und bot eine Menagerie zur Besichtigung an. Eine Anzahl Käfige auf Rädern reihte sich aneinander, gegen ein Entgelt zog dann der Schausteller eine Zeltwand beiseite, und man konnte die Tiere besichtigen. Tatsächlich beherbergte der erste der Wagen zwei Löwen.

»Ich würde die Löwen gern zeichnen«, sagte Rubens zu dem Besitzer, »vor allem wenn sie sich bewegen.«

»Da müssen Sie schon warten, bis Vorstellung ist«, war die unfreundliche Antwort.

Die Vorstellung beschränkte sich dann darauf, daß die Löwen unter Peitschengeknall von einem Podest zum anderen sprangen, sich aber alsbald wieder in ihre Käfige verkrochen, um zu schlafen. Das war Rubens nicht genug.

»Der männliche Löwe hat nicht einmal gebrüllt oder mit den Zähnen gefletscht«, beschwerte er sich und machte dann einen außergewöhnlichen Vorschlag. »Ich hätte gern, daß Sie mit dem Löwen in mein Atelier kommen! Wäre das wohl möglich?«

Da die Frage mit einem Gulden als Vorschuß begleitet war, nickte der Budenbesitzer bejahend und meinte, er könne den König der Wüste auch mittels Kitzeln zum Gähnen bringen, ein schwacher Ersatz für Brüllen und Zähnefletschen. So wurde es abgemacht.

Als am nächsten Morgen der mit einer Plane verhängte Käfig in den Hof der Rubens'schen Werkstatt gefahren wurde, hatte Peter Paul gerade noch Zeit, einen Lehrbuben anzuweisen:

»Du stellst dich an die Schwelle des Schlafzimmers meiner Frau! Wenn sie aufwacht, sagst du ihr, sie dürfe auf keinen Fall herunterkommen, ich hätte es strengstens verboten!«

Schon betrat der Löwe das Atelier, besser gesagt, er trottete träge herein. Da stand er, ein mächtiges Tier mit dichter schwarzer Mähne, zwischen Staffeleien, Bildern, Rahmen und allerlei Requisiten, schien aber nicht sehr beeindruckt. Er schaute links, er schaute rechts, streckte sich, gähnte und ließ sich laut plumpsend auf die Seite fallen. Rubens und Snyders skizzierten mit fliegenden Fingern.

»Der Löwe soll aufstehen«, verlangte Rubens.

»Auf, Rex!« befahl sein Herr. Aufgestachelt durch eine lange Eisenstange gehorchte der Leu, sah sich um und schien zu überlegen. Die gleiche Eisenstange reichte ihm dann einen halben Zentner Roßfleisch, das Rubens eigens besorgt hatte. Der Löwe machte sich darüber her. Rubens und Snyders zeichneten. »Großartig!« murmelte Rubens.

»Eine einzigartige Gelegenheit«, erwiderte Snyders mit bebender Stimme.

»Was ist? Hast du etwa Angst?«

»Was meint Ihr, Meister! Ich möchte nicht enden wie jenes Roßfleisch!«

Dennoch zeichnete er weiter, Blatt für Blatt, Stellung, Bewegung! Endlich leckte sich der Leu das Maul, stand auf, knurrte leise, wollte sich eben zu einem Nickerchen hinlegen, als die lange Eisenstange ihn erneut aufstachelte. Damit nicht einverstanden peitschte sein Schweif auf den Boden, hob er den Kopf, und plötzlich erscholl ein solch markerschütterndes Gebrüll im Atelier, daß selbst die beiden Maler innehielten.

»Jetzt wird's gefährlich!« rief der Schausteller.

Snyders war plötzlich verschwunden, Rubens reichte dem Dompteur seinen Lohn in Gulden, und dieser suchte mit Peitschenhieben das Tier zum Ausgang zu scheuchen, wo mit der Öffnung zur Tür der Käfig bereitstand. Endlich war es glücklich gelungen. Da erschien oben am Kopf der Treppe Isabella.

»Peter!« rief sie, »Peter, bist du von Sinnen? Welch abgrundtiefer Leichtsinn!« Es war das erste Mal, daß Isabella ihrem Mann ernste Vorwürfe machte. Der aber überhörte lachend den Tadel.

»Sieh nur, mein Herz, welche Ausbeute an Skizzen! Davon können wir jahrelang zehren! Jagdbilder kommen eben in Mode, ganz besonders exotische Tiere!«

»Das ist kein Grund, Peter, dich in solch eine Gefahr zu bringen«, schalt Isabella unversöhnt weiter, »mehr aber wiegt, daß du die Kinder zu Tode erschreckt hast!«

»Ach was, Bella, Liebste, so schlimm war es auch wieder nicht, und wo hätte ich sonst so ein Tier zu sehen bekommen!« Ja, wenn es um Kunst ging, wog dem Maler jedes Risiko leicht, wenn er für diesmal vielleicht auch etwas weit gegangen war. Seine »Löwenjagden« jedenfalls wurden ihm von nun an nur so aus der Hand gerissen.

Am 23. Mai 1618 wurde Peter Paul Rubens ein zweiter Sohn, Nikolaus, geboren. Das Datum sollte sich der Welt tief einprägen, denn am gleichen Tag lehnten sich die protestantischen Stände in Böhmen gegen Kaiser Matthias auf und warfen kurzerhand zwei seiner Räte aus dem Fenster der Prager Burg. Das Ereignis war mit einer brennenden Fackel gleichzusetzen, die man in einen Reisighaufen wirft. Noch war Antwerpen davon nicht betroffen, feierte man fröhlich die Taufe des Nikolaus Rubens. So sehr sich Isabella über die Geburt dieses gesunden Kindes freute, so sehr hatte ihre eigene Gesundheit nachgelassen. Ihr Teint wurde fahl, ihre Wangen wirkten eingefallen. Und wie schon einmal wandte sie sich klagend an ihren Mann.

»Ach, Peter, ich fürchte, du wirst mich nicht mehr lieben!«

Er aber legte sofort den Pinsel beiseite und schloß sie herzlich in die Arme.

»Wie kommst du nur auf solch eine Idee!« schalt er sie liebevoll.

»Durch mein ewiges Kränkeln, Peter! Als Frau bin ich dir kaum etwas wert...«

»Ein für alle Mal, mein Schatz, rede dir sowas nicht ein! Ich liebe dich wie eh und je, und darin wird sich niemals das geringste ändern!«

Für den Augenblick schien Isabella getröstet. Doch in Wahrheit machte er sich Sorgen um ihre Gesundheit. Die Kopfschmerzen nahmen zu, und Peter bestand darauf, einen Arzt aus Brüssel kommen zu lassen, und zwar den erzherzoglichen Leibarzt Doktor Chifflet.

»Die ärztliche Wissenschaft kennt acht Arten von Krankheit«, begann dieser zu dozieren, kaum daß er das Haus betreten hatte, »die Lungenleiden, die Wassersucht, die allgemeine Sucht, die Gicht, die Jungfernkrankheit, die Schwangerschaft und die Kinder- und Säuglingskrankheit.« Schon reute es Rubens fast, daß er ihn gerufen hatte. Die Untersuchung fiel dann allerdings erstaunlich umfassend aus, das heißt, er stellte eine Menge Fragen und tastete bei voller Bekleidung der Patientin rein äußerlich die Magengegend ab. »Es ist ein Fall von Magengicht«, faßte er zusammen, »Ihre Frau soll viel Rotwein trinken und alle Stunde ein paar Tropfen Silberlösung einnehmen. Silber löst die abgelagerten Säuren im Magen.«

»Sagt mir, Meister Chifflet, steht es schlimm um meine Frau?«

»Nun, nun, so genau kann man das nicht sagen...« Der Arzt nahm seinen Hut und drängte zum Ausgang.

»Wenn Ihr wieder einmal in Brüssel seid, so sprecht bei mir vor . . .«

Peter Paul Rubens war weit mehr besorgt um seine Frau, als er es vor dem Besuch des Arztes gewesen war. Und auch Isabella machte sich Sorgen. Sie glaubte nicht an Magengicht und auch nicht an die Wirkung von Silberlösung, aber sie fragte sich, ob Gott sie strafe für das Glück, von dem Mann, den sie liebte, wiedergeliebt zu werden und ob sie mit einer schleichenden Krankheit für das Geschenk zweier gesunder Söhne bezahlen müsse. »Wenn dem so ist, Gott«, betete sie, »dann gib mir soviel Zeit, daß ich sie noch heranwachsen sehe . . .« Eines ihrer Kinder konnte Isabella jedenfalls nicht aufwachsen sehen. Die arme kranke Klara wurde im Alter von zwölf Jahren aus dieser Welt abberufen. Das Kind hatte nie anderes getan, als im Bett gelegen, sich kaum bewegen können, niemals richtig sprechen gelernt und war doch jede Minute dieses kümmerlichen Lebens von Liebe umgeben gewesen. Man konnte es den Eltern nicht verdenken, wenn sie sich fast von einer Last befreit fühlten, der Vater mit deutlichem Aufatmen: »Unser Klärchen ist von seinem Leid erlöst.« Von der Mutter widerstrebend: »Sie war dennoch mein Kind, mein geliebtes Kind . . .«

Es wurde ein stilles Begräbnis, als man Klara Rubens der Erde übergab.

Einiger Aufträge wegen mußte Rubens in den nächsten Wochen tatsächlich mehrmals nach Brüssel und hatte auch dort bei Hof vorgesprochen. Bei seiner Rückkehr kam er fröhlich ins Haus gestürmt.

»Ich grüße Euch, Dona Isabella!« rief er und küßte seine

Bella herzhaft auf den Mund. »Wo befinden sich Don Albrecht und Don Nikolaus?«

»Ach, Liebster laß die Scherze!« wehrte ihm Isabella, die wieder heftige Magenschmerzen quälten.

»Es ist kein Scherz, Liebste! Wir sind geadelt worden! Hier lies den Adelsbrief!«

Isabella las

... im Hinblick auf den großen Ruhm, den Peter Paul Rubens durch seine seltene Geschicklichkeit in der Kunst erworben hat, der ihn der königlichen Gnade würdig erscheinen läßt... Weiter las sie die genaue Beschreibung des ihm bestimmten Wappens: *... ein Schild, schräg geteilt, oben ein schwarzes Hifthorn auf goldenem Feld, darunter auf blauem Feld eine goldene Linie ...*

Isabella sah zu ihrem Mann auf, dem der Stolz aus den Augen leuchtete.

»Mein Peter, mein wunderbarer Mann! Was du alles geschafft hast in deinem Leben und bist doch erst Mitte der Vierziger!«

»Ich freue mich auch, Bella! Obschon ich künftig meine Briefe nicht anders unterzeichnen werde als bisher, so wird mich die Anerkennung bei der Arbeit beflügeln.«

Wenige Wochen später stürmte Rubens wieder einmal ins Haus, doch diesmal keineswegs fröhlich.

»Bella! Laß die Koffer packen! Nur das Notwendigste, aber schnell! Wir verlassen noch heute Antwerpen!«

»Was ist, Liebster, was um Gottes willen ist geschehen?«

»Die Pest!« Weitere Erklärungen brauchte es nicht. Die Pest, diese Geißel der Menschheit, kam stets mit den Heeren des Krieges, diesen voran oder hinterher, übersprang ganze Gegenden und tauchte unerwartet an-

derswo auf. Brüssel war noch frei von der Pest, so reiste
Rubens mit Frau und Söhnen und drei Mägden die
gleiche Nacht Richtung Süden ab. Bislang war die
Gefahr nicht allgemein bekannt. Von Doktor Chifflet
war die Warnung im geheimen gekommen. Wie reute
es Rubens, daß er den Arzt anfangs so verkannt hatte.
Jetzt war er vielleicht ihr Retter.

Kaum aber hatte die Familie sich einigermaßen eingerichtet, tauchten auch in Brüssel die ersten Fälle von
Pest auf. Rubens floh mit seinen Lieben nach Laeken.
Dort, in beengtem Quartier, hofften sie, daß der Kelch
an ihnen vorübergehe.

Es war unterdessen Winter geworden. Rubens ver-
suchte, ein wenig zu skizzieren, aber anhaltender
Schneefall nahm ihm im niedrigen Landhaus das letzte
Licht. Isabella saß ihm Modell, ihr abgezehrtes, blasses
Gesicht erschreckte ihn.

»Hast du wieder Magenschmerzen, liebste Bella?« war
die ständige Frage, die sie jedesmal tapfer verneinte.

Um nichts in der Welt hätte Isabella gerade jetzt zuge-
geben, daß der Schmerz in ihrem Innern längst jedes
Maß an Erträglichkeit überschritten hatte und ihr
kaum mehr als ein paar Minuten Ruhe ließ, nur um
dann umso wütender wieder einzusetzen. Die Frist, die
ihr zu leben noch gegönnt war, wollte sie hier im
bäuerlichen Heim, im nahen, ungestörten Beieinander
ganz bewußt wahrnehmen und genießen. Hier diktierte nicht der hektische Betrieb in Atelier und Werkstatt den Tag, sondern die ruhige Abgeschiedenheit
eines ländlichen Winters. Hier hatte sie Mann und Kinder ganz für sich, konnte sie Peters Hand halten, den
Spielen der Buben, Albrecht und Nikolaus, zusehen

und Gott für alles danken, was er ihr beschert hatte. Von ihrer inneren Abschiedsstimmung wollte sie nichts nach außen dringen lassen, damit es ihre Lieben ja nicht ängstige. Wenn es einmal so weit kommen sollte, so war es ja nicht nur Abschied, sondern ebenso Wiedersehen – ein Wiedersehen mit Klara! Daran glaubte Isabella fest und fand die Kraft, sich frohen Gemütes in alles zu fügen.

Endlich kam die Nachricht, daß zuerst Brüssel und dann auch Antwerpen frei von der Seuche waren. Man rüstete zur Heimkehr. Welch eine Wohltat, nach fünf langen Monaten wieder zu Hause zu sein, sagte sich Rubens und stürzte sich in die Arbeit. Ein Auftrag, der schon lange wartete, war die ›Himmelfahrt der Maria‹. So nahm er sich diesen vor, entwarf, komponierte und legte die Farben an. Wieder völlig vertieft in die Arbeit stand er jeden Morgen um vier Uhr auf, um beim ersten Licht an der Staffelei zu stehen. Es waren vielleicht ein paar Wochen vergangen, daß Rubens seine Frau nicht bei hellem Tageslicht gesehen hatte. Sie waren sich inniger denn je zugetan, aber seine besorgten Fragen wischte Isabella fort wie eh und je. Bis sie eines Morgens, als er eben ins Atelier hinunter wollte, seine Hand faßte.

»Peter, geh nicht fort!«

»Aber, Liebes, ich muß doch arbeiten.«

»Nicht heute, Peter, ich fühle das Ende kommen.. bleib bei mir, bis ich es überstanden hab'...«

Rubens erschrak bis ins Herz, aber dann erkannte er klar die Wahrheit: Sie hatten der Pest entkommen können, dem Tod aber nicht.

»Ich bleibe bei dir, meine Bella«, versprach er heiser. Er

schickte noch rasch einen Knecht nach dem Arzt, dann kniete er an ihrem Bett nieder, ihre Hand mit seinen beiden Händen umfaßt. »Bella, Liebste, du mußt den festen Willen haben, weiterzuleben! Für mich, für die Buben...« Der Arzt kam, betastete die Kranke unter der Bettdecke, schüttelte den Kopf.

»Wenn Silbertropfen nicht geholfen haben, müssen wir es mit Gold versuchen...«

»Ja, ja, Doktor, zögert nicht!« rief Peter Paul außer sich, »und wenn es mein ganzes Vermögen kosten sollte!«

»Gut, ich will gehen, die Medizin zu bereiten«, sagte der Arzt, »es dauert nicht lange.«

Zur Einnahme von Goldtropfen kam es nicht mehr. Isabella fühlte sich schwer werden und leicht zugleich.

»Peter«, begann sie flüsternd, »Peter, ich muß dir noch danken, für deine Liebe ... für unser Glück ... für die Kinder ... Peter, gib mir einen Kuß...«

Peter küßte seine Frau und fühlte unter seinem Kuß ihren Atem schwinden. Als er ganz sanft ihren Kopf wieder in die Kissen gleiten ließ, war sie schon tot.

Fünf Tage schloß Peter Paul Rubens sich in seinem Zimmer ein und suchte mit seinem Kummer fertig zu werden. Am sechsten Tag erschien er früh morgens wie gewöhnlich im Atelier.

»Ich habe die beste aller Frauen verloren«, sagte er zu seinem Freund Frans Snyders, »sie hatte keinen der Fehler ihres Geschlechts, sie war ohne Launen, sie war gut und treu. Aber das Leben geht weiter...« Damit trat er vor die Staffelei mit der halbfertigen ›Himmelfahrt der Maria‹, nahm Pinsel und Palette zur Hand, mischte Rosa und Perlmutt und begann die Haut eines Engels zu malen.

Die Standhafte

*Luise von Degenfeld und Karl Ludwig
von der Pfalz – 1657*

»Madame, Sie stellen sich zur Schau wie eine Dirne!«
Der Kurfürst Karl Ludwig von der Pfalz liebte es gar
nicht, wenn seine Frau, die etwas laute, kokette Charlotte von Hessen-Kassel, das ohnehin tiefe Dekolleté
noch eine Handbreit tiefer zupfte.

»Sie sind ein alter Griesgram, mein Herr Kurfürst!«
kam die schnippische Antwort der Kurfürstin. Sie blieb
ihm nichts schuldig, wenn er an ihr nörgelte, ja, wenn
er es zu toll trieb, wandte sie sich schmollend ab, bis er
um gut Wetter bat. Dann gab es wieder ein Herzen
und Küssen vor aller Augen, das kein Ende nahm, bis
der Kurfürst mit sanfter Gewalt die Arme seiner Frau
von seinem Hals löste.

»Contenance, Madame, ich bitte Sie!«
Sie zog dann wohl die Augenbrauen hoch und setzte
eine Leidensmiene auf.

»Sie lieben mich nicht mehr, Herr Kurfürst, geben Sie
es zu!« jammerte sie, um scharf hinzuzusetzen: »Sie lieben eine andere, nicht wahr?«
So gab es Szene um Szene unter den fürstlichen Eheleu-
ten, eine peinlicher als die andere für die jeweils anwesenden Hofdamen. Besonders für Luise von Degenfeld,
Tochter aus adligem Hause, die erst seit kurzem bei
Hofe Dienst tat. Die junge Baroneß litt unsagbar unter
den lauten und degoutanten Auftritten. Vielleicht hätte

sie sie im weitläufigen Heidelberger Schloß eher ertragen können, wo in langer Flucht von Sälen und Salons
sich abseits zu halten noch möglich gewesen wäre. Die
immer wiederkehrenden Beschießungen während des
dreißigjährigen Krieges, der erst vor zwei Jahren mit
dem Westfälischen Frieden zu Ende gegangen war,
hatte aber das Schloß hoch oben über der Stadt so stark
beschädigt, daß fleißige Bauleute noch lange zu tun
hatten, es wieder in Stand zu setzen. Bis dahin nahm
der Hof recht provisorisch mit dem städtischen Kom-
missariatshaus vorlieb. Hier waren die Wände dünn
und hellhörig, und man bekam jedes Weh und Ach zu
Ohren. Der jungen Degenfeld aber schütteten ausgerechnet beide Eheleute abwechselnd und ganz vertrau-
lich ihr Herz aus.

»Wenn ich nur daran denke«, jammerte Kurfürstin
Charlotte, »jeden Prinzen der Welt hätte ich haben
können, aber gerade diesem nörgelnden Alten muß
meine Mutter mich geben!«

Und Kurfürst Karl Ludwig klagte:

»Sie mag ja nicht schlecht sein, meine Charlotte, aber
töricht und zanksüchtig, und ihre Ziererei ist mir zuwider!«

Luise Degenfeld hörte auf ihre stille Art mal der einen
Seite zu, mal der anderen, und sehr bald neigte sie dazu,
ihre Herrin in allem zu verurteilen, dem Kurfürsten
aber ihr ganzes Mitleid zu schenken.

»Er ist es, der immer wieder auszugleichen sucht«,
nahm sie ihn gegen jedermann in Schutz, »er ist ein
guter und freundlicher Mann.«

Irgendwelche Herzensneigung war bei diesem Urteil
nicht im Spiel, war doch Karl Ludwig als Mann um

Mitte Dreißig viel zu alt für die blutjunge Baroneß und seinem Stand als Kurfürst nach turmhoch über ihr stehend. Selbst in ihren verschwiegensten Gedanken wahrte die Degenfeld diese gottgegebene Distanz, und umgekehrt, so meinte sie, hatte der Kurfürst wirklich an anderes zu denken als an eine kleine Hofdame seiner Gemahlin. Er hatte ein schwer erschüttertes Land wieder aufzubauen, das sein Vater, der ›Winterkönig‹ von Böhmen, an die Habsburger verloren und er durch des Schwedenkönigs Gustav Adolfs Siege zurückerhalten hatte. Wie überall sonst waren die Städte und Dörfer bis auf ein Drittel entvölkert, lagen Handel und Gewerbe hoffnungslos darnieder.

Endlich war Schloß Heidelberg zum neuerlichen Einzug bereit. Doch hatte Luise sich davon etwas mehr Distanz zu den häuslichen Szenen erhofft, so kam es noch viel schlimmer als im engen Stadthaus. Man wies ihr ihre Bettstatt im Vorzimmer der Kurfürstin an, denn diese wollte das liebe Ding immer um sich haben. So wurde sie wieder unfreiwillig Lauscher an der Wand, sobald es nur in den Gemächern des Fürstenpaares laut wurde. Manche Träne weinte Luise, und manches Gebet sprach sie für die Einigkeit des hohen Paares. Aber glaubte sie überhaupt noch an eine solche Einigkeit? Ihre Tränen versiegten und ihre Gebete wurden seltener, als es für alle Welt klar war: Kurfürst wie Kurfürstin hatten begonnen, Liebe und Zärtlichkeit bei anderen Partnern zu suchen. Höfischer Mangel an Takt und Diskretion ließen alsbald keinen Zweifel mehr darüber, wem Kurfürstin Charlotte ihre Gunst geschenkt

hatte. Sie selbst verriet es im Überschwang ihrer Gefühle: Es war ihr eigener Schwager, Prinz Ruprecht,
unter Karl I. von England ein kühner Reiterführer
gegen Cromwell. Anscheinend aber reichten seine
Kühnheit und sein Mut gegen Charlottes Streitsucht
nicht aus, denn alsbald erlahmte seine Leidenschaft für
die Schwägerin. Stattdessen begann der Prinz deren
Hofdame Degenfeld zu umgarnen, die das nicht einmal bemerkte.

In aller Unschuld unterlief ihr sogar ein fataler Fehler,
mit dem sie ein für alle mal den ganzen Zorn ihrer
Herrin auf sich lud. Eben auf dem Weg ins Zimmer der
Kurfürstin, hörte die Degenfeld sich bei Namen
rufen.

»Psst, ma chère Luise, nehmen Sie das!« Es war Prinz
Ruprecht, der ihr augenzwinkernd ein Billett zu-
steckte. Das war nichts Außergewöhnliches, Hunderte
solcher kleiner Botschaften hatte sie zwischen ihm und
ihrer Herrin schon hin und her getragen.

Aha, dachte sich die Degenfeld, er will sich also mit der
Frau Kurfürstin versöhnen! Daß aber diesmal das Billett d'amour ihr selbst galt, darauf kam die Tugend-
hafte nicht im Traum. So übergab sie es selbstverständlich ungeöffnet und ungelesen. Und selbst Charlotte
bemerkte anfangs den Irrtum nicht, als sie die Zeilen
las:

Womit habe ich es verdient, meine Schöne, stand da in
Ruprechts steiler Handschrift, *daß Sie mich so gar nicht
beachten? Ich verzehre mich nach Ihnen und flehe um Ihre
Gunst!*

Dies und weitere Liebesschwüre waren ohne Anrede, so daß Charlotte, im festen Glauben, sie sei gemeint, mit Tränen der Rührung Ruprecht die Hand zur Versöhnung entgegenstreckte.

»Aber liebster Ruprecht, warum zweifeln Sie an meiner Zuneigung? Vergessen wir den kleinen Streit, und ich liebe Sie mehr als je zuvor!«

Erst an seiner tödlichen Verlegenheit bemerkte Charlotte, daß ein Irrtum vorlag. Und den klärte sie auf bewährte Weise.

»Heraus mit der Sprache, Ruprecht! Oder soll ich meinem Herrn Kurfürsten, Ihrem Bruder, berichten, wie schändlich Sie ihn hintergingen?«

Aus seinem verlegenen Gestammel entnahm sie dann die Wahrheit. Aha, die Degenfeld also! Diese Schlange! Sie würde sie in Zukunft besser im Auge behalten müssen. Die arme Luise jedoch war weiterhin ohne jeden Arg und sich keinerlei Schuld bewußt.

Und genau zu diesem Zeitpunkt hielt das Schicksal eine zweite Falle für ihre Tugend bereit.

Aus ihrem Mitleid für den Herrn Kurfürsten, was die Attacken seiner Frau angingen, hatte die Degenfeld nie ein Geheimnis gemacht, ebensowenig geheim blieben die Sticheleien und Gehässigkeiten, denen Luise sich seitens der Frau Kurfürstin neuerdings ausgesetzt sah.

»Nun, Baroneß, wer soll der nächste sein, der sich in Ihrem Netz verfängt?«

Das eine fügte sich zum anderen, hinzu kam der jugendliche Liebreiz der hübschen Baroneß, kurz es war der Kurfürst Karl Ludwig höchstselbst, der sich im Netz ihrer Unschuld verfing. In seinem Herzen vollzog sich endgültig ein Stellungswechsel: Weg von

Charlotte hin zu Luise von Degenfeld, um dieser nun mit gleicher unermüdlicher Geduld und Leidenschaft anzuhängen wie zuvor der Ehefrau. Und wieder war Luise zu gutgläubig. Die ihr innewohnende Moral und Lauterkeit umgaben sie wie eine Mauer, festgefügt und unübersteigbar. Erst als Karl Ludwig deutlicher wurde, fühlte das Mädchen einen inneren Zwiespalt.

»Mein Fräulein . . . Luise«, hörte sie ihn flehen, »ich finde keinen Schlaf mehr, da Sie sich mir verweigern! Gewähren Sie mir nur eine Nacht, nur eine Stunde, nur eine einzige Minute, die ich Ihren wunderschönen Körper in meinen Armen halten darf!«

»Herr Kurfürst«, antwortete Luise verzweifelt, »meine Verehrung und Hochachtung liegen zu Ihren Füßen, aber meine Tugend und meine Keuschheit gehen mir über alles . . .«

Eines Abends dann, die Degenfeld lag schon in ihrem Bett, nur durch einen Paravent vom Vorzimmer der Kurfürstin getrennt, verebbte das Flehen des Kurfürsten fast an der Standhaftigkeit der Baroneß, als es ihm gelang, zu einem absurden Vorschlag ihr Einverständnis einzuhandeln.

»Ich will nur einen Augenblick bei Ihnen liegen, Liebste, bekleidet und in achtsamer Entfernung. Aber ich sterbe, wenn Sie mir das nicht erlauben . . .«

Luise klopfte das Herz bis zum Hals, als sie die Decke zurückschlug, um den Kurfürsten einzulassen. Wenigstens war sie mit einem wollenen Nachtkleid bis hinauf zum Kinn geschützt.

»Ich bin Ihre getreue Dienerin . . .« hauchte sie nur und schloß die Augen.

Das Schicksal wollte es nicht, daß Karl Ludwig wenigstens diese eine platonische Gunst genießen sollte. Eben hatte er seine schwere Gestalt, wie versprochen vollständig bekleidet, neben die des begehrten Mädchens geschoben, seine Arme um ihre Taille gelegt, als die Flügeltür zum Zimmer der Kurfürstin aufgerissen wurde. Den brennenden Kerzenleuchter hoch über dem Kopf, stand sie da wie eine Rachegöttin.

»Vor meiner eigenen Tür . . .!« schrie sie und zeterte so laut, daß alle Hofdamen, aus tiefem Schlaf aufgeschreckt, gelaufen kamen. Sie fanden ihre Fürstin außer sich vor Wut. »Schamloses Frauenzimmer! Ich hab' es immer gewußt!« Damit stürzte sich Charlotte, blind vor Zorn, auf Luise, zerrte sie aus dem Bett, hätte sie zu Tode gewürgt, wenn nicht die Damen und Karl Ludwig gemeinsam die Degenfeld beiseite gerissen hätten. In dem Handgemenge, in dem Leinen riß und Stühle umfielen, erwischte die rachsüchtige Fürstin gerade noch den kleinen Finger der Degenfeld. Diese schrie auf und fiel vor Schmerz in Ohnmacht. Die Landesherrin hatte fest zugebissen. Der Anblick des Blutes und der ohnmächtigen Gestalt mäßigte Charlotte ein wenig. Aber erst als der Kurfürst ihr schwor, die Hofdame habe sich verweigert, ja er habe ihr Bett gegen ihren Willen bestiegen, war der Friede für dieses eine Mal wieder hergestellt.

Von nun an achtete der Kurfürst zwar auf die gebotene Distanz zu Luise von Degenfeld, aber er betete sie an. Nach der Mode der Zeit sprachen unzählige Billetts und selbstverfertigte Verse von seiner Liebe und der Hoffnung, sie doch noch für sich zu gewinnen. Luise küßte heimlich diese Zeichen seiner Zuneigung, bündelte sie und hob sie in einer Lade auf, ohne aber innerlich wankelmütig zu werden. Bald ging Karl Ludwig dazu über, der Dame seines Herzens wertvollen Schmuck zu schenken, doch niemals legte Luise eines dieser Stücke an. Ihre Bescheidenheit verbot ihr, sie zu tragen und in der Öffentlichkeit damit zu prahlen. Sie verschwanden Stück für Stück in der gleichen Lade wie die Verse und Billetts.

Aber in Luises Herzen tat all das doch seine Wirkung. Auch sie begann, für den Kurfürsten mehr zu empfinden als nur Verehrung. Seine Einsamkeit rührte sie, und der eine einzige Augenblick, in dem sie seine körperliche Nähe gespürt hatte, blieb an ihr haften wie ein süßer, lockender Duft.

Kaum aber war der kleine Finger, in den die eifersüchtige Charlotte sich verbissen hatte, geheilt, geriet Luise mitten in einen Sturm, nicht weniger heftig als der erste, obwohl Luise noch immer besten Gewissens ihre Unschuld beteuerte. Es hieß bei Hofe, die Kurfürstin sei unpäßlich und bliebe daher der allgemeinen Tafel fern. Sie wolle das Bett hüten, und einzig die Degenfeld zum Zeichen neuerlicher Gunst solle ihr Gesellschaft leisten. Diensteifrig, ohne jeden Arg, eilte Luise in die Räume der Fürstin. Dort aber, schon im Vorzimmer, in dem Luise Bett und Lade hatte, stand, die Arme eingestemmt wie eine Marktfrau, Charlotte und erwartete ihr Opfer.

»Was soll das bedeuten, Baroneß?« kam die Frage so eisig, daß Luise erblaßte. Jetzt erst gewahrte sie die Lade aufgebrochen, die Briefchen teils zerfetzt auf dem Boden, teils noch in der Faust der Herrin. Keine Frage, sie hatte die Handschrift ihres Gatten erkannt.

Luise bekam Angst. Näher und näher kam das wutverzerrte Gesicht der Fürstin. Eifersucht und gekränkte Eitelkeit hatten sie zur Bestie gemacht. Luise erkannte, Charlotte wollte jetzt ein für alle Mal mit der vermeintlichen Nebenbuhlerin abrechnen, und niemand war in der Nähe, ihr beizustehen. Im letzten Augenblick duckte sich die Degenfeld, ehe die Kurfürstin den Arm gegen sie erhob. Der erste Schlag ging ins Leere und auch dem zweiten wich die Jüngere geschickt aus. So verlegte Charlotte sich erneut aufs Verhör.

»Wie haben Sie ihn dazu gebracht, den Herrn Kurfürsten«, schrie sie, »all diese Artigkeiten an Sie zu richten? Nun? Mit welchen Zauberkunststücken haben Sie ihm dies entlockt? Und dies? Und dies hier?« Ihre Stimme wurde schrill, während sie Blatt um Blatt der Briefe zerriß und im Zimmer verstreute.

»Und wie steht es hiermit? Was hat Frau Tugendsam hierfür preisgegeben? Und hierfür?« Sie hielt mit einem Mal ein Samtkästchen in den Fingern, das auch aus der Lade stammte, und wühlte daraus Ketten, Broschen und glitzernde Steine hervor, die sie haßerfüllt der verängstigten Hofdame Stück für Stück ins Gesicht warf. Und in höchsten Tönen kreischend wiederholte sie unter Verwünschungen: »Dirne! Gottlose, scheinheilige Dirne!«

Die Dienerschaft, nun doch aufgeschreckt, lief rasch, den Herrn und Gebieter zu Hilfe zu rufen.

»Rasch, Euer Hoheit, die Frau Kurfürstin ist außer Rand und Band!«

Nicht einen Augenblick zu früh kam Karl Ludwig ins Zimmer gestürzt, um eben mit seinem breiten Rücken das Fräulein von Degenfeld gegen den neuerlichen

Versuch von Hieben und Schlägen seiner Frau zu schützen. Der halbe Hof lief zusammen, aber die Kurfürstin
ließ sich nicht beruhigen.

»Seht den Lohn der Dirne!« schrie sie und trampelte auf
Brillanten und Saphiren herum, als seien es Nattern.

Leise sprach derweilen der Kurfürst auf das Hoffräulein
ein.

»Dies soll von nun an ein Ende haben, liebste Luise, nie
wieder will ich Sie in solcher Gefahr wissen. Kommen
Sie mit mir . . .«

Er schob die zitternde Baroneß zur Tür und führte sie,
weiter beruhigend auf sie einredend, eine Treppe höher
in ein oberes Stockwerk. Dort wies er ihr einen bescheiden eingerichteten Raum an.

»Ich werde Sie hier einschließen, Luise. Einzig zu Ihrem
Schutz. Vertrauen Sie mir.«

Als der Schlüssel sich dann hinter ihr knarrend im
Schloß drehte, sank Luise entkräftet auf eine Ottomane. Ihre Nerven gaben endlich nach. Bitterkeit
empfand sie gegen das Schicksal, da sie all dies nicht
verdient hatte. Dem Kurfürsten gegenüber aber fühlte
sie neben aufkeimender Liebe innige Dankbarkeit für
seinen Schutz. Man brachte der Erschöpften einen
Imbiß, und endlich gegen Abend fand sie auch erlösen-
den Schlaf.

Doch noch einmal sollte der Schrecken ihr in alle Glieder fahren. Halb erwachend hörte sie Geräusche von
Scharren und Hacken genau unter sich. Einmal stärker,
einmal schwächer, so hielt es für Stunden an. In erster
Angst war Luise an die Tür gestürzt, aber sie war ja
eingeschlossen. Ihr blieb nichts als des Rätsels Lösung
bangen Herzens abzuwarten. Vollends packte sie Ent-

setzen, als vor ihren Augen eine Diele des Fußbodens sich zu heben begann und von unten Kerzenschimmer in die Kammer drang. Jetzt war es offenbar: Ihre Todfeindin hatte ihren Aufenthalt entdeckt und schickte ihre Häscher. Voller Angst klammerte Luise sich an den Bettpfosten. Eine Ewigkeit schien vergangen, als sie beruhigend die Stimme des Kurfürsten hörte:

»Erschrecken Sie nicht, mein liebes Kind, ich bin es nur...«

Und gleich darauf tauchte tatsächlich sein Kopf aus der Vertiefung. »Ich lasse die Handwerker heimlich bei Nacht arbeiten«, erklärte er schlau, »sehen Sie nur, über diese Leiter komme ich direkt aus meinen Gemächern zu Ihnen.«

Luises Erleichterung, den Herrn Kurfürsten zu sehen und nicht die Häscher seiner Frau, war so groß, daß sie sich aufschluchzend gegen seine Brust fallen ließ. Aber als er im Glauben, die Festung sei genommen, sich ihr voller Begehren näherte und seine Lippen ihren Mund suchten, war der Augenblick der Schwäche vorüber.

»Nein, Herr Kurfürst, nein«, rief Luise fest, »niemals möchte ich schuldig werden, wie es die Frau Kurfürstin von mir glaubt! Sie soll mich nicht mit Recht eine gemeine Dirne nennen können!«

»Eine gemeine Dirne? Aber, mein liebes Kind, welch ein Unfug!« Karl Ludwig schüttelte verständnislos die lockige Perücke. »Sie werden meine Mätresse sein, Luise, und ich werde großzügig für Sie sorgen!«

»Nein, Herr Kurfürst, nein...« schluchzte die Degenfeld.

»Aber Luise, liebst du mich denn nicht? Nicht ein klein wenig?«

Die Enttäuschung gab seiner Stimme einen rührend flehenden Klang. Darum antwortete Luise wahrheitsgemäß:

»Ich liebe Sie von ganzem Herzen, mein Kurfürst. Aber ich würde Ihre Liebe und Verehrung bald verlieren, wenn ich nicht noch weit höher meine Tugend erachtete.«

Da sie so standhaft blieb, gab Karl Ludwig endlich nach. Traurig, aber voller Hochachtung verließ er sie über die provisorische Stiege. Diese blieb für viele Tage der einzige Zugang zu Luises heimlichem Aufenthalt.

Doch die anfängliche Besorgnis vor einem Racheakt Charlottes hatte Luise zu Recht gehegt.

Durch Verrat in den Reihen der Bediensteten, entdeckte die Fürstin das Versteck und auch die Stiege hinab in die Gemächer ihres Gatten.

»Ha«, höhnte sie zu allem entschlossen, »jetzt sitzt die Maus in der Falle, und eigenhändig werd' ich die Rechnung mit ihr machen!«

Gegenverrat unter den Getreuen des Kurfürsten entdeckte ihm nicht nur, die Kurfürstin sei auf dem Weg in jenes Kabinett, das ihrer Hofdame zu doppeldeutigem Gewahrsam diente, sondern er konnte die Rasende eben noch an ihren Rockfalten von der Stiege zerren und ihr den schon gezückten Dolch entwinden.

»Charlotte! Trübt dir der Wahnsinn schon den Blick? Das Mädchen hat nichts getan, das du zu rächen hättest! Was aber mich betrifft, da sei du auf der Hut! Das Maß ist voll, das merke dir!«

Tatsächlich war Kurfürst Karl Ludwig am Ende seiner Geduld. Er brachte Luise von Degenfeld nach Schloß Frankenthal. Ihr Domizil dort wurde reich und bequem ausgestattet. Und hier war es auch, wo Karl Ludwig bald vor seiner geliebten Luise das Knie beugte.

»Luise, wir werden heiraten! Ich biete dir die Ehe zur linken Hand an und erhebe dich und unsere Nachkommen zu Raugrafen von der Pfalz.«

Kaum war auf diese Weise der Form Genüge getan, entwand sich Luise nicht länger den Umarmungen des Mannes, den sie schon längst von Herzen liebte. Sie war zufrieden und glücklich, auch wenn sie keine Kurfürstin werden konnte.

»Es reicht mir vollauf, deine Liebe zu besitzen«, versicherte sie immer wieder aufs neue, »was brauche ich die Reverenzen der Fürsten und Könige?«

Das war nämlich der Punkt, an dem der Kurfürst noch mit dem Schicksal haderte. Die Vertreter anderer Höfe verweigerten der Degenfeld, wie sie sie noch immer verächtlich nannten, den Respekt. Aber auch darin sollte sich alsbald eine Wende ankündigen.

Es war an der Zeit, das Zwiebelfest zu feiern. Nach englischer Sitte tauschte man in der Gesellschaft untereinander Zwiebeln als Geschenk und verzehrte sie gemeinsam unter Scherz und Spiel.

»Sophie«, bat der Kurfürst seine Schwester, die Herzogin von Hannover, »wenn du mir eine Freude machen willst, sei zum Zwiebelmahl heute abend mein Gast!«

Sophie wußte sehr wohl, daß die Erfüllung dieser Bitte der offiziellen Anerkennung der Raugräfin gleichkäme. Als sie sie aber an der Seite ihres Bruders mit all ihrem bescheidenen Liebreiz kennenlernte, tauschte sie gern eine Zwiebel mit ihr.

»Auf Ihr Glück und das meines Bruders, liebe Schwägerin!« sagte sie so laut, daß es jedermann in der Runde
hören konnte und schloß obendrein Luise herzlich in
ihre Arme.

Das gab den Ausschlag. Alle Welt folgte dem Beispiel
der Herzogin von Hannover, und wenn es Luise an
diesem Tag vielleicht auch einen verdorbenen Magen
eingebracht hat, der vielen Zwiebeln wegen, so wurde
sie von Stund an von jedermann mit der gebührenden
Achtung behandelt. Kurfürstin Charlotte war ohnehin,
nachdem sie der Scheidung hatte zustimmen müssen,
ins Kasseler Schloß verzogen.

Die gesamte Hofhaltung ging also in die Hände der
Raugräfin über, die im Heidelberger Schloß feierlichen
Einzug hielt.

Alle Wünsche des Kurfürsten Karl Ludwig von der
Pfalz und die der Luise von Degenfeld wurden damit
nicht nur erfüllt, sondern bei weitem übertroffen: In
langer glücklicher Ehe schenkte die Raugräfin vierzehn gesunden Kindern das Leben, die alle bestens verheiratet wurden.

Als Luise von Degenfeld im Alter von dreiundvierzig
Jahren starb, betrauerte Karl Ludwig sie aufs tiefste,
und fast war es für ihn, den so viel älteren, eine Erlösung, daß er ihr drei Jahre später in den Tod folgen
durfte.

Zwischen Gefühl und Verstand

*Eleonore d'Olbreuse und Herzog Georg Wilhelm
von Celle – 1664*

»Wenn wir ihrer am französischen Hof überdrüssig
sind, ist sie immerhin noch gut genug für deutsche
Fürstenbetten!« So spottete Herr von Guiche über die
blutjunge Eleonore d'Olbreuse aus La Rochelle. Kein
Wunder, denn er hatte soeben von ihr eine kräftige
Abfuhr seiner plump zärtlichen Annäherungen erhalten, und sein verletzter Männerstolz reagierte wie der
Fuchs, der die Trauben als sauer erachtet, weil sie ihm
zu hoch hängen.

Ein weiterer, der sich vergeblich um das Fräulein d'Olbreuse bemühte, war der deutsche Graf Schwerin. In
den Fluren des Versailler Schlosses, das damals noch
nicht seine prächtigen Ausmaße hatte, versuchte er ihr
einen Kuß aufzudrücken.

»Was erlauben Sie sich, mein Herr!« zischte sie ihn an.
»Wenn ich gewußt hätte, daß das die Sitten in Paris
sind, wäre ich niemals hierher gekommen!«

Sie wäre dennoch nach Paris gekommen, denn ihre
Eltern, zwar von Adel, aber bitterarm, hatten sie ausge-
schickt, sich bei Hof eine geeignete Stelle als Hofdame
oder dergleichen zu suchen. Aber die d'Olbreuses
waren Hugenotten, und so war den Bemühungen um
eine Stelle bei Hof von vornherein ein Riegel vorge-
schoben. Geduldet, aber ohne Amt, weilte Eleonore
einige Zeit am Hof des Sonnenkönigs, ohne daß sie

auch nur die Spitze eines Sonnenstrahls erreicht hätte. Stattdessen zahlreiche Avancen wie die der Herren Guiche und Schwerin, denen sie mit Abscheu und konsequenter Standhaftigkeit begegnete. Ihr Ruf wurde dennoch nicht durch ihre Tugend begründet, sondern im Zusammenschluß einer ganzen Reihe enttäuschter Kavaliere hieß es von ihr: Sie ist bösartig, liederlich und intrigant. In Wirklichkeit war sie schutzlos, verängstigt und wunderschön.

»Nehmen Sie bei mir den Dienst, mein liebes Kind«, schlug ihr daher die Herzogin Emilie von Tarent, eine hessische Prinzessin aus dem Hause Kassel, vor, »ich kann ein wenig Jugend um mich gebrauchen und werde Ihnen die Männer vom Halse halten, sofern sie nicht mit ernsten Absichten antreten!«
Das bedeutete nicht nur Schutz für Eleonore, sondern auch Meilen zwischen sich und dem nach ihrer Meinung verderbten Paris, denn die Herzogin reiste gern. Mit Freuden ging also die junge d'Olbreuse auf das Anerbieten ein, zumal sie noch eine weitere Freundin hinzugewann, Louise de la Motte, ebenfalls Hofdame der Herzogin.

Die erste Reise ging in die Heimat der Herzogin, nach Kassel, und wurde für Eleonore noch einmal zur Enttäuschung. Ausgerechnet der Landgraf selbst, Wilhelm VII. von Hessen-Kassel, zeigte die gleichen Allüren wie die Herren in Paris, ja schlimmer noch, da er selbst nicht mehr jung an Jahren war.
In Gegenwart seiner Schwester beachtete er deren Hofdame kaum, war sie doch nur einfachen Adels. Kaum

aber fand er im weitläufigen Landgrafenschloß zu Kassel Gelegenheit, der hübschen d'Olbreuse unbeobachtet aufzulauern, forderte er gebieterisch ihre Gunst und glaubte sich dabei sogar noch im Recht.

»Man kann sich doch denken, wie Sie es getrieben haben im Kreise französischer Höflinge, meine Liebe! Warum gönnen Sie mir nicht eine Kostprobe davon?«

Angeekelt setzte sich Eleonore zur Wehr. Im Handgemenge strauchelte der Landgraf, verlor fast die üppig gelockte Perücke, aber das Mädchen konnte seinen Rock raffen und ihm entkommen.

»Na warte du«, rief er ihr voller Zorn nach, »ich werde der Frau Herzogin ein Licht über dich aufstecken, du kleine canaille du!«

Eleonore hielt sich die Ohren zu und lief, so schnell sie laufen konnte, am liebsten ein für alle Mal fort von allen Männern dieser Erde. Und gerade da passierte es, daß ihr wieder ein Mann in den Weg trat. Sie hatte ihn noch nie gesehen. Wenn er ein Gast dieses Hauses war wie sie selbst, dann mußte er gerade angekommen sein. Eleonore hielt im Laufen inne, da ihr schwerer, weiter Rock es nicht erlaubte, sich an dem Fremden vorbeizuzwängen. So blieb sie stehen, vom Laufen außer Atem, der Busen unterm rüschenbesetzten Dekolleté sich hebend und senkend. Ihr Blick war voller Abwehr, während sie betrachtete, was und wer ihr da den Weg versperrte. Sie sah einen Mann von etwa vierzig Jahren, das lange, schmale Gesicht von der üblichen mächtigen Allongeperücke umgeben. Dieses Gesicht war von einer langen, spitzen Nase beherrscht, darunter volle, spöttisch geschürzte Lippen, ein fülliges, gespaltenes Kinn, die Wangen bereits ein wenig erschlafft.

Kein unbedingt schöner, aber doch ein sehr stattlicher Mann, und seine dunklen Augen ließen auf Geduld und Güte schließen.

»Excuséz moi, Monsieur . . .«

»Vergebung, mein Fräulein . . .«

Sie sprachen zur gleichen Zeit, jeder bemüht, sich beim anderen zu entschuldigen.

»C'etait ma faute . . .«

»Nein, nein, meine Schuld . . .«

Da sie wieder beide redeten, mußten sie plötzlich lachen.

»Ich habe mich verlaufen, ich suche meine Suite . . . Und Sie, Mademoiselle, hat Sie etwas erschreckt?«

»Wenn es so war, Monsieur, macht Ihre Liebenswürdigkeit den Schrecken wieder gut.« Eleonore fügte einen kleinen Knicks an, denn daß es sich bei diesem Fremden nicht einfach um irgendwen handelte, das sprach aus der ganzen Art seines Auftretens. Der Fremde seinerseits verbeugte sich höflich, und nachdem Eleonore versichert hatte, auch sie kenne sich im Schloß nicht recht aus und könne ihm den Weg zu seiner Suite nicht weisen, gingen sie in verschiedene Richtungen auseinander.

»Womit, mein Kind, haben Sie nur meinen Bruder, den Landgrafen, so verärgert, daß er heute nachmittag Klage bei mir führen mußte?« So befragte Herzogin Emilie am Abend ihre Hofdame, als beide, angekleidet zur großen Soiree, die breite Treppe zur Schloßhalle hinunterschritten. Da Mademoiselle d'Olbreuse errötete und kein Wort herausbrachte, sprang die La Motte für sie ein.

»Der Herr Landgraf ist ein Freund der Galanterie im Verborgenen, wie Hoheit ja wissen, und er liebt es nicht, wenn man seinen Wünschen nicht nachkommt.«

Eleonore warf der La Motte einen dankbaren Blick zu.

»War es so, liebes Kind?« wandte sich die Herzogin an Eleonore.

»Ja, Euer Hoheit, so war es. Ich mag den Landgrafen durch mein Verhalten verärgert haben.«

»Dann, mein Kind, haben Sie ganz recht getan!« Emilie nickte ihrer Hofdame noch einmal zu, damit war der Fall für sie erledigt.

Unten in der Halle hatten Tanz und fröhliches Treiben bereits begonnen, wurden aber noch einmal unterbrochen, um der Herzogin von Tarent, gewissermaßen als Dame des Hauses – ihr Bruder war seit langem verwitwet – Platz zu machen. So sahen also aller Augen auf die drei Damen, die in ihren weiten, steifen Brokatrökken langsam die Stufen herabkamen. Auch das Paar dunkler Augen des Fremden vom Nachmittag blickte herauf und war allein auf Eleonore geheftet. Es tastete ihr Gesicht ab, das dunkel gekrauste Haar, den mandelförmigen Bogen der Augen, ihre bloßen Schultern, die ganze Gestalt, aber in seinen Augen sah Eleonore nichts von jenem ungeschminkten Begehren, das sie so fürchten gelernt hatte, stattdessen Bewunderung und scheue Zärtlichkeit. So betrachtet zu werden, war ihr etwas ganz Neues, und statt sonstiger Abwehr spürte sie, wie sie sich dieser Bewunderung bereitwillig öffnete.

»Sag, Louise«, wandte sie sich an die La Motte, »wer ist jener, der zu uns heraufschaut?«

»Was? Das weißt du nicht, Dummchen«, lachte die La Motte, »das ist der Herzog von Braunschweig oder besser Herzog von Celle, da er das eben noch dazu geerbt hat.«

»Oh . . .« machte Eleonore und schlug die Augen nieder. Was in ihr vorging, war nicht eindeutig bei Namen zu nennen. Bisher hatten männliche Avancen sie stets nur mit Schrecken erfüllt, jetzt schienen es eher Scham und Verwirrung zu sein, zumal, kaum am Fuß der Treppe angekommen, Herzog Georg Wilhelm von Celle auf die Damen zutrat.

»Herzogin, ich bitte um die Erlaubnis, mit Ihrer Hofdame tanzen zu dürfen.«

Emilie von Tarent nickte ihr Einverständnis, und Georg Wilhelm führte die Hofdame d'Olbreuse zur eben aufklingenden Courante.

»Ich hatte ja bereits das Vergnügen, Mademoiselles Bekanntschaft zu machen«, suchte der Herzog das Gespräch zu führen.

Eleonores Antwort war Erröten und ein züchtig gesenktes Gesicht.

»Skandalös!« zischte derweilen Landgraf Wilhelm seiner Schwester zu, »der Braunschweiger wagt es, den Tanz mit deiner Zofe zu tanzen!«

»Schweig, Wilhelm! Du weißt ganz genau, daß sie das nicht ist, sondern meine Ehrendame und von Adel wie du und ich.«

»Von Adel mag sein, aber nicht wie du und ich, wenn sie es auch genau darauf angelegt hat! Du hättest sehen sollen, wie sie sich an mich ranmachte. Aber ein Herzog ist natürlich mehr als ein einfacher Landgraf!« Auch ihm waren also die Trauben sauer geworden.

71

Es näherte sich die Abreise der Herzogin von Tarent nach den Niederlanden, selbstverständlich in Begleitung ihrer Hofdamen. Georg Wilhelm, der sich noch in keiner Weise erklärt hatte, war der Gedanke an eine Trennung von Eleonore unerträglich. Kurzerhand ließ er ebenfalls anspannen und fuhr den Damen hinterher. Er war noch kaum bis Arnsberg gelangt, als ihn ein reitender Bote einholte.

»Was ist, was gibt's?« kam es ärgerlich aus dem Wageninnern, als der Kutscher, vom wild gestikulierenden Kurier aufgehalten, die Leinen anzog und die Pferde stehenblieben. Der Kurier trat an den Kutschschlag und reichte dem Herzog ein versiegeltes Schreiben.

»Mit Verlaub, Euer Gnaden!«

Georg Wilhelm von Celle entnahm dem Schreiben, daß sein Bruder, Christian Ludwig, im Sterben lag und dringend nach ihm verlangte. Laut brummelnd faltete der Herzog das Schreiben zusammen und, da dem Brummeln kein Sinn zu entnehmen war, beugte sich der auf Antwort wartende Kurier zum Fenster hinein.

»Wie meinen Euer Gnaden? Darf ich vorausreiten und Euer Gnaden Ankunft melden?«

»Nichts da!« kam es ungeduldig aus der Kutsche, »meld Er mein Bedauern, ich hätte dringende Geschäfte in den Niederlanden!«

Georg Wilhelm liebte seinen Bruder, und es tat ihm leid, wenn dieser im Sterben lag, aber das Mädchen mit dem dunklen Kraushaar war ihm wichtiger. Er wollte sie haben, er mußte sie haben, um jeden Preis!

»Aber Euer Gnaden«, wagte der Bote sich zu äußern, »ich habe strikten Auftrag, Euer herzogliche Hoheit zur Umkehr zu bewegen . . .«

»Hat Er nicht gehört? Dringende Geschäfte sagte ich, und andres hat Er nicht zu melden! Kutscher, weiterfahren und hurtig, wenn ich bitten darf!«

In Herzogenbusch hatte Georg Wilhelm die Damen eingeholt. Er ließ sich sofort bei der Herzogin von Tarent melden, und ehe diese auch nur dem Erstaunen über seine Gegenwart Ausdruck geben konnte, platzte er heraus:

»Madame, ich liebe Ihre Hofdame!«

Daß er von Mademoiselle d'Olbreuse sprach, brauchte er nicht mehr zu erklären.

»Sie ist ein überaus liebenswertes Geschöpf, meine Eleonore, aber . . .«

»Aber was, Madame? Bitte spannen Sie mich nicht auf die Folter!«

»Sie werden es schwer haben bei ihr, mein Herzog, denn sie empfindet tiefen Horror vor Männern, die ihr die Ehre rauben wollen.«

»Ich will nicht an ihre Ehre rühren, Madame, ich will ihre Liebe und bin bereit, alles zu tun, um sie zu gewinnen!«

»Wirklich alles?« fragte die Herzogin und hob argwöhnisch die Stimme. Sie fühlte sich für die d'Olbreuse verantwortlich und wußte, daß Herzog Georg Wilhelm ihr das eine, das ihre Ehre erhalten würde, nicht geben konnte, nämlich das Ja-Wort vor dem Altar.

Georg Wilhelm, der von den Braunschweiger Brüdern der zweite war, hatte seinen testamentarischen Anspruch auf den Thron von Hannover seinem jüngsten Bruder Ernst August eingeräumt, weil er sich selbst für ein freies Leben ohne Pflichten geeigneter befand. Ernst August hatte den Tausch angenommen, aber mit einem speziellen Familienvertrag untermauert, der besagte, daß Georg Wilhelm niemals eine Ehe eingehen durfte, um die Nachfolge der Kinder Ernst Augusts nicht zu gefährden. Georg Wilhelm hatte das unterschrieben.

»Ich werde das Fräulein d'Olbreuse auch so in Ehren halten können«, beteuerte er nun, »meine Juristen sind angewiesen, einen Weg zu finden, auf dem Eleonore mir ohne Schande angehören kann!«

Von der Ernsthaftigkeit seiner Absicht nun überzeugt, rief die Herzogin Eleonore zu sich.

Eleonore trat ein und erschrak, den Herzog, den sie zu ihrem größten Bedauern noch in Kassel glaubte, hier zu sehen. Aber es war ein Schrecken der Freude.

»Hoheit«, hauchte sie und deutete eine Reverenz an. In ihrem Innern jagten sich Gedanken und Empfindungen. Was wollte der Herzog hier? Was hatte ihn bewogen, ihnen nachzureisen? Daß seine Absichten andere waren als die bisheriger Männer, konnte Eleonore daraus entnehmen, daß er sich ihrer Herrin offenbar anvertraut hatte. So sah sie diesmal nicht errötend zu Boden, sondern wagte, seinem sehnsuchtsvollen Blick mit ruhigem Ernst zu begegnen. Als dann ein hoffnungsvolles Lächeln seine Lippen teilte, überkam sie eine Woge banger Erwartung. War ihr endlich die wahre Liebe begegnet? Wie von fern hörte sie die Herzogin:

»Mein Kind, ein Fürst von untadeliger Gesinnung möchte Ihnen sein Herz zu Füßen legen...«

Damit erhob sich die Hezogin und verließ den Raum. Eleonore blieb allein mit dem Mann, den sie lieben könnte, wenn er sich wahrhaft vor Gott und der Welt zu ihr bekannte. Die Form höher zu schätzen als die Leidenschaft, war Eleonore nicht anzurechnen, Erziehung und Erfahrung hatten sie dazu gebracht.

»Mein Fräulein«, begann der Herzog von Celle mit feierlicher Betonung, »mein Fräulein, ich bin in Sorge, daß das volle Ausmaß meiner Gefühle für Sie Sie erschrecken könnte, daher will ich mich für heute auf die Versicherung meiner zärtlichsten Hochachtung beschränken.«

Eleonore war überwältigt vom Ton seiner ehrerbietigen Annäherung. Da war nichts von grober Direktheit jener Anträge, wie sie ihr in dunklen Ecken und Fluren der Schlösser zu Paris und Kassel gemacht worden waren. Mit jedem seiner Worte schmolz ihr Mißtrauen dahin, und sie öffnete weit ihr Herz für ihn.

»Alle meine Wünsche«, so fuhr der Herzog fort, »sollen zurückstehen, bis ich Sie in Ihnen würdigen Verhältnissen an meiner Seite weiß. Da ich aber eine Ungeduld verspüre, von der ich mir wünschte, Sie würden sie teilen, biete ich Ihnen mein Herz und meine Person mit meinem heiligen Ehrenwort als Fürst, alle rechtlichen Belange so bald wie möglich zu regeln.« Georg Wilhelm machte eine Pause, und dann verlor sein Ton alles Förmliche. »Eleonore, all dies heißt nichts anderes, als daß ich dich liebe und dich bitte, meine Frau zu werden!«

Seine Worte waren von so viel Wärme und Aufrichtigkeit getragen, daß Eleonore in Versuchung war, alle Schranken zu durchbrechen und ihn liebevoll mit ihren Armen zu umschlingen. Doch eine letzte Vorsicht hielt sie zurück.

»Ihre Frau, mein Herzog? Wie wäre das möglich? Ich

bin von Stand, aber weit unter dem Ihren, zudem sind
Sie gebunden an Ihr brüderliches Versprechen, den
Staaten von Hannover keine Erben zu stellen. Eine Ehe
zu schließen, ist Ihnen vertraglich untersagt.«
Ein tiefer Seufzer war die Antwort.
»All das bedenkend«, begann der Herzog erneut, »habe
ich die rechtlichen Möglichkeiten gründlich geprüft. In
aller Eile und unter Berücksichtigung einer Korrektur
durch meine Advokaten habe ich aufsetzen lassen, was
Ihnen zu bieten mir möglich ist. Bitte, mein Fräulein,
lesen Sie!«
Damit zog er aus dem Aufschlag seines Ärmels ein
Schriftstück und reichte es Eleonore, die wie folgt las:

*Für den Fall, daß Fräulein d'Olbreuse sich bereitfindet, mit
mir wie eine Ehefrau zu leben, so verspreche ich hiermit, sie
niemals zu verlassen und ihr jährlich 2000 Taler, nach
meinem Tode aber 6000 Taler jährlich, zu gewähren, woge-
gen sie hierdurch versprechen wird, ebenso wie ich, mit dieser
Regelung zufrieden zu sein. In diesem Sinne unterzeichnen
und besiegeln wir . . .*

Das war keine Eheschließung. Das war kaum mehr als
die finanzielle Versorgung einer Maitresse. Eleonore
erkannte es sofort, und Enttäuschung darüber trieb ihr
die Tränen in die Augen.
»Wenn ich einen einfachen Edelmann geheiratet hätte«,
schluchzte sie, »wäre mir neben dem priesterlichen
Segen zumindest der Titel ›Gnädige Frau‹ sicher gewesen. Wenn ich also dem Plane zustimme, sollte ich
wenigstens Frau von Celle genannt werden!«
Das war unmöglich zuzugestehen, denn die Herzogin-
witwe von Celle, Mutter der vier Söhne, lebte noch

und würde niemals bereit sein, ihren Namen mit einem einfachen Fräulein zu teilen. Georg Wilhelm, bestürzt, daß er an die Frage der Anrede nicht gedacht hatte, in seiner Liebe aber zu jeglichem Zugeständnis bereit war, bot sofort einen Ausweg an.

»Weine nicht, liebste Eleonore, niemand wird dich mehr ›Fräulein‹ nennen, wenn du an meiner Seite bist. Wäre dir, mein Herz, der Titel einer ›Frau von Harburg‹ genehm?«

Er war ihr genehm, und als jetzt der Herzog mehr als tröstliche Geste denn aus Begehrlichkeit seine Arme um Frau von Harburg legte, schmiegte sich diese eng an ihn, und der Bund war geschlossen.

Die Zeit ging hin, Georg Wilhelm ließ nicht nach, seiner Eleonore Zärtlichkeit und Hochachtung zu bezeugen, und diese schwelgte im Glück. Eine erste Schwangerschaft kündete sich an, und am 15. September 1666 kam Frau von Harburg mit einem Mädchen nieder, das den Namen Sophie Dorothea erhielt.[*]

Mit der Geburt dieses Kindes kam erneut die Namens- und Titelfrage auf. Eleonore, nicht frei von Ehrgeiz, wäre noch fähig gewesen, diesen aus echter Liebe in Grenzen zu halten, auch wenn sie ins Feld führte, ihre Tochter, immerhin von fürstlichem Geblüt, könne nicht einfach eine ›Frau von Harburg‹ zur Mutter haben. Aber zu diesem Zeitpunkt tauchte ein Gast im Celler Schloß auf, der sich mehr als erwünscht dieser Frage annahm.

[*] Das ist die Sophie Dorothea, die später die Affaire mit Königsmarck hatte und als Herzogin von Ahlden verbannt wurde.

»Das kannst du dir unmöglich gefallen lassen, Eleonore!« hetzte Fréderic d'Olbreuse, ihr Bruder, »du
mußt darauf bestehen, mindestens in den Grafenstand
erhoben zu werden.«

»Aber«, wandte Eleonore noch genügsam ein, »immerhin hat der Herr Herzog mich aus den Diensten der
Herzogin von Tarent...«

»Aus den Diensten?« fuhr ihr der Bruder dazwischen,
»du warst niemals in Diensten der Herzogin, das mußt
du dir merken, Eleonore. Die d'Olbreuse sind ein altes
angesehenes Geschlecht, und die Herzogin hat dich aus
reiner Freundschaft eingeladen, mit ihr zu reisen, verstehst du mich?«

So ganz recht war Eleonore diese Version nicht, andererseits wird sich keine Frau allein auf den Austausch
von Gefühlen verlassen, sie möchte es schon mit Brief
und Siegel wissen.

Ihr Bruder trat vor den Herzog hin und verlangte
dreist die kirchliche und gesetzliche Eheschließung mit
seiner Schwester.

»Ist das auch deine Meinung, Eleonore?« wollte sich
Georg Wilhelm rückversichern, »du hast mit deiner
Unterschrift gelobt, zufrieden zu sein, so wie jetzt die
Dinge zwischen uns geregelt sind.«

Eleonore fühlte einen ersten Schatten sich über ihre
Beziehung legen und war dennoch hin und hergeris-
sen, ihre Liebe zu retten oder auf die Einflüsterungen
des Bruders zu hören:

»Denk an deine Kinder, Eleonore, du bist schon wieder
schwanger, wie man leicht sehen kann! Sollen sie alle
nur schäbige Bastarde sein?«

Ohne seine Schwester zu fragen, setzte der Bruder gerichtliche Schritte in Gang, die er endlich mit einer Eingabe an den Kaiser krönte.

Herzog Georg Wilhelm dagegen fühlte sich weiterhin an sein Ernst August gegebenes Versprechen, niemals zu heiraten, gebunden, schlug aber als Kompromiß eine Erhöhung seiner Lebensgefährtin zur Gräfin von Wilhelmsburg vor.

D'Olbreuse, der glaubte, damit den ersten Keil getrieben zu haben, gab nun erst recht nicht nach. Er drängte und hetzte weiter, vor allem, als eine Heirat zwischen Eleonores Tochter mit dem künftigen König von England geplant wurde.

»Ein König von England soll einen Bankert heiraten?« spottete er.

Eleonore, zu schwach, dem Bruder Einhalt zu gebieten, fühlte sich zwischen zwei Lagern. Seit ihrer Jugend war sie immer nur verleugnet und herumgestoßen worden, und auch jetzt litt sie sehr unter den Demütigungen ihres zwitterhaften Status'. Ging beispielsweise der Herzog samt Brüdern und Schwägerinnen auf Reisen, durfte sie, Eleonore nicht deren Kutsche teilen, sondern mußte in einer gesonderten Kutsche hinterherfahren. Und nun endlich trat jemand ihrer Familie auf, für ihr Recht zu kämpfen. Wie konnte sie ihm da Einhalt gebieten? Noch wankte zwar Georg Wilhelm nicht in seiner Liebe, aber das ungetrübte Glück im Verborgenen war dahin.

»Ach, meine Eleonore«, seufzte er wohl manches Mal, »gäbe es doch nichts auf der Welt als nur dich und mich, keine Titel, keinen Stand und keine Kronen!«

»Wenn das so wäre, mein Herr Herzog«, erwiderte sie dann züchtig, »müßte ich auch nicht trachten, unseren

Kindern von allem ihren Anteil zukommen zu lassen.«

Als dann weitere Kinder geboren wurden, gab Georg Wilhelm soweit nach, daß er um die Legitimierung seiner Kinder ohne ehelichen Bund mit deren Mutter beim Kaiser einkam.

Welchen Standpunkt Leopold I. dabei vertrat, bleibt durch einen Bestechungshandel unklar. Der Cellesche Kanzler Schütz machte seinem Herrn weis, eine solche Legitimation koste 16000 Taler, die Georg Wilhelm auch bewilligte. Schütz vereinnahmte erst einmal die Hälfte der Summe für sich, die andere Hälfte durchlief geheimnisvolle Kanäle mit dem Resultat: Keine Legitimation ohne Heirat. Steckte der Bruder d'Olbreuse auch hinter Schütz? Das wird nicht mehr aufzuklären sein.

Nun aber war der Herzog von Celle zur Eheschließung bereit. Sorgfältig wurde zuvor eine Verzichtserklärung sowohl auf die Thronfolge von Hannover als auch auf den Titel einer Herzogin von Celle vorbereitet.

Die Heirat fand in aller Stille statt, eine Stille allerdings, der überlaut der Triumph von Seiten d'Olbreuse folgte.

»Siehst du, Schwesterchen, wir haben es geschafft! Und du wirst sehen, alsbald wird man auch in den Kirchen öffentlich für dich beten, wie es für eine Landesherrin üblich ist!«

Wie viele Taler im Spiel waren oder wie weit d'Olbreuse und Schütz sich einig waren, mag dahingestellt bleiben. Jedenfalls wurde alsbald öffentlich in den Kirchen gebetet, wenn auch nicht für eine Herzogin von Celle, so doch für die Prinzessin von Celle, welchen

Titel Eleonore von nun an führen sollte, und zwar mit ausdrücklich vom Kaiser bescheinigtem Recht, mit ›Hoheit‹ angesprochen zu werden.

»Hoheit«, hörte sie die Anrede das erste Mal aus dem Mund ihres Bruders, »Hoheit! Das hast du dir redlich verdient, Schwesterchen!« Es klang aber mehr danach, als feiere er sein eigenes Verdienst daran, den Fuß über die Schwelle des Hohen Adels gesetzt zu haben.

Eine ganz andere Anrede hörte Eleonore viel lieber und schien ihr nach wie vor als der höchste aller Titel.

»Eleonore, Liebste«, kam es zärtlich von Georg Wilhelm, »für mich bleibst du immer das geliebte Mädchen mit dem dunklen Kraushaar, auch wenn eines fernen Tages sich silberne Fäden darin zeigen mögen!«

Der Tag kam, aber der Herzog hielt Wort und liebte seine Eleonore ein Leben lang. Der Ehe entsprangen zahlreiche Kinder, darunter jene Tochter, durch die Eleonore die Stammmutter der Könige von England wurde.

Die vereitelte Flucht

*Sophie Dorothea von Celle und
Graf Königsmarck – 1690*

In hohem Bogen kommt der Ball geflogen und fällt
dem Knaben vor die Füße. Der hebt ihn auf und dreht
ihn, bunt und rund, in seinen Händen. Noch überlegt
er, wer ihn wohl so weit geworfen hat, den bunten
Ball, da kommt ein Kind gelaufen, ein kleines Mädchen im lichtblauen Kleid, das es umflattert wie ein
Wölkchen vom Himmel. Und von dort scheint es auch
hergeweht, denn eben noch war der Park leer, dehnten
sich die Rasenflächen unter hohen Bäumen bis hinab
zum kunstreichen Teich, auf dem einzig ein Schwanen-
paar sich wiegte.

»Das ist mein Ball! Gib ihn her!« verlangt das Mädchen
energisch sein Eigentum zurück.

Doch der Knabe zögert, schüttelt verneinend die dunklen Locken. Erst will er wissen, wer sie ist, die, wie es
scheint, das Befehlen gewohnt, auch ihm befehlen
will.

»Wie heißt du?« fragt er gleichfalls streng.

»Sophie Dorothea von Celle«, ruft die Kleine selbstbe-
wußt.

»Dora! Dora!« echot der Junge freundlich foppend.
»Hier, nimm den Ball, Dora!« ruft er und wirft ihn ihr
übermütig lachend zu.

Sophie Dorothea fängt den Ball geschickt auf. Unwillig blitzt es in ihren dunklen Augen. Was fällt dem

fremden Jungen ein, sie derart formlos ›Dora‹ zu nen-
nen? Weiß er denn nicht wie jedermann, daß sie eine
Prinzessin ist? Er weiß es nicht, grad so wie sie nicht
weiß, daß er ein Graf ist. Graf Philipp Christoph von
Königsmarck, der mit seiner Mutter, der Gräfin-
Witwe, vom heimatlichen Agathenburg zu kurzem
Besuch nach Celle herüberkam.
Der Unwille in Dorotheas Augen hält nicht lange an.
Der Fremde gefällt ihr. Sein heller, wacher Blick hält
sie auf seltsame Weise gefangen, denn auch sie gefällt
ihm. Etwas ist zwischen ihnen, das sie nicht verstehen,
etwas Zwingendes, das sie zueinander treibt. Aber sie
sind Kinder, und so bricht es sich nur in einem scheuen
Lächeln Bahn. Das Mädchen wendet sich ab und ha-
stet, den Ball unterm Arm, eilig davon. Der Junge hebt
noch einmal die Hand und schlendert dann den Kiesweg hinauf. Sie haben einander bald wieder vergessen.

Die Familienpolitik des Hauses Hannover bestimmte
1682 die Verehelichung des ältesten Sohnes Georg Ludwig von Braunschweig-Lüneburg mit seiner sechzehnjährigen Cousine Sophie Dorothea von Celle. Sah man
auf deren nicht ganz ebenbürtiges Blut auch ein wenig
herab, so brachte sie doch zwei wehrhafte Festungen
und eine Rente von jährlich hunderttausend Talern mit
in die Ehe. Sie selbst wurde niemals gefragt, ob der
Bräutigam ihr genehm sei. Er war es nicht. Denn kaum
konnte man sich ein ungünstigeres Äußeres vorstellen
als das dieses Fürsten, der später als König Georg I. den
Thron Englands besteigen sollte. Er war klein von
Wuchs, untersetzt, mit blasser Hautfarbe, hervorquel-

lenden Augen und einem eckigen Kinn. Sein Auftreten machte ihn kaum anziehender. Es war schüchtern und unbeholfen, vermittelte den Eindruck eines groben, ungeschliffenen, ja phantasielosen Menschen. Um zehn Jahre älter als seine Braut, war er nicht imstande, die Ängste und Sehnsüchte einer Sechzehnjährigen zu verstehen oder zu tolerieren. Dazu kam, daß diese durch die Spottsucht der Schwiegermutter, Sophie von Hannover, ohnehin einen schweren Stand am dortigen Hof hatte.

»Ich halte es hier nicht aus, Eleonore!« klagte sie ihrer Hofdame und Freundin, Eleonore von Knesebeck. Und diese suchte zu beschwichtigen:

»Sie dürfen nicht klagen, Hoheit, der Herr Kronprinz ist doch ein zärtlicher und aufmerksamer Gatte.«

Er bemühte sich, es zu sein. Der Beweis war die Geburt eines Prinzen und kurz darauf die einer Tochter. Doch während Georg Ludwig gegen die Türken zog und im Schloß von Hannover die alte Herzogin das Sagen hatte, fühlte sich Sophie Dorothea immer einsamer. Feldzug um Feldzug hielt den Kronprinzen fern, weilte er jedoch gelegentlich am Hof, blieb das eheliche Bett leer. Georg Ludwig, Erlebnisse von Greuel und Brandschatzung zu übertönen, vergnügte sich in anderen Betten. Und Vergnügungen waren es auch, die Sophie Dorothea zu suchen begann.

Zeit des Karnevals! Musikanten spielten auf, endlich einmal Tanz und Heiterkeit! Eine ›Wirtschaft‹ wurde veranstaltet, wie man das beliebteste Spiel der Zeit nannte. Maskiert traf man sich in ländlicher Idylle, ahmte äußerlich das einfache Bauernvolk nach, trug Schurz und Kittel dabei dennoch aus Samt und Seide.

84

So feierte man bei Wein und Braten und tanzte ausgelassen bis in den frühen Morgen.

»Enchanté, Monsieur«, sagte Sophie Dorothea eben und reichte die behandschuhten Fingerspitzen ihrem nächsten Tanzpartner. Steif bewegte sie sich im schweren Brokatkleid, das wenig Bäuerliches hatte. Ihr Gegenüber, die Augen hinter schmaler schwarzer Maske verborgen, beugte sich ein wenig zu ihr herab.

»Dora«, hörte die Prinzessin flüstern, »Dora! Tatsächlich! Mein Gott, wie sind Sie schön geworden!«

»Mein Herr...!« entsetzte sich Dorothea über diese Freiheit ihres Tänzers.

»Schsch...« machte der Kavalier hinter der Maske, »schsch...« Er lachte leise auf. »Und wenn es meinen Kopf kostet, ich muß es noch einmal sagen: Aus der kleinen Dora ist ein Engel geworden!«

Stimme und Lachen kamen Sophie Dorothea bekannt vor. Ein Junge im Park, der ihr den Ball zurückwarf. O ja. Wie lange war das her? Entzückt schlug sie mit dem Fächer nach dem Fremden, der ihr so fremd nicht war. Aber wer er wirklich war, der Kavalier, der die unbeschwerte Kindheit wieder heraufbeschwor, das wußte sie nicht. Der Zeremonienmeister klatschte in die Hände zum Zeichen, daß die Tanzpaare untereinander zu tauschen hatten.

»Hoheit«, sagte der Maskierte laut und verbeugte sich tief, ehe auch er seine Tänzerin wechselte. Nach festgelegter Reihenfolge wandte er sich der Gräfin Platen zu, die ihn dafür mit einem süßen Lächeln belohnte.

»So ein Biest...« entfuhr es Sophie Dorothea, da sie eben noch die Gräfin sich eng in den Arm ihres Tänzers schmiegen sah.

»Wie meinen, Hoheit?« fragte der Minister von dem Bussche, der die Ehre hatte, die Frau Kronprinzessin im Kreis zu drehen.

Aber die Frau Kronprinzessin antwortete ihm nicht.

»Darf ich Euer Liebden einen Offizier vorstellen, den ich die Ehre habe, seit neuestem in meinen Diensten zu wissen?«

Georg Ludwig, der es nicht liebte, wenn seine Frau sein Arbeitskabinett betrat, machte gute Miene zum leichtsinnigen Spiel und stellte ihr den schlanken, dunkellokkigen Besucher vor, dessen Rapport er gerade entgegennahm. »Philipp Christoph Graf Königsmarck, er führt mir als Oberst ein Dragonerregiment.«

Der Oberst schwenkte artig den federgeschmückten Hut. Seine Verbeugung fiel eine Spur zu tief aus, aber um seine Lippen zuckte es, als sein Blick wie in geheimem Einverständnis auf Sophie Dorothea traf. Derweilen schweifte Georg Ludwig zu seinem derzeitigen Lieblingsthema ab.

»Seit Versailles zum Mittelpunkt der Welt geworden ist, müssen wir alle auf der Hut sein . . .« Die Prinzessin hörte ihrem Gatten nicht mehr zu. Noch immer blickten die hellen, wachen Augen auf sie, und obwohl sie zuletzt von einer schwarzen Maske umrahmt gewesen, wußte sie genau, wem sie gehörten. Die junge Frau fühlte brennendes Rosenrot in ihre Wangen steigen und suchte vergeblich, dem Blick des Dragonerobersten auszuweichen. Ein drittes Mal war der Funke zwischen diesen beiden Menschen übergesprungen, und diesmal entfachte er eine Flamme, die bis zum Tode nicht mehr verlöschen sollte.

In größter Verwirrung floh Sophie Dorothea in ihre Gemächer. Ihr Atem flog, als sie sich an die Knesebeck wandte.

»Eleonore, du mußt mir helfen!«

»Um Himmels willen, Hoheit. Beruhigen Sie sich. Sie sind ja gänzlich echauffiert!« Die Knesebeck war wirklich in Sorge. Was war geschehen, daß die Frau Prinzessin, ihre ganze Würde vergessend, daherkam wie ein Wirbelwind?

»Ach, Knesebeck! Du sollst mich nicht behandeln wie eine alte Frau. Ich bin dreiundzwanzig Jahre alt. Dreiundzwanzig! Und ich fürchte bis über beide Ohren verliebt! So verliebt wie noch niemals in meinem Leben! Es macht mich jubeln und erfüllt mich auch mit Angst...« Ihr Atem war ruhiger geworden. Der einzig Vertrauten einen Arm um die Schulter legend, bat sie: »Du mußt mir helfen, Eleonore, ich hab' ja nur dich...« Und weiter, während sie sich wie erschöpft auf eines der seidenbezogenen Taburetts niederließ: »Du bringst ihm ein Billett, hörst du, Eleonore? Gleich jetzt! Bring mir Papier und Feder!«

Was aber wollte sie ihm schreiben? Was wußte sie schon über diesen Königsmarck? Bei Hof wurde er als ›loser Vogel‹ bezeichnet. Es war ein gefährliches Spiel, in das sie sich einließ.

»Warte, Eleonore, kein Billett!« entschied sie wankelmütig, »du gehst und sprichst selbst mit ihm, Knesebeck! Sag ihm, ich wolle ihn sehen. Du findest schon einen Vorwand! Geh jetzt und beeile dich!«

»Aber zu wem, Hoheit, zu wem soll ich gehen? Hoheit haben mir noch nicht verraten, wem Sie Ihr Interesse schenken.«

»Dem Grafen Philipp Christoph von Königsmarck ...«
Es klang zärtlich und stolz, als sie seinen Namen zum
ersten Mal aussprach.

Die treue Knesebeck rang die Hände.

»Ich beschwöre Euer Hoheit ... Ich fühle mit Ihnen,
Hoheit, aber warnen muß ich Euer Hoheit! Mit der
Liebe kommt der Leichtsinn. Könnte man an diesem
Hofe Eurer Hoheit nur ein geringes vorwerfen, man
täte es mit Vergnügen ...« In ihrem Innern gab die
Kronprinzessin der Vertrauten recht, zumal diese fort-
fuhr: »Die Frau Herzogin, Ihre Schwiegermutter, hat
ihre Spione überall! Der Minister von dem Bussche ist
ganz ihre Kreatur, Herr von Ilten, Adjutant Seiner
Hoheit, erweist Ihnen seine Honneurs und hinterträgt
dann jedes gesprochene Wort, die Gräfin Platen gar,
die sich der Gunst des Grafen Königsmarck rühmt, ist
schon jetzt grün vor Eifersucht. Sie sind umgeben von
Feinden, Hoheit! Sie werden beobachtet!«

»Ich weiß, liebe Freundin, nur dir kann ich trauen. Du
wirst alle Vorsicht walten lassen, drum geh jetzt, Eleonore, geh und suche den Grafen auf.«

Qualvolles Warten, bis endlich die Hofdame zurückkehrte. Sophie Dorothea stürzte der Freundin entgegen.

»Nun, was hast du ausgerichtet? Nun sprich schon!
Hast du ihn gesehen?«

Die Knesebeck hob abwehrend die Hand.

»Zuvor eine Nachricht, Hoheit. Man spricht im ganzen
Schloß davon, daß der Herr Kronprinz morgen mit
achttausend Mann aufbricht, dem Herzog von Lothringen gegen Frankreich beizustehen. Der Oberst von
Königsmarck wird bei ihnen sein.«

»Und das bedeutet . . . ?« hauchte die Prinzessin.

»Lesen Sie selbst, Hoheit.« Damit reichte die Knesebeck ihrer Herrin ein gefaltetes Briefchen. Mit fliegenden Fingern brach Sophie Dorothea das Siegel.

Hoheit, las sie, *Ihren Befehlen aus tiefstem Herzen zu dienen, drängt die Zeit. Es bleibt mir nur diese Nacht, ehe wir nach Lothringen aufbrechen. Ich bin kühn genug, mich um Mitternacht zur Stelle zu melden.*

Das war deutlich. Es war die Sprache eines ungeduldig Liebenden. Sophie Dorothea drückte das Briefchen an die Lippen, dann warf sie die Arme in die Luft und drehte sich dabei wie in einem seligen Tanz.

»Es bedeutet, Eleonore, es bedeutet . . .« jubelte sie, »daß auch er mich liebt! Noch diese Nacht werde ich ihn sehen!«

Damit nahm die unheilvolle Liebe der Kronprinzessin von Hannover zum Grafen von Königsmarck ihren Anfang.

Noch einmal begann ein langes qualvolles Warten. Zähflüssig tropften die Sekunden, wurden viel zu langsam zu Minuten und zu Stunden, die den Tag enden und die Nacht bringen sollten.

»Morgen, Eleonore, sagst du, rücken die Truppen ab?« fragte Sophie Dorothea zum hundertsten Mal, »es bleibt uns also wirklich nur diese eine Nacht?« Auf und ab schritt sie durch ihr Gemach, auf und ab voller Unruhe, Sehnsucht und Furcht. Ihr hübsches Gesicht, das noch immer etwas von Unberührtheit barg, hatte wieder Farbe bekommen, ja es erglühte von einem Feuer, das sie noch niemals verspürt hatte.

Endlich, so weiß sie, darf sie Liebe verschenken und Liebe ernten, wenngleich sie auch zweifelt, ob Glück der Preis sein wird.

»Knesebeck«, ruft sie voller Schrecken, »bist du auch sicher, daß die Wendeltreppe unbewacht ist?«

Normalerweise stehen die Posten überall, selbst vor ihrer Tür, aber die Knesebeck hat versprochen, auch dazu sich etwas einfallen zu lassen. Und dennoch: War es nicht Wahnsinn, das Risiko einzugehen? Um Mitternacht den Obersten ihres eigenen Gemahls zu empfangen? Und das in nicht mißzuverstehender Absicht?

Doch als sich Punkt zwölf Uhr die Tür öffnet, und zwischen ihren hohen Flügeln der junge Oberst steht, da weiß sie, kein Risiko ist zu groß für diesen Mann!

Er, der dort in der Tür steht, den Hut unterm Arm, das tiefdunkle Lockenhaar offen über dem gestärkten Spitzenkragen seiner Uniform, muß ähnliches empfinden. Die kindhafte Frau im hochgeschnürten Hauskleid, Bänder und Schleifen als lockender Rahmen um ein verheißungsvolles Dekolleté, der rote Mund geschürzt, eine bloße runde Schulter, all das verzaubert ihn bis ins Innerste.

Wenn er jemals der ›lose Vogel‹ gewesen, dem man ihm nachsagte, so streift er in diesem Augenblick alles Leichtfertige von sich ab. Was er jetzt spürt, ist Liebe.

Graf Königsmarck macht einen Schritt nach vorn...

»Hoheit...« stammelt er, »Prinzessin...«

Leise verließ Eleonore von Knesebeck das Gemach durch eine Seitentür. Sie wußte, ihre Gegenwart war hier nicht mehr erwünscht, sie wußte aber auch, daß sie das Risiko ihrer Herrin teilte. Entdeckte man die beiden, würde man sie, die Knesebeck, zur Rechenschaft ziehen.

Sophie Dorothea schenkte ihrer Hofdame keine Aufmerksamkeit mehr. Sie beugte sich zu dem Mann nieder, der vor ihr kniete und berührte mit zarter Hand seinen Scheitel.

»Nicht Hoheit, nicht Prinzessin...« flüsterte sie, »sag wieder Dora... ich bin deine Dora... für heute... für immer...«

Langsam erhob sich der Mann und stand ganz dicht vor der Frau, die er begehrte. Es gab keinen Rang, keinen Stand mehr zwischen ihnen, nur die Glut ihrer Herzen.

»Dora... Dora...« flüsterte Königsmarck atemlos und zog sie sanft in seine Arme, trug sie die Stufen zum herzoglichen Himmelbett hinauf und legte sie auf die seidenen Polster. Seine Küsse trafen nicht nur ihre Lippen, den Hals, den Ansatz der Brust, sondern fanden bebenden, pochenden Widerhall in ihrem Herzen.

Kein Feldherr jener Zeit führte ohne besonderen Zwang seine Truppen während der Wintermonate ins Feld. So hatten die Hannoverschen Truppen bald ihre Winterquartiere bezogen und war der Dragoneroberst von Königsmarck mit seinem Herzog an den Hof zurückgekehrt.

Für Prinzessin Sophie Dorothea und Graf Königsmarck begann damit eine Zeit ungetrübten Glücks. Einer sonnte sich in der Gewißheit der Liebe des anderen, dennoch blieb die ständige Angst vor Entdeckung. Wann immer, was unvermeidlich war, die beiden gemeinsam bei Hofe zu sehen waren, verfolgte sie ein eifersüchtiges, auf Rache bedachtes Augenpaar. Es waren die Augen der Gräfin Platen. Sie konnte nicht verwinden, daß die zärtliche Aufmerksamkeit des schönen Grafen nicht mehr ihr galt. Wieviel erspähte sie wohl von den zahllosen geheimen Zusammenkünften, sei es über die Wendeltreppe im Schloß, sei es im abgelegenen Kavaliershaus, während die Knesebeck Wache stand?

Aber da war noch jemand, der neugierig um die Gemächer der Kronprinzessin schlich, um Erspähtes seiner Herrin, der Frau Herzogin, zu hintertragen. Das war der Minister von dem Bussche, der der Herzogin-Mutter ein wenig mehr als treu ergeben war.

Die Liebenden schienen von der schleichenden Bedrohung nicht einmal Notiz zu nehmen, aber Eleonore von Knesebeck verging fast vor Sorge.

»Ich beschwöre Euer Hoheit, vorsichtiger zu sein!« wiederholte sie immer wieder, wenn sie einen jener schriftlichten Liebesschwüre der beiden durch die Korridore des Schlosses schmuggeln mußte. Nicht einen Tag konnte das Paar ohne ein solches Billett d'amour sein, auch dann nicht, wenn die kommende Nacht sie wieder vereinte.

Ich liebe dich so sehr, daß ich mich selbst nicht mehr kenne!
schrieb sie dann wohl einmal, und er antwortete gelegentlich in Versen wie:

Hast du mein Herz gestohlen
So behalts jetzunder auch
Ich mag's nicht wiederholen
Dieweil ich's nicht mehr brauch'

Aber auch Eifersucht zwischen den beiden war im Spiel. Sie erhitzte gelegentlich die Gemüter des so ungleichen Paares, nur um zu immer zärtlicheren Versöhnungen zu führen. Als zu Ende des Jahres 1692 Hannover die Kurwürde erhielt, schrieb Königsmarck gleich am Morgen nach dem feierlichen Festakt ein Billett an seine Geliebte:

Ich kann vor Zorn nicht schlafen, wenn ich denke, daß der Kurprinz dich vielleicht heut nacht persönlich mit der Würde einer Kurprinzessin belehnte! Sind die Umarmungen eines Kurprinzen reizvoller, seit er diesen Rang bekleidet?

Die Eifersucht des Grafen war jedoch unbegründet, wenn der Gedanke an die Rechte des Gemahls Georg Ludwig an seine Gemahlin ihn auch ständig quälte. Mehr und mehr sann Königsmarck darauf, wie seine Dora ihm ganz allein gehören könne. Und eines Tages war sie es dann, die den Vorschlag machte:
»Laß uns einen entfernten Winkel dieser Erde suchen, wo wir ungestört zusammen leben können!«
Just zu der Zeit erhielt Oberst Graf von Königsmarck Befehl zum Abmarsch an die Elbe, wo sein Regiment dem dänischen Feldherrn von Wedel im Erbschaftsstreit Sachsen-Lauenburg gegenüberstand. Der Zufall wollte es, daß Sophie Dorothea eben auf dem Jagdschloß Bruchhausen weilte, das auf dem Weg lag. Nur ein sehr geringer Umweg war vonnöten, den der Oberst leicht mit einem Vorwand bemänteln konnte, um Daniel, seinen Burschen und Diener zu täuschen.
»Mir scheint, mein Pferd geht lahm! Ich will zusehen, im Schloß ein frisches zu kriegen. Reit Er voraus und

meld' Er mein Kommen für morgen im Sonnenauf-
gang!«

Ob Daniel sich täuschen ließ, das steht dahin, jedenfalls
ließ er sich nichts anmerken.

»Zu Befehl, Herr Oberst! Mir schien auch schon, der
Fuchs von Herrn Oberst lahmt auf der Hinterhand!«

Das ›lahme‹ Pferd versteckte Königsmarck im nahen
Gebüsch, dann ahmte er den Ruf des Waldkauzes nach,
das verabredete Zeichen! In lauer Juninacht, nur einen
leichten Schal übergeworfen, kam Sophie Dorothea
ihm entgegengelaufen.

»Daß du gekommen bist!« rief sie voller Entzücken und
schmiegte sich an ihn.

»Höre, Dora«, setzte der Oberst nach ersten heißen
Küssen an, »höre, wenn es dir wirklich ernst damit ist,
daß wir zusammen leben wollen..., dann werde ich
den Dienst quittieren und nach Sachsen gehen. Von
dort hole ich dich heimlich nach.«

So flüsterten sie und schmiedeten Pläne, immer wieder
unterbrochen von Küssen und Liebesschwüren, doch
nicht lange sollte die Beratung dauern. Man hörte Laufen, Hundebellen und gar Schüsse! Alarm oben auf
dem Schloß! Jemand hatte Verdacht geschöpft. Man
suchte ihn.

»Rasch, Liebster, rasch!« flehte Dora, während er sich
sorgte:

»Und du, Liebste? Wenn man dich entdeckt?«

»Die laue Nacht hat mich geweckt, ich ging hinaus, den
Mondschein zu betrachten!«

Königsmarck floh zu seinem Pferd. Im letzten Augenblick! Ihm blieb eben noch, sich in den Sattel zu werfen
und dem ›lahmen‹ Tier die Sporen zu geben. Den

ganzen Ritt marterte ihn die Frage: Soll das ewig so weitergehen?

Noch unter dem Eindruck des Erlebten schrieb er ihr:

Ich zittere noch jetzt, wenn ich bedenke, in welche Gefahr ich dich gebracht habe. Gott, wie nahe sind wir dem Verderben gewesen! Ich wunderte mich zwar, daß plötzlich so viel Leute um mich waren, ja zwei mich durchs Gebüsch verfolgten, doch noch hielt ich es für Zufall und ohne Absicht, doch nun sehe ich wohl, daß ich meine Rettung nur meinen Beinen zu verdanken hatte.

Dem Grafen kam immer klarer zum Bewußtsein, daß er sich in einer Situation befand, die für einen Offizier und Ehrenmann untragbar war.

Oberst von Königsmarck hielt für die Herzöge von Braunschweig erfolgreich die Ufer der Elbe gegen den König von Dänemark. Ein bestochener Postmeister versorgte ihn mit Briefen seiner Geliebten, wie diese auch diskret mit seinen Antworten. Zu gegenseitiger Kontrolle numerierten sie die Briefe.

Ich habe deine Briefe, die mit 23 und 24 bezeichnet sind, erhalten, aber der mit Nummer 22 fehlt . . .

Das war alarmierend. Wer hatte den Brief abgefangen? Wer hatte ihn gelesen?

Unsere Arglosigkeit wird uns ins Verderben führen schrieb Königsmarck an Sopie Dorothea. Doch dann, im Frühjahr 1694, hielt er Wort, quittierte den Dienst und bewarb sich beim Kurfürsten von Sachsen. Dort begann er als Generalmajor seine Laufbahn mit einem

Urlaub, um seine Equipage nachzuholen, die, wie er angibt, aus 52 Pferden und 29 Dienstboten besteht. In Wahrheit will er mit Sophie Dorothea Zeit und Ort einer Flucht ausmachen. Tatsächlich schmieden sie einen Plan, der ihnen gutdünkt.

Der Sommer geht ins Land. Ungeduldig horcht die Kurprinzessin ein letztes Mal auf den Schritt ihres Geliebten die Wendeltreppe herauf. Ein letztes Mal, denn diesmal wird sie ihm folgen, unerkannt, verkleidet, um im ausländischen Sachsen Zuflucht zu suchen, für immer.

»Er kommt spät«, bemerkt sie zur getreuen Knesebeck, als die Pendulen im Schloß die zwölfte Stunde schlagen, »es wird ihn doch nichts aufgehalten haben?«

»Sicher nicht, Hoheit«, tröstet diese, »außer seinen Vorbereitungen, die er bis zuletzt hat treffen müssen...«

Beide horchen gebannt, und beim ersten Geräusch bemächtigt sich ihrer Freude und Erleichterung.

»Er kommt!« ruft Sophie Dorothea, »endlich, er kommt!« Tatsächlich tappen Stiefel die Stiegen herauf und wenden sich den Zimmern der Prinzessin zu. Sie kennt den Schritt und vor lauter Erwartung streckt sie den Kopf zur halbgeöffneten Tür hinaus.

Die Flure im Schloß sind dunkel, nur hier und da ein Nachtlicht in einer Mauernische. Es scheint Sophie Dorothea eine Ewigkeit, daß sie den Geliebten nicht gesehen hat. Gleich aber wird er sie in den Armen halten und das, um ein Leben lang beieinander zu bleiben! Alles war vorbereitet, Wachen und Grenzposten bestochen, nächtlich Pferd und Wagen an einer Seitenpforte postiert. Alles erscheint ihr plötzlich leicht und selbstverständlich. Das Herz rast ihr vor Freude, als jetzt die Tritte näher und näher kommen. Schon sieht sie ihn im Halbdunkel, den Mantel ums Kinn geschlagen, die hellen Augen ihr entgegensehend. Im hellen Handschuh winkt seine Hand, er hat noch zwanzig Schritt zu ihr. Kaum hält es sie, nicht hinauszulaufen, sich in seine Arme zu werfen.

Da springen zwei Männer hinter steinernem Pfeiler hervor, verstellen ihm den Weg.

»Graf Königsmarck, im Namen des Herzogs...«

Mit rascher Bewegung will Königsmarck zurück zur Treppe, doch plötzlich ist der Korridor voller Wachen.

»Halt! Halt!« von allen Seiten, und nochmals: »Im Namen des Herzogs, Eure Waffe, Graf!«

Königsmarck zieht die Waffe, jedoch nicht sie zu übergeben, sondern zu kämpfen, um sein Leben, seine Liebe zu kämpfen! Doch gegen wen? Gegen eine Übermacht, gegen einen Haftbefehl?

»Faßt ihn!« tönt die Stimme des Kommandanten der Wache, und sogleich greifen Fäuste nach seinem Arm, nach seiner Schulter. Noch einmal entwindet sich der Oberst ihrem Griff, will sich ducken und drehen, da trifft ihn eine Hellebarde in den Hals. Blut schießt hervor, färbt sein Jabot, tränkt den Dragonerrock. Er bricht zusammen.

Eine der Wachen beugt sich zu ihm, schüttelt den Kopf. Dann wirft man einen Mantel über den Leichnam, wenn es denn einer ist, und trägt ihn fort.

Völlig versteinert, ohne einen Laut von sich zu geben, hatte Sophie Dorothea alles mit angesehen. Einer Ohnmacht nahe, taub für ihre Umgebung, wurde sie nicht einmal gewahr, daß auch das Fräulein von Knesebeck ihr von der Seite weg verhaftet wurde. Es war ohnehin alles zu Ende. Königsmarck gestellt, gefangen, verwundet, tot. Wirklich tot? Fast wünschte Sophie Dorothea, daß er lieber tot sei, statt in irgendwelchen Verliesen und Kellern des Schlosses, in Ketten vielleicht, zu darben.

Man gab ihr nicht lange Zeit zum Grübeln. Noch nicht. Sie wurde aufs peinlichste verhört. Das Verhör führten die Herren Minister Bernstorff und Bülow. Ihr gemeinsam verfaßtes Protokoll lautete:

Die Frau Kurfürstin temoignierte die größte Repentance von der Welt, kondemnierte sich selbst allerdings, agnoszierte, alles, was ihr geschehen, und noch mehreres meritieret zu haben; bittet um Vergebung, setzet große Konfiance in des Kurfürsten Generosität. In facto wollte sie leugnen, au crime gekommen zu sein; erkennete, daß die Apparentien so beschaffen, daß jedermann sie selbst daraus kondemnieren müßte, und also ihre Schuld in hoc passus zu nichts als zu ihrer satisfaction interieure dienen könnte, leugnete auch, daß Königsmarck in ihrer Kammer nachts gewesen. Die wenige amité, vielmehr Aversion des Herrn Kurfürsten von vielen Jahren für sie hätte sie in dies Unglück gebracht.

Alles in allem ein volles Geständnis, auf Grund dessen ihr Urteil gesprochen wurde: *Verbannung auf die Festung Ahlden an der Aller.*

Gleichzeitig, aber juristisch sorgfältig davon getrennt, reichte Georg Ludwig die Scheidung ein, die am 28. Dezember 1694 ausgesprochen wurde. In den Akten erschien nichts, was mit der Affaire Königsmarck in Zusammenhang gebracht werden konnte.

In der Einsamkeit von Ahlden, völlig abgeschlossen von der Außenwelt und jetzt unter dem offiziellen Namen einer Prinzessin von Ahlden, hatte Sophie Dorothea noch dreißig Jahre Zeit, über das wirkliche Schicksal ihres Geliebten zu grübeln. Doch niemals sollte sie die Wahrheit erfahren, auch nicht, wer Verrat geübt, um die Liebenden auf so grausame Weise zu trennen.

Es gab auch andere, die Aufklärung über den Fall Königsmarck forderten. Kurfürst August der Starke entsandte seinen Generaladjutanten Oberst Bannier nach Hannover, die Auslieferung des Grafen, tot oder lebendig, zu verlangen.

»Der Herr Generalmajor stand bereits in sächsischen Diensten«, argumentierte Bannier, erhielt aber zynisch Bescheid:

»Endgültig aus braunschweigisch-hannoverschen Diensten entlassen war der Herr Oberst noch nicht!«

Darüber hinaus lehnten Kurfürst und Kurprinz von Hannover jegliche Verantwortung für das unerklärliche, aber doch sicher freiwillige Verschwinden des Grafen von Königsmarck ab. Zu betonen sei dabei, so ließen sie alle Welt wissen, daß des ›Königsmarcks Disparation mit der Frau Kurprinzessin Retraite‹ in keinerlei Zusammenhang stünde.

Irgendwelche Spuren des Falles Königsmarck wurden in den Akten der Justiz gelöscht. Es hat sie ohnehin niemals jemand eingesehen.

»Du heiratest nach meinem Gusto!«

Wilhelmine von Preußen und
Friedrich von Bayreuth – 1731

»Meine Tochter heiratet den Prinzen von Wales und keinen anderen!« trumpfte die Königin auf. Sie selbst, Sophie Dorothea, war als Tochter Georgs II. aus Hannoversch-englischem Haus, und kein anderes schien ihr würdig, einen Heiratskandidaten zu stellen.

Der König, Friedrich Wilhelm I., auch der Soldatenkönig genannt, war da ganz anderer Ansicht.

»Mein Schwiegersohn ein Engländer? Kommt gar nicht in Frage! Einen Prinzen von Weissenfeld heiratet unsere Wilhelmine, meinetwegen auch den Markgrafen von Schwedt.«

»Was ist schon ein Weissenfeld?« höhnte die Königin. »Und der Schwedt ist nicht richtig im Kopf, wie man weiß!«

»Hör nicht auf deine Mutter, Wilhelmine, du heiratest nach meinem Gusto, und ich will einen deutschen Prinzen!«

Wilhelmine hätte sich am liebsten die Ohren zugehalten. Sie hörte diesen Disput der Eltern nun schon seit Jahren. Daß sie einmal nach dem Willen der Eltern einen Mann nehmen mußte, das war ihr klar, aber welcher war ich gleichgültig, denn sie würde ihn doch nicht lieben. Alle Liebe, die Wilhelmine zu vergeben hatte, gehörte längst ihrem Bruder Fritz. Bruder und Schwester waren so eng miteinander verbunden, hatten sich von klein auf gegen die lamentierende Mutter und gegen die Härte des Vaters behaupten müssen, daß niemals mehr ein Dritter in ihren Herzen Platz finden würde. Einig waren sich die Eltern lediglich, als auch noch der König von Frankreich, der recht junge Ludwig XV., als Kandidat ins Gespräch kam.

»Um Gottes willen, nein, er ist katholisch!« entrüstete sich die Mutter, und der Vater faßte lakonisch zusammen:

»Mit einem Papisten will ich nichts zu tun haben!«

Ludwig verlobte sich dann noch im gleichen Jahr mit der Tochter des vertriebenen Königs von Polen.

Der Streit des preußischen Königspaares um die Wahl eines Mannes für Wilhelmine konnte also fortgesetzt werden.

»Ich bestehe auf dem Prinzen von Wales!«

»Nur der Weissenfeld oder der Schwedt kommen in Frage!«

Seltsamerweise herrschte wieder Einigkeit, als sie die fünf Jahre jüngere Schwester Wilhelmines dem Markgrafen von Ansbach anverlobten. Diese Heirat wurde ohne familiäre Schwierigkeiten im Jahre 1729 vollzogen, während Wilhelmine, die Ältere, weiterhin ledig blieb, und das wäre sie vielleicht ihr Leben lang geblieben, hätten sich die Dinge nicht noch anders entwickelt.

In den zwanziger Jahren des 18. Jahrhunderts herrschte in der Markgrafschaft Bayreuth eine gewisse Unklarheit über die Erbfolge. Der Großvater des jetzigen Erbprinzen, Prinz Heinrich von Bayreuth, Vater vieler Kinder, ständig knapp bei Kasse, hatte noch viele Jahre auf sein Erbe zu warten. Daher verkaufte er dem Haus Hohenzollern gegen eine vertragliche Summe von 400 000 Talern seinen Erbanspruch auf das Fürstentum. Dessen Sohn wiederum, Georg Friedrich Carl, focht den Vertrag an, zumal die Summe niemals voll ausgezahlt worden war. Ein kaiserlicher Schiedsspruch hob den Vertrag erst kürzlich auf und setzte die alte Erbfolge wieder ein. Markgraf von Bayreuth war also derzeit Georg Friedrich Carl und sein Nachkomme, der 1711 geborene Friedrich, Erbprinz von Bayreuth.

Auf Sparsamkeit bedacht, ließ der Markgraf seinen Sohn soeben ohne jeden Hofstaat in Genf studieren, lediglich einen Diener hatte er zu seiner persönlichen Bedienung bei sich. Der Erzieher des Prinzen war bürgerlicher Herkunft gewesen und hatte ihm statt steifer Etikette den Geschmack am einfachen Leben vermittelt.

Diese neue Situation im Hause Bayreuth bedenkend, wich die Königin von ihren englischen Heiratsplänen ab und wagte es, dem König die Bayreuther Partie für Wilhelmine vorzuschlagen.

»Er soll kein schlechter Kerl sein, der junge Friedrich, und immerhin wird er jetzt ja regierender Fürst!«

Die erste Reaktion des cholerischen Monarchen war ein Wutanfall, denn so leicht wollte er sich weder den Weissenfeld noch den Schwedt ausreden lassen. Wilhelmines schlechter Gesundheitszustand gab ihm jedoch Zeit, sich langsam an den Gedanken eines Schwiegersohnes aus Bayreuth zu gewöhnen.

»Na ja, man könnte ja mal darüber nachdenken«, gab er vorsichtig zu.

Die neue Regelung hatte ihn ja immerhin von weiteren Zahlungen an Bayreuth entbunden. Und wenn der Soldatenkönig eines noch mehr liebte als seine ›Langen Kerls‹, dann war es das Geld.

Während Wilhelmine ein äußerst schmerzhafter Mittelohr-Abszess geschnitten wurde, beschloß der Vater sein Einverständnis zur Verlobung mit dem Bayreuther zu geben, jedoch nicht ohne eine unbegreifliche Bedingung anzufügen.

»Wohl denn, ich bin's zufrieden!« ließ der König die Königin wissen, hatte aber noch nicht zu Ende geredet, als sie erleichtert ausrief:

»Nun endlich! Er ist ein sehr artiger Prinz, der Bayreuther!«

Jetzt erst beendete der König seinen Satz:

»Aber soll sie nun doch nach mütterlichem Rat heiraten, so bekommt sie von mir weder Mitgift noch Aussteuer, und ein Hochzeitsfest kann sie sich auch aus dem Kopf schlagen!«

Damit strafte er einzig Wilhelmine, die am Streit der Eltern nicht nur keinerlei Schuld trug, sondern selbst am meisten darunter litt.

Nur sehr langsam erholte sich die Prinzessin von dem medizinischen Eingriff, der ohne jede Betäubung durchgeführt worden war. Kaum wieder auf den Beinen, wurde sie zur Königin gerufen.

»Alles geht nach Wunsch!« frohlockte diese und umarmte die Tochter, »deine Eltern sind übereingekommen, daß du den Erbprinzen von Bayreuth heiratest! Morgen geht ein Brief an den Markgrafen ab.«

Aber auch die leidige Bedingung teilte die Königin ihrer Tochter mit und erlebte eine Überraschung. Die so sanftmütige, fast gleichgültige, noch von der eben überstandenen Tortur geschwächte Wilhelmine begehrte auf.

»Ich bin jederzeit bereit, meinen Eltern zu gehorchen, aber hier steht meine Ehre auf dem Spiel!« Sie, die an Figur nicht sehr groß war, schien bei diesen Worten gleich um eine Elle zu wachsen. »Wenn der König seine Erklärung zurücknimmt, mir ordnungsgemäß meine Mitgift verabfolgt und mich mit der mir gebührenden Ehre aus seinem Haus verabschiedet, werde ich den Prinzen von Bayreuth heiraten, besteht mein Herr Vater aber auf seinem Willen, mich derart zu demütigen, wird mich nichts auf der Welt bewegen, vor den Altar zu treten.«

Noch ehe der Brief nach Bayreuth abging, waren die Eltern schon wieder zerstritten. Die Königin, auf gewisse Anfragen des englischen Botschafters hin, änderte nochmals ihre Meinung.

»Was willst du einen armen Schlucker nehmen, wenn du Königin von England werden kannst!« rief sie hochmütig, als sei ihr Bayreuth niemals in den Sinn gekommen.

Auf die Sinnesänderung seiner Frau reagierte der König, indem auch er den Vorschlag eines Prinzen von Bayreuth zurücknahm und stattdessen erneut auf den beiden früheren Kandidaten bestand.

Die Spannungen zwischen den Eltern, laut und gehässig ausgetragen, lasteten zentnerschwer auf Wilhelmines Gemüt. Die Königin weinte und schimpfte im Wechsel, der König drohte und tobte. So ging es Wochen, ja Monate.

Wilhelmine, am Rande ihrer Nervenkraft, war längst bereit, einem jeden, mit oder ohne Aussteuer, ihr Ja-

Wort zu geben, einzig um den Frieden im Elternhaus wieder herzustellen. Ihre Nachgiebigkeit indes schien dem König das Vergnügen am Ränkespiel um die Verheiratung seiner Tochter zu vergällen. Plötzlich wurde von seiner Seite aus das Thema totgeschwiegen, was die Königin sich insgeheim als Chance für ihre englischen Pläne anrechnete. Doch Friedrich Wilhelm hatte nur geheime Vorbereitungen getroffen, um seine Familie zu unerwartetem Zeitpunkt mit vollendeten Tatsachen zu konfrontieren.

Am 27. Mai 1731 wurde der Königin in ihren Empfangsräumen ein Besucher gemeldet.

»Seine Hoheit der Herr Erbprinz von Bayreuth bittet, Eurer Majestät wie auch Ihrer königlichen Hoheit, Prinzessin Wilhelmine, seine Aufwartung machen zu dürfen!«

Soweit die offizielle Meldung durch den Oberhofmeister. Ein Offizier des Königs aber, Oberst von Wachholtz, der zuvor unauffällig eingetreten war, erlaubte sich, der Königin mit kaum gesenkter Stimme zuzuraunen:

»Wenn Majestät erlauben, möchte ich darauf hinweisen, es ist der ausdrückliche Wunsch Seiner Majestät des Königs . . .«

Weiter kam er nicht. Seine Worte fanden bei der Königin einen unerwartet heftigen Widerhall.

Ein Donnerschlag wäre nicht schrecklicher gewesen! schrieb Wilhelmine später in Erinnerung an die Szene. *Sie ward blaß wie der Tod und so bestürzt, daß wir glaubten, sie würde in Ohnmacht fallen. Man lief nach frischem Wasser und geistigen Mitteln, ihre contenance wieder herzustellen.*

Und man kann getrost annehmen, daß auch Wilhelmine selbst nicht ganz ungerührt dem Besucher entgegensah. Sie mag blitzschnell geschlossen haben, daß ihr Vater nun doch auf Weissenfeld und Schwedt verzichtet, dafür aber den Entschluß gefaßt hatte, sie mit der Ankunft des Bayreuther Kandidaten zu überrumpeln. Es war zu spät, noch auszuweichen. Die Tür schwang weit auf, und man hörte den sicheren Schritt von Militärstiefeln über das blanke Parkett zweier Vorzimmer, dann das Klappen von Hacken und nochmals die Stimme des Oberhofmeisters.

»Seine Hoheit, der Erbprinz Friedrich von Bayreuth!«

Wilhelmine zwang sich aufzuschauen, als der Prinz im Türrahmen stand. Beklommen blickte sie auf den Mann, den sie heiraten mußte, mit dem sie Kinder zeugen und ihr ganzes Leben verbringen sollte. Und siehe da, dieser Mann war jung und schlank, hochgewachsen und wohlgestaltet, hatte offene und gefällige Gesichtszüge, kurz, er machte eine außerordentlich gute Figur. Seine Lippen umspielte ein Lächeln, und, obwohl er der Königin zuerst präsentiert wurde, hielten seine Augen nach Wilhelmine Ausschau.

Und diese fühlte sich tatsächlich überrumpelt, aber nicht vom Vater, listig und schadenfroh, sondern von Gott Amor, heiter und verheißungsvoll.

Die Königin, schildert wieder Wilhelmine selbst diesen ersten Augenblick, *empfing ihn stolz, sagte ihm einige trockene Worte und machte ihm dann voller Ungeduld ein Zeichen, sich zu entfernen. Daraufhin wandte er sich mir zu und grüßte sehr ehrerbietig. Ich erwiderte seinen Gruß, aber brachte in meiner Verwirrung kein einziges Wort heraus.*

106

Kaum war die Audienz beendet, ließ der König selbst sich melden, beziehungsweise, ehe jemand auch nur den Ansatz dazu machte, stürmte er ins Zimmer.

»Nun«, rief er zwischen Neugier und Schadenfreude, »wie gefiel Ihnen der Besuch, den ich Ihnen schickte?« Der König rieb sich vergnügt die Hände, obwohl der Blick, den die Königin ihm zuwarf, absolut nichts Vergnügliches an sich hatte. »Sie sehen also, meine Liebe«, fuhr er fort, »ich bin Ihren Wünschen entgegengekommen und habe den Bayreuther eingeladen.«

»Sie wissen genau, daß damit meine Wünsche ganz und gar nicht befriedigt sind. Ich habe Nachricht aus England, daß...«

Der König ließ seine Frau nicht zu Wort kommen.

»Ich habe ihn also eingeladen, und um diese Sache endlich zu einem Ende zu bringen, wünsche ich, daß morgen die Verlobung bekanntgegeben wird. Wollen Sie sich meine Dankbarkeit erwerben, so machen Sie Ihre beste Miene zu diesem Spiel.« Und mit erhobenem Finger drohte er: »Geschieht aber auch nur im geringsten das Gegenteil, so seien Sie meiner Rache gewiß!« Mit heftiger Gebärde wandte er sich nun auch zur Tochter hin. »Das gilt auch für dich, mein Fräulein! Du nimmst diesen Mann oder du kannst deine Tage im Kloster verbringen!«

Mit welchen Gefühlen Wilhelmine ihm innerlich antwortete, konnte Friedrich Wilhelm nicht ahnen. Vielleicht hätte ihm ihre frohe Erwartung und ihr fester Vorsatz, den Prinzen glücklich zu machen, das boshafte Intrigenspiel verleidet. Wilhelmine gab sich weiter in der Rolle des Lammes, das zur Schlachtbank geführt wird, war sie es doch bis vor kurzem auch tatsächlich gewesen. Niemand ahnte also, daß sie jetzt ihre ganze Hoffnung auf den Tag der Hochzeit setzte, der ihr diesen hübschen Prinzen schenken und sie aus dem zänkischen Elternhaus fortführen sollte, in ein kleines, friedlich romantisches Land weit weit fort von Drill und Gehorsam.

Wie vom König befohlen, fand die Verlobung bereits am nächsten Tag statt. So wohlwollend sich der Vater bei dieser Gelegenheit zeigte, so bitterböse gab sich die Mutter. Noch vor der Zeremonie nahm sie sich die Tochter vor.

»Meinetwegen soll die Verlobung stattfinden«, begann sie mit Fassung, »damit ist ja noch nicht gesagt, ob es auch zur Hochzeit kommt. Aber eines sage ich dir, mein liebes Kind«, jetzt klang ihre Stimme bedrohlich, »wenn du auch nur ein Wort mit diesem Menschen sprichst, dann wirst du mich kennenlernen! Hast du verstanden? Kein Wort! Ich lasse dich beobachten!«

So wurde es von Seiten Wilhelmines eine schweigsame Verlobung, bei der sie auf Wunsch des Königs mit sämtlichen Brillanten und Perlen aus der Schatulle der Königin behängt erschien. Sollte sie dadurch den verarmten Bayreuthern als besonders reich erscheinen? Sie selbst kam sich eher protzig und lächerlich vor. Dem gleichen Zweck sollte jedenfalls auch ein Brillantring dienen, den Wilhelmine im Auftrag des Vaters dem Bräutigam an den Finger steckte. Konnte Wilhelmines Schweigsamkeit bis jetzt noch ihrer Schüchternheit zugeschrieben werden, so führte sie sehr bald zu einem grundsätzlichen Mißverständis zwischen den Anverlobten.

Braut und Bräutigam hatten beim anschließenden Ball den Tanz zu eröffnen. Der Prinz trat mit einer eleganten Reverenz auf die Prinzessin zu. Lächelnd sah er ihr in die Augen und fragte:

»Nun, wollen wir es miteinander versuchen?«

Das konnte sich auf den Tanz, aber ebenso auf ihre künftige Ehe beziehen. Wilhelmine, eingedenk des lächerlichen Verbots der Königin, neigte nur errötend den Kopf. Glückselig nahm es der Prinz als Zustimmung und schloß seinerseits zum Takt eines aufklingenden Menuetts die einseitige Unterhaltung mit einem Versprechen.

»Was mich anbetrifft, werde ich stets bemüht sein, mein Bestes dazu zu tun.«

Alles in allem veranlaßte bereits die Verlobungszeit, in der wohlgemerkt die Brautleute nicht einen Moment allein miteinander waren, Wilhelmine, in ihr Tagebuch zu schreiben:

Der Prinz ist sehr lebhaft und ungezwungen, seine Unterhaltung vielseitig und angenehm; er hat einen vortrefflichen Kopf, viel Scharfsinn und Herzensgüte. Er erscheint großmütig, mitleidig, höflich, zuvorkommend, gleichgelaunt – kurz man kann von ihm sagen, daß er alle Tugenden ohne Beimischung eines einzigen Lasters besitzt.

Welch anderen Eindruck mußte der Prinz aber von Wilhelmine gewonnen haben, da sie immer noch kein Wort mit ihm sprach! Beim Abschied wagte er, die Hände seiner Braut zu ergreifen und sie mit Küssen zu bedecken.

»Ich werde zeitlebens die größte Ehrfurcht für Sie hegen, aber sagen Sie mir um Himmels willen, was Sie für mich empfinden! So es nämlich Abneigung ist, werde ich nicht mit Ihnen vor den Altar treten, aber wäre auch der unglücklichste Mensch auf Erden...«

Wilhelmine sah, daß ihm Tränen in die Augen stiegen, und blickte sich scheu um, ob die Aufpasserinnen der Königin sie hören konnten. Es war aber das erste Mal niemand in Sicht, so faßte sie Mut.

»Ich bin Ihnen gut, Friedrich, von ganzem Herzen gut«, sagte sie leise. »Aber es gibt Gründe, meine Gefühle hier am Hof nicht zu zeigen. Haben Sie Geduld...«

Wilhelmine brach ab. Sie befanden sich im Park von Monbijou, wo man ihnen einen Spaziergang zu zweit erlaubt hatte. Die hohen Hecken konnten einen Lauscher gut verstecken, und zudem hörte man jetzt Schritte sich auf dem Kiesweg nähern.

»Ich verstehe«, raunte der Prinz ihr erleichtert zu.

Die Hochzeit war auf den 20. November 1731 festgesetzt worden. Am 19. November hatte die Prinzessin offiziell allen Allodialgütern zu entsagen. Nach der Zeremonie begab sie sich in ihre Räume, wo die Königin sie erwartete, sie seltsamerweise umarmte und mit Liebenswürdigkeit fast erstickte.

»Du armes Kind, morgen wirst du nun dem Willen deines Vaters geopfert«, jammerte sie, »gerade jetzt, wo ich einen Kurier aus England erwarte. Bis zu seinem Eintreffen weiß ich allerdings nicht, wie ich deine Hochzeit verhindern soll, deswegen gibt es nur noch einen Weg zu deinem Glück mein Kind, verweigere dich dem Prinzen auch nach der Trauung noch. Laß dich auf keinerlei Vertraulichkeit mit ihm ein, hörst du! Dann kann man deine Ehe anullieren, und du kannst immer noch Königin von England werden!«

Wilhelmine war jeder Antwort enthoben, da eben auch der König eintrat, um seinem Kind letzte Anweisungen zu geben, die allerdings denen der Königin vollkommen konträr waren.

»Ich hoffe, du machst unserem Haus keine Schande und wirst dem Prinzen eine gute und willfährige Ehefrau!«

Anderntags sollte also die Ehe eingesegnet werden. Die Familie war vollzählig anwesend, Markgraf und Markgräfin von Ansbach waren herbeigeeilt und selbstverständlich sämtliche Geschwister Wilhelmines. Nicht selbstverständlich aber war Bruder Fritz aus der Haft in Küstrin beurlaubt worden und durfte seine Schwester umarmen.

»Ach, Fritz!« rief Wilhelmine unter Tränen, »du bist der einzige, von dem zu trennen mir von Herzen schwer wird!«

»Ich werde dich besuchen kommen, meine Biche«, versicherte der Kronprinz seiner Schwester, die er stets zärtlich ›Biche‹ nannte. »Und wenn ich erst König bin . . .«

»Schsch! Sprich nicht weiter, Fritz, das macht mich bange . . .«

Noch wagte Wilhelmine nicht, sich eine weitere Zukunft näher auszumalen. Ihre und ihres Bruders Kindheit waren stets umdüstert gewesen vom Jähzorn des Vaters und von der sprunghaften Opposition der Mutter, Mühlsteine, zwischen denen Lebenslust und unbeschwerte Entfaltung zermahlen worden waren. Sollte nun das Schicksal für beide eine Wende planen, zum Ausgleich für Seelenangst und Herzenspein ihnen noch eine Reihe glücklicher Jahre gönnen, so wollte sie dies Erbe mit Bedacht antreten.

Ebenfalls zur Hochzeit kam natürlich der Markgraf von Bayreuth, Wilhelmines Schwiegervater, in dem sie glaubte, eine würdige und angenehme Person zu sehen.

Zur Stunde der Einsegnung erschien Wilhelmine in einem silbergewirkten Kleid mit einer zwölf Ellen langen Schleppe aus geknüpften Goldfäden, einer Brillantkrone auf dem Kopf, alles zusammen so schwer, daß sie sich kaum bewegen konnte. Der Saal war ausgeschmückt mit Spiegeln, dazwischen Wandleuchter mit armdicken Altarkerzen, die allerdings schrecklich rußten und rauchten. Unter dem Klang von dreimaligem Kanonendonner wurde das Paar unter einem Thronhimmel aus karmesinrotem Samt zusammengegeben. Ein Diner von zwei vollen Stunden Dauer folgte, mit anschließendem Tanz, den die Braut unter dem Gewicht des Silberkleides kaum ausführen konnte. Endlich wurde Wilhelmine nach vorgeschriebenem Zeremoniell ausgekleidet und im perlenbestickten Brauthemd auf ein Prunkbett gelegt. Ein langes Defilée der Damen vom Hof und aus der Stadt, ja sogar Herren darunter, nahm so von der Braut Abschied. Dabei gab es Tränen, aber auch Segenswünsche und manch geflüsterten Ratschlag. Als letztes trat die Königin an das Bett.

»Also denk daran! Keine Annäherung, hörst du! Ich befehle es dir!« Damit verließ auch sie das Brautgemach. Wilhelmine war allein. Und sie, die nur verschwommen wußte, was sie jetzt zu tun, beziehungsweise nicht zu tun hatte, erwartete beklommen das Eintreten ihres Gemahls.

Es dauerte eine ganze Weile, dann schlüpfte Friedrich

durch eine seitliche Tapetentür herein, setzte sich auf den Rand des Bettes und lachte herzlich.

»Meine arme Wilhelmine, was du alles heute hast aushalten müssen. Dieser ganze Firlefanz von Prunk und Pracht. Ich hörte dich förmlich seufzen, obwohl du tapfer standgehalten hast.«

Das war der einfache Student aus Genf, als der er erzogen worden war, weder als Fürst noch als Potentat, einfach als Mensch. Er tätschelte lachend Wilhelmines Wange, dann aber wurde sein Lachen zu einem zärtlichen Lächeln.

»Komm«, sagte er, rutsch ein wenig zur Seite und laß mich unter die Decke! Es ist verdammt kalt hier im Zimmer.«

Wilhelmine zählte die Stunden und Minuten bis zur Abreise nach Bayreuth. Endlich am 11. Januar 1732 war es soweit, sicherlich keine sehr günstige Jahreszeit, eine so weite Reise zu unternehmen. So kam es schon kurz hinter Klosterzina zu einem ersten Unfall. Eines der Pferde kam auf eisiger Straße ins Rutschen, fiel nieder, die Kutsche überrollte es und kippte um. Koffer, Kästen, Körbe fielen der Prinzessin auf den Kopf und begruben sie förmlich unter sich. Der Erbprinz und die Oberhofmeisterin der Frau Prinzessin erschraken sehr und suchten Wilhelmine aus der Lawine von Gepäckstücken zu befreien, und als sie zerzausten Haares daraus auftauchte, war ihr nicht nur nichts geschehen, sondern lachte sie aus vollem Halse. Ja, sie hatte in den wenigen Wochen ihrer Ehe bereits ihre stets bedrückte Stimmung abgelegt und die heitere Wesensart ihres Mannes übernommen. Wie schön war seither das

Leben! Sie lachten gemeinsam über alles und jedes, ohne den Ernst zu vergessen, der sich einstellte, wenn sie über die Dinge der Welt sprachen, über Politik und Wissenschaft, Musik und Literatur, aber auch, wenn sie sich voll inniger Gefühle in die Arme sanken.

Bereits am dritten Tag der Reise wurde es Wilhelmine mehrfach übel, später fiel sie gar ein paarmal in Ohnmacht. Das wies darauf hin, daß sie guter Hoffnung war. Der Prinz zeigte offen seine Freude darüber, die Damen des Gefolges aber flehten und jammerten, man müsse Tage der Ruhe einplanen, sonst käme Ihre Hoheit nicht ohne eine Fehlgeburt am Ziel an. So blieb man in Leipzig, wo man leider eben gerade die Leipziger Messe versäumt hatte. Bei bestem Befinden ging es weiter über Gera und Zeitz. Hier wurde Wilhelmine das erste Mal in ihrem Leben der Berge ansichtig. Solche Höhen und Schluchten finsterer und lichter Art gab es im Brandenburgischen nicht und da noch dazu hoher Schnee lag, rief Wilhelmine laut aus:

»Mein Gott, das ist ja schlimmer als in Lappland! Wann endlich hören denn diese Berge auf?«

Der Erbprinz lachte.

»Daran wirst du dich wohl gewöhnen müssen, Liebste«, rief er, »die gehen weiter bis ins Bayreuther Land!«

Endlich Bayreuth! Der markgräfliche Schwiegervater empfing die Ankommenden auf der Freitreppe seines Schlosses, links und rechts von ihm die beiden Schwestern des Erbprinzen. »Willkommen in Ihrem neuen Heim«, ließ sich der Markgraf immerhin vernehmen, die Prinzessinnen knicksten nur stumm. Da Wilhelmine die Reise ihres Zustandes wegen nicht gut bekommen war, wurde sie rücksichtsvollerweise sogleich auf ihre Zimmer geführt. Doch welche Enttäuschung! Wenn sie in ihren Memoiren schreibt: ... *diese waren so schön, daß ich ihre Beschreibung nicht verschieben kann!* so war das bitterste Ironie, denn die Beschreibung folgt so: *Ein großer schmutziger Vorsaal führte in ein großes altväterisches Zimmer. Die Tapete mußte einmal sehr schön gewesen sein, jetzt aber brauchte man eine Lupe, um überhaupt zu bemerken, daß sie mit Figuren bemalt war, so verblichen waren diese. Ihre kaum zu erkennenden blassen Gesichter blickten mich an wie Gespenster. Von dort kam man in ein Kabinett, dessen Wände zwar mit Brokat bedeckt waren, dessen Farbe man aber nicht mehr erraten konnte. Nun kam man endlich in mein Schlafzimmer, ausgestattet mit grünlichem Damast und abgeblättertem Gold. Dieses Zimmer war so nagelneu, daß ich nach Verlauf von zwei Wochen keine Vorhänge mehr am Bett hatte, denn diese fielen Stück für Stück in Fetzen herunter, wenn man sie auch nur berührte.*

Ihre Schilderung ist noch gar nichts, wenn man bedenkt, daß Wilhelmine im tiefsten Winter in ihrem neuen Heim ankam und ihre Zimmer nicht nur ungeheizt, sondern die Fenster zum Teil sogar zerbrochen waren, so daß der Wind hereinfegte.

Der verwahrloste Zustand des markgräflichen Schlosses war nicht die einzige Enttäuschung, die Wilhelmine gleich in den ersten Tagen schlucken mußte.

Den Schwiegervater hatte Wilhelmine in Berlin als einen Grandseigneur fürstlichen Auftretens und verbindlichster Formen kennengelernt, hier aber entpuppte sich der Markgraf als Tyrann und brummiger Geizkragen. Er liebte langatmige Unterhaltungen, bei denen nur er redete, sich selbst lobte und die Anwesenden langweilte. Seine Regierungsgeschäfte waren undurchsichtig, seine Maßnahmen entweder zu nachgiebig oder niederträchtig. In Summa nannte er das Gerechtigkeit. Sein zahlreicher Hofstaat bestand in erster Linie aus seinen persönlichen Spionen, die ihrem Herrn jede Kleinigkeit zuzutragen hatten, besonders jene, die sich auf die neue Schwiegertochter bezogen. So fühlte sich Wilhelmine vom ersten Tage an bespitzelt und in der Folge auch verleumdet.

»Ach, mach dir nichts daraus!« tröstete Friedrich sie, sobald sie bei ihm Klage führte. »Wir haben ja uns, Liebste und noch ein ganzes langes Leben vor uns!« Seine Trostworte, stets verbunden mit herzlichster Zärtlichkeit, waren dann auch jedes Mal angetan, die aufsteigenden Wolken aus Wilhelmines Gemüt zu verjagen.

»Du hast recht, Friedrich, ich muß mehr Geduld haben.«

Auch die beiden Schwägerinnen lernte sie erst mit der Zeit so recht kennen und einschätzen. Charlotte, eine Schönheit, aber offenbar geistig gestört, war freundlich im Umgang, die andere, eine Namensschwester von Wilhelmine, erschien geistvoll, aber intrigant und ganz nach dem Vater geschlagen. Mit ihr sollte es noch manches Tänzchen geben. Besonders schwer gewöhnte sich Wilhelmine an die Mahlzeiten. Sie wurden selten im Familienkreis eingenommen, meist unter Pauken und Trompeten im wahrsten Sinne des Wortes. Man hatte sich in der Schloßhalle zu versammeln und sobald der Oberhofmeister das Zeichen gab, sich paarweise in den Speisesaal zu begeben, wobei immerhin der Markgraf sehr höflich seine Schwiegertochter führte. Soweit so gut, aber die Speisen waren durchweg schlecht gekocht und schienen Wilhelmine ungenießbar. Alles war mit Essig und Rosinen bereitet, scharf abgeschmeckt und sehr fett. In Wilhelmines Zustand endete fast jede Mahlzeit damit, daß ihr schlecht wurde und ihre Damen sie hinausbegleiten mußten. Niemand aber kam auf die Idee, daß sie dadurch einfach nicht genug ernährt war und man ihr hätte leicht ein extra Menu bereiten können. Und es enttäuschte sie besonders, daß der Erbprinz sich nicht getraute, eine Änderung herbeizuführen. Andererseits hatte sie wieder gerade dafür Verständnis. Hätte sie sich denn getraut, am Berliner Hof einen Extrawunsch zu äußern?

»Man könnte mir doch auf dem Zimmer servieren«, schlug Wilhelmine vor, »dein Vater wird ein Einsehen haben.«

»Ja, ja, aber ich weiß nicht recht...« zögerte Friedrich ganz anders, als er sich bisher gegeben hatte, »...mir wäre es ja auch lieber, aber...«

Das Dilemma, sich einem Druck von oben ständig fügen zu müssen, war also hier in Bayreuth das gleiche geblieben, ja hatte sich bei Licht besehen verdoppelt, denn nun waren sie zwei, die sich wie Kinder gängeln lassen mußten. Aber sie hatten die Liebe, die sie verband und den Trost aneinander. Wirklich daraus zu profitieren, war natürlich nur möglich, wenn sie miteinander allein waren, und das wurde ihnen nur zu den Nachtstunden gegönnt.

Geradezu unentwirrbar gestalteten sich die Intrigen und Eifersüchteleien zwischen dem Hofstaat des Markgrafen und den Damen und Herren der Begleitung

Wilhelmines. Täglich waren Streit und Zwietracht zu schlichten. Wer vor wem den Vortritt hatte und andere Fragen der Etikette nahmen einen nicht abzugrenzenden Raum in Wilhelmines Alltag ein, und wenn Friedrich darin auch stets zu ihr hielt, so überschnitten sich oftmals die Interessen, und fühlte sie sich zwischen Baum und Borke. Zudem konnte auch er seinem Vater nichts recht machen. Ritt er aus, hieß es, er mache die Pferd zuschande, ging er auf die Jagd, gab es eine Strafpredigt, er habe den Wildbestand zerstört, blieb er aber im Hause, so konnte das nur Anlaß zu neuen Intrigen geben.

Da erging es dem Erbprinzen nicht viel anders, dachte Wilhelmine oft, als es ihrem Bruder Fritz daheim ergangen war. Väter, so schien es, erprobten ihre Macht zuerst bei den Söhnen, ohne zu bedenken, wieviel wertvolles Vertrauen sie damit ein für alle Mal zerstörten.

Bei fortschreitender Schwangerschaft wurde Wilhelmine immer weniger, sie erlitt eine Ohnmacht nach der anderen, hatte Fieberanfälle und behielt keinerlei Essen bei sich, obwohl man ihr endlich die Speisen aufs Zimmer brachte, das sie kaum mehr verließ. Der Erbprinz saß dann an ihrem Bett, sie hielten sich bei den Händen wie zwei verirrte Kinder und trösteten einander. Niemals beklagte sich Wilhelmine nach außen, kein Wort von ihren Lippen erreichte das Elternhaus, ganz sicher aber der Bericht des einen oder anderen wohlmeinenden Mitglieds ihres Hofstaates. Und eines Tages traf ein Brief des Königs ein:

Es tut mir recht leid, liebe Tochter, daß man Dich soviel

*plagt denn obschon du mir nichts davon schreibst, weiß ich
doch gar wohl, daß Du davon krank bist. Du mußt durchaus
hierher kommen zu Deinen Eltern, die Dich lieben. Ich will
Dir eine gute Wohnung einrichten lassen, damit Du hier
Dein Kindbett halten kannst. Zähle darauf, daß ich Dir
meine Freundschaft bezeige und solange ich lebe für Dich
sorgen werde.*

Wilhelmine weinte Tränen der Rührung, und auch
Friedrichs Augen zeigten einen verdächtigen Glanz.
»Ich schäme mich«, gestand er ein, »ich schäme mich für
meinen Vater, für das Haus Bayreuth und für meine
Schwäche . . .«
Der Brief des Königs war Ende Juni eingetroffen, Wilhelmine erwartete die Niederkunft im August. Man
beriet hin und her, abreisen oder nicht, derweilen taten
die Ärzte das Falscheste, das man mit einer ohnehin
geschwächten Schwangeren nur tun kann: Man ließ sie
wiederholt zur Ader und behandelte sie mit starken
Purgativen. Wilhelmine war am Ende ihrer Kraft. Da
kam eine weitere Nachricht vom König: Er träfe in
zwei Tagen in der Eremitage ein.

Die Eremitage war ein kleines Schlößchen abseits der
Stadt, hatte nur wenige, enge Zimmer und war somit
für einen offiziellen Besuch ungeeignet. Das war auch
die Absicht, denn der König wollte nur seine Tochter
sehen und, wenn notwendig, mit sich nehmen. Wilhelmine ließ sich in die Eremitage bringen, um dort auf
ihren Vater zu warten.
Am 6. August traf er ein, mit ihm sein Leibarzt. Doktor Stahl untersuchte die Kranke eingehend.

»Die Schwangerschaft ist zu weit fortgeschritten«, entschied er, »eine Reise kommt nicht in Frage! Wehen
könnten einsetzen und die Niederkunft auf offener
Landstraße hervorrufen.«

Vater und Tochter fügten sich und nahmen innigen
Abschied voneinander.

»Aber gleich nach deinem Kindbett mußt du nach Berlin kommen, hörst du?« verlangte der König. »Daß du
hier weiter mißhandelt wirst, das will ich nicht mitan-
sehen. Dein Mann soll auch mitkommen! Ich gebe ihm
ein Regiment in Pasewalk, dort könnt ihr in Ruhe
leben. Ich will für alles sorgen. Euren ganzen Unterhalt
übernehme ich.«

Am 9. August reiste der König wieder ab. Ob er mit
dem Markgrafen ein Wort wechselte, ist ungewiß. Als
aber Wilhelmine am 20. August aus der Eremitage
wieder ins Schloß zog, fand sie dort ihre Zimmer von
Grund auf neu möbliert, an den Wänden Tapisserien
und lichtes Holzpanccl, Vitrinen mit Porzellan und vor
allem ein neues Bett. Daß das nicht aus liebevoller
Fürsorge veranlaßt worden war, ließ sich daraus entnehmen, daß der Markgraf Sohn und Schwiegertochter giftiger und galliger behandelte als je zuvor. Es
mochte also sehr wohl ein mahnendes Wort von Seiten
des preußischen Königs gefallen sein, dem der Markgraf sich zwar beugte, das ihn aber in übelste Laune
versetzte.

»Ich weiß genau, ihr wartet nur auf meinen Tod!« nörgelte er, »aber den Gefallen will ich euch noch lange
nicht tun!«

Am 29. August setzten die Wehen ein und dauerten
ununterbrochen drei volle Tage an. Erst am 31. Au-

gust, abends gegen 7 Uhr brachte die Erbprinzessin von Bayreuth eine Tochter zur Welt. In diesen drei Tagen hatte Wilhelmine ständig zwischen Tod und Leben geschwebt. Als die Gefahr vorüber war, kniete der Erbprinz neben dem Bett nieder und küßte der Wöchnerin unter Tränen die Hände.

»Meine Wilhelmine, meine liebe, liebe Frau . . . ich hab' dich wieder . . .«

Dann erst nahm er davon Kenntnis, daß es eine Tochter, die Thronfolge also noch nicht gesichert war. Das ließ ihn als überglücklichen Vater völlig kalt. Andererseits konnte die Tatsache, daß es kein Sohn war, erklären, warum der Markgraf sich erst am kommenden Tag herbeiließ, der Wöchnerin zu gratulieren.

Da das Angebot des Königs stand, das Ehepaar bei sich aufzunehmen, sie zu versorgen und dem Erbprinzen ein Regiment zu geben, brach man im Spätherbst auf getrennten Wegen nach dort auf. Friedrich war vorangeeilt, Wilhelmine mit ihren Hofdamen eine gemächlichere Route. Das Kind, Friederike, blieb unter der Aufsicht einer Frau von Sonnsfeld in Bayreuth zurück.

»Passen Sie mir gut auf die Prinzessin auf, liebe Sonnsfeld«, mahnte Wilhelmine zum hundertsten Mal, »ich lasse sie nur zurück, weil die Reise für sie zu beschwerlich ist.«

Am 12. November 1732 brach die Wagenkolonne der Erbprinzessin auf und kam am 16. November spät abends in Berlin an. Wilhelmine hatte eine Stafette vorausgeschickt, ihre Ankunft zu melden, aber im Schloß hatte offensichtlich niemand mit ihrer Ankunft gerechnet. Die Dienerschaft war bestürzt.

»Seine Majestät befinden sich in Potsdam«, wurde ihr gemeldet, »diesen Nachmittag ist er nach dort abgereist.«

»Und die Königin, meine Mutter?«

»Oh, Ihre Majestät ist schon zu Bett . . .«

»Aber der Herr Erbprinz? Wo ist er?«

»Seine Hoheit hatte Befehl, sich sogleich zum Regiment zu begeben.«

Wilhelmine fühlte sich wie vom Donner gerührt. War ihre Stafette nicht eingetroffen? Oder verbarg sich etwas anderes hinter diesem unverhofft brüsken Empfang? Da es so spät auch wieder nicht war, wagte es Wilhelmine, sich bei der Mutter melden zu lassen.

Durch die offene Tür sah sie, noch ehe sie einzutreten aufgefordert war, die Königin aufgeregt hin und her gehen, mit den Armen fuchteln und glaubte, sie zanken zu hören, warum man sie so spät noch störe. Mutig entschied sich Wilhelmine einzutreten.

»Also du bist es!« fuhr die Mutter sie sofort an, »hier so mitten in der Nacht anzukommen!«

Ich habe beizeiten Nachricht geschickt, Euer Majestät meine Ankunft zu melden.« Wilhelmine blieb bei der förmlichen Rede, die Laune der Mutter schien das zu fordern. Und schon ging es los:

»Was hast du hier eigentlich noch zu tun?« fauchte die Königin.

»Wie Majestät wissen, kam ich auf Befehl meines Vaters, um in meinem Elternhaus Zuflucht zu finden, ebenso aber um meine Mutter zu sehen, die ich liebe und verehre, und gegen die ich mir nichts habe zuschulden kommen lassen!«

Das war die Antwort der Tochter, kaum dem Reisewagen entstiegen, müde und krank. Aber die Antwort schien nur weiteren Unwillen auszulösen.

»Sag lieber, du bist gekommen, deiner Mutter den Dolch ins Herz zu stoßen und um aller Welt zu zeigen, welche Tollheit du begingst, einen Bettler zu heiraten! Warum bleibst du nicht in Bayreuth, wo du deine Armut verbergen kannst, statt daß man hier mit Fingern auf dich weist? Ich habe dir gesagt, der König wird nichts für dich tun, alles, was er dir versprochen, hat ihn längst bitter gereut. Ja, deine Stafette kam an, deine Ankunft zu melden, aber er, er hatte nichts eiligeres zu tun, als nach Potsdam abzureisen!«

»Und meinen Ehemann zum Regiment zu schicken?«

»Ja, so ist es! Und nun sieh zu, wie du fertig wirst, aber ohne mir mit deinem Leid in den Ohren zu liegen!«

Noch während die Königin sprach, wurde es Wilhelmine klar: Sie war wieder in die alte Zwickmühle geraten. Vater und Mutter zogen wie stets am gleichen Strick, aber jeder für sich an einem Ende und in entgegengesetzter Richtung.

Über diese Art von Heimkehr war Wilhelmine recht erbost und drückte ihre Erbitterung später in Rückerinnerung an diesen Abend sehr drastisch aus:

... ich wurde empfangen wie die Sau im Judenhause!

Wilhelmine zog sich aus den Zimmern ihrer Mutter zurück, um die eigenen aufzusuchen. Schon von weitem sah sie im halbdunklen Flur jemanden ihr zuwinken und, näherkommend, erkannte sie den Kammerdiener des Erbprinzen.

»Seine Hoheit ist...« flüsterte er, die Tür sprang auf, und schon lagen sie sich in den Armen, Wilhelmine und Friedrich von Bayreuth.

»Du noch hier? Ich dachte, du solltest zum Regiment?«

»Denkst du, ich lasse mich fortschicken, wenn ich doch
weiß, daß du nach hier unterwegs bist? Ich tat so, als
würde ich nach Pasewalk abgehen, kehrte aber um und
verbarg mich hier in deinen Räumen.«

»Mein Liebster, mein Friedrich...« rief Wilhelmine
überwältigt von dem Gefühl, daß wenigstens ein Herz
auf dieser Welt aufrichtig für sie schlug. »Aber was
sollen wir nun tun? Wie geht es weiter?« Sie standen da,
sich aneinander schmiegend wie verlorene Kinder, und
kaum anderes als das waren sie auch.

Der König kam von Potsdam zurück und zeigte sich
gegenüber seinem besorgten Auftreten in der Eremitage vollkommen verändert. Es gab nicht nur ein Donnerwetter, daß er den Erbprinzen noch vorfand, dem
er in Pasewalk das 5. Dragoner-Regiment zugedacht
hatte, das demgemäß dann auch das ›Bayreuther‹ hieß.
Es gab darüber hinaus auch ein großes Lamento, er
könne nichts für die Finanzierung ihres Haushaltes tun.
»Ich will euch wohl hin und wieder zehn Taler oder
Gulden zustecken, das ist ja für euresgleichen schon
etwas...« war sein spöttisches Angebot, das der Erbprinz für diesmal gleichermaßen spöttisch zurückwies.

»Ein Prinz, der ein Erbe erwartet wie das Bayreuther
Land, bedarf keines Trinkgelds! Daß meine Situation
eine schlechte ist, liegt daran, daß mein Vater mich kurz
hält, wie es andernorts andere Väter ja auch tun!«

Das war ein kaum verblümter Hinweis auf das gespannte Verhältnis des Königs zum Kronprinzen.

Der König fuhr auf, von einem ›Pinsel‹ und ›Wicht‹ brauche er sich das nicht sagen zu lassen!

Die Situation besserte sich erst mit dem nächsten Frühjahr, als der König die Musterung der frischgebackenen ›Bayreuther Dragoner‹ abnahm und äußerst zufrieden war. Wie ein Mann exerzierte Zug um Zug im weißen Rock mit roten Aufschlägen, strohgelb Weste und Kniehose, das Regiment Nr. 5.

Aber immer noch waren Wilhelmine und Friedrich ein Paar ohne Heim, waren durch einen Zwei-Tage-Ritt voneinander getrennt und mußten sich die Stunden des Alleinseins und der Liebe stehlen.

Die rasch sich beschleunigende Hinfälligkeit des Markgrafen rief das Ehepaar nach Bayreuth zurück. Und richtig verstarb dieser am 17. Mai 1735 daselbst.

Friedrich war nun Markgraf von Bayreuth. Man sollte annehmen, dem Paar seien nun endlich jene Ruhe und Frieden gegönnt, ihre gegenseitige Zuneigung zu genießen und aus ihr die Kraft zu schöpfen, die künftige Pflichten und Aufgaben sie kosten würden. Aber es kam anders. Dem Druck von außen hatten sie gemeinsam widerstanden, ja er hatte sie fest zusammengeschweißt. Jetzt aber wurde von andrer Seite der Meißel angesetzt und ein Keil getrieben mit wuchtigen, wohlgezielten Hieben. Als erstes wurde der Oberhofmeister von Voit bei der Markgräfin vorstellig.

»Euer Königliche Hoheit werden jetzt ein höheres Salär für Ihre privaten Ausgaben benötigen ...«

»Ich danke Ihnen, Herr von Voit, aber wenn ich Geld brauche, werde ich mich persönlich an meinen Mann wenden!«

»Ganz und gar nicht, da sei Gott vor, Königliche Hoheit!« rief entsetzt der angeblich so besorgte Voit, »ich
habe bereits den Staatsrat angewiesen...«
Eine Stunde später mußte Wilhelmine sich das erste
vorwurfsvolle Wort ihrer vierjährigen Ehe anhören.
»Was fällt dir ein, mir den Staatsrat auf den Hals zu
hetzen! Kaum bist du Markgräfin, mußt du dich hinter
meine Minister stecken, was?«
Zu einer Erwiderung, die auch bei Wilhelmines Tem-
perament nicht ruhig ausgefallen wäre, blieb keine
Zeit. Wütend verließ der Markgraf das Zimmer.
Eine herzzerreißende Versöhnung hielt nur bis zum
nächsten Zwischenfall. Dieser ging um gewisse Umbil-
dungen des Hofstaats, zu denen wiederum der Staatsrat
befragt sein wollte. Man schacherte um Personen und
Posten und hetzte geschickt Markgraf und Markgräfin
gegeneinander. Tiefer und tiefer trieb man den Keil.

Die Gesundheit der Markgräfin wollte sich noch
immer nicht bessern, während der Markgraf seinerseits
unter Ohnmachten unter heftiger Migräne zu leiden
begann. Der Leibarzt des Königs von Preußen, Doktor
Stahl, den man seinerzeit zu Wilhelmines Schwangerschaft hinzugezogen hatte, würde jetzt eine nach neue-
ster Wissenschaft verfaßte Diagnose stellen:

*Sobald die Seele sich durch zu großen Andrang belästigt
fühlt, macht sie sich davon los, indem sie dem Körper sich
selbst zum Vorteile epidemische oder sonst gefährliche
Krankheiten bereitet, also jedes derartige Übel nur von der
Schwäche der Seele herrührt.*

Zwar zog man den Doktor Stahl diesmal nicht zu Rate, aber ganz ähnliches mußte Wilhelmine instinktiv erfaßt haben. Eben kam die Mode der Bäder auf, und Wilhelmine, um einmal wieder ungestörte Zweisamkeit herbeizuführen, schlug eine gemeinsame Kur in Bad Ems vor. Gut gemeint wurde die Ausführung des Vorschlags dennoch zum Fiasko. Noch gab es weder Kuranlagen, Hotels oder Gaststätten. Man mietete ein privates Haus und nahm aus eigenem Bestand Koch und Dienerschaft mit, was den gleichen aufgebauschten und oftmals zänkischen Hausstand bildete, wie man ihm von zu Hause eben hatte entfliehen wollen. Darüber hinaus schildert Wilhelmine wieder einmal selbst die Verhältnisse eines damaligen ›Bades‹.

Wir gingen manchmal spazieren, oder besser gesagt, wir wateten im Kot. Die ›Promenade‹ bestand nämlich in einer Lindenallee, die längs des Flusses angelegt worden war. Man war nie allein, die Schweine und andere Haustiere leisteten einem getreulich Gesellschaft, so daß man sie mit Stockhieben von sich jagen mußte, um vorwärts zu kommen.

Der in diesen Zeilen enthaltene Humor konnte über Schlimmeres nicht hinweghelfen. Wilhelmine ergriff ein hartnäckiges Fieber, der Markgraf, trotz seiner Jugend, erlitt gar einen Schlaganfall. Beider Seelen schienen also weiterhin die Last, die sie nicht tragen konnten, dem Körper aufzubürden.

Was den Markgrafen belastete, waren in erster Linie die hohen Schulden, das einzige Erbe seines Vaters, wie sich herausgestellt hatte. Wilhelmine trug schwer am undurchdringlichen Netz von Intrige und Verleum-

dung am Bayreuther Hof, ebenfalls ein Erbe des
Schwiegervaters. Sie suchte einen Ausweg in die
Kunst, las viel, malte und musizierte und – was ihr bis
auf den heutigen Tag zu danken ist – entfaltete eine
emsige Bautätigkeit. Einem Opernhaus folgte der Aus-
bau der ›Erémitage‹ und nach einem Großbrand im
Schloß das ›neue Schloß‹ im verspielten Stil der Zeit.
Ihr Ziel aber blieb unbeirrbar der zärtliche Erhalt ihrer
ehelichen Verbindung. Wann immer Markgraf Friedrich durch Dienstreise oder Feldzug von ihr getrennt
war, kann man in ihren ›Denkwürdigkeiten‹ lesen:

Ich war voller Freude, den Markgrafen wiederzusehen!
oder: *Endlich hielt ich ihn wieder in den Armen!* Aber
auch: *Wenn ich auf Kosten meines Lebens ihm eine Freude
hätte machen können, ich hätte es getan!* Und endlich: *Er
seinerseits hegte alle erdenkliche Achtung gegen mich, vergalt
mir Liebe mit Liebe.*

Beide hielten also ein Leben lang ihre Ehe, die ihnen
aufgezwungen worden war, hoch, aber ebenfalls für
beide galt: Jener Kampf zwischen Seele und Körper,
den die medizinische Wissenschaft bereits erkannt
hatte, ging zu Ungunsten des Körpers aus. Wilhelmine
starb, bevor sie fünfzig war, und Markgraf Friedrich
wurde bereits fünf Jahre darauf neben ihr in der Ho-
henzollerngruft, so wie Wilhelmine es sich gewünscht
hatte, beigesetzt.

Treue ohne Glück – ein Leben lang

Sophie von Pannwitz und August Wilhelm von Preußen – 1743

Im Juni 1733 begleitet August Wilhelm, eigentlich nur Wilhelm genannt, seinen Bruder, den preußischen Kronprinzen nach Salzdahlum, wo dessen Hochzeit mit Prinzessin Elisabeth von Braunschweig-Bevern stattfindet. Kinder streuen dem Brautpaar Blumen, unter ihnen die vierjährige Sophie Marie von Pannwitz. Prinz Wilhelm sieht, wie das Kind ganz versunken Rose für Rose aus seinem Körbchen nimmt, so als fühle es Mitleid mit ihnen, die unter den Füßen der hochgeborenen Hochzeitsgesellschaft zertreten werden sollen.

Der Prinz lächelt dem Kind aufmunternd zu. Es hebt den Kopf, und große, strahlend blaue Augen sehen ihn an. Der Anblick des Kindes bleibt im Herzen des Prinzen unauslöschlich eingeprägt.

Zehn Jahre später sah er sie wieder. Trotz ihrer Jugend stand Sophie im Hofdienst der Königinmutter.

»Friedrich, ich sah das bezauberndste junge Geschöpf, das du dir denken kannst!« schwärmte Prinz Wilhelm seinem Bruder, untderdessen König von Preußen, vor. »Zuerst erkannte ich sie nicht, so groß ist sie geworden, aber sie ist es ganz sicher, Sophie, die Tochter der Generalin von Pannwitz.«

»Willst du mir weismachen, du habest dich in ein Kind

verliebt?« hänselte Friedrich den Jüngeren, »sie ist noch nicht einmal vierzehn Jahre alt.«

»Kein Kind mehr, Fritz, wenn du sie nur sehen würdest! Ein rechtes Fräulein ist sie schon.«

»Nun gut, hab deinen Spaß, wo und mit wem du willst«, lenkte der König wohlwollend ein, »aber im August bist du volljährig, und dann ist auch deine Stunde gekommen...«

Wilhelm wußte sehr wohl, was der Bruder damit meinte.

»Ach, Fritz, muß es denn wirklich sein?«

»Ja, es muß sein. Heiraten wirst du, und zwar genau wie ich eine Prinzessin Braunschweig-Bevern.«

»Ich weiß, ich weiß, die Luise Amalie! Häßlich ist sie und mir von Grund auf zuwider... könnten Majestät nicht noch einmal erwägen...«

»Nichts Majestät! Und nichts wird erwogen! Du nimmst die Luise und sorgst für Nachkommenschaft auf dem preußischen Thron. Alles, was ich dazu tat, ist fehlgeschlagen, wie du weißt. Weder das Plüschbett, das unser sparsamer Vater stiftete, noch die Molkenkur, die Pastor Deschamps nebst inständigem Gebet empfahl, haben geholfen. Ich werde ein König ohne Kronprinz bleiben, und du als ›Prinz von Preußen‹ wirst in die Bresche springen.«

Um den Disput abzukürzen, gab der König sich beschäftigt. Die brüderliche Audienz war beendet.

Es ist wider die Natur, dachte Wilhelm auf seinem Heimritt nach Oranienburg, Luise Amalie mag mich nicht, ebenso wie ich sie nicht leiden kann. Sie als Ehemann zu umarmen, wird mich Überwindung kosten. Ja, wenn es die kleine Pannwitz wäre, die schönsten Kinder der Welt würde ich zeugen, ein ganzes Dutzend und mehr!

So in Gedanken versunken, erreichte Prinz Wilhelm Oranienburg, dessen Schloß ihm gehören sollte, sobald er die jüngere Schwester der Königin geheiratet habe. Das wenigstens hatte der König ihm versprochen und ihm seinen Architekten Knobelsdorff geschickt, die nötigen Renovierungsarbeiten zu besprechen.

August Wilhelm liebte Oranienburg mitten in den Wiesen der Oberhavel gelegen: die vorgelagerte Meierei und die Obstplantagen, die gerade eben in voller Blüte standen, das Schloß mit der über hundertjährigen Fassade, den Säulengängen, die rechts und links den Hof einfaßten und in denen aufgereiht die Kübel mit den Orangenbäumen standen, die Ort und Schloß den Namen gegeben hatten. Hier fühlte Prinz Wilhelm sich wohl und lebte mit seinen Freunden als kunstverständiger Landedelmann, ähnlich wie es sein Bruder in Rheinsberg getan hatte.

Aber es gab noch einen ganz anderen Grund, warum Oranienburg ihm so besonders lieb war. Auf halbem Weg von Berlin, etwa zwei Meilen an Oranienburg heran, lag Schönfließ, das Gut der Generalin von Pannwitz. Wollte man auf dem Zwei-Stunden-Ritt eine Rast einlegen, so kam das Pannwitz'sche Domizil wie gerufen, aber auch sonst ließ sich immer ein Grund finden, dort vorzusprechen, vorausgesetzt, das Hoffräulein Sophie von Pannwitz hatte dienstfrei und weilte auf dem mütterlichen Anwesen.

»Ich veranstalte eine gesellige Reitpartie, verehrte Frau Generalin«, ließ Prinz Wilhelm beispielsweise hören, »und hätte die Damen von Schönfließ gern dazu geladen, das Fräulein zu Pferd und Sie, Baronin, darf ich im Jagdwagen holen lassen?«

Auf Schönfließ fühlte man sich geehrt und sagte zu.

Sophie von Pannwitz war, wie Wilhlem bald erfuhr, eine vorzügliche Reiterin. Sie erschien pünktlich, von ihrem Stallmeister begleitet, auf einem rassigen Schimmel. Sie trug ein ziegelrotes langes Reitkleid, einen Dreispitz, mit den weißen Brustfedern eines Auerhahns geschmückt, dazu cremefarbene Handschuhe und schwarze Lackstiefel.

Wie schön sie ist, seufzte Wilhelm innerlich, und nahm die Gelegenheit wahr, sich außerhalb Sichtweite der gestrengen Frau Generalin über Sophies behandschuhte Hand zu beugen.

»Es fehlen nur noch Glöckchen am Zügel, und Sie wären die Elfenkönigin aus dem Märchen«, flüsterte er.

Sophie lächelte vom Sattel aus auf ihn herab.

»Glöckchen, Königliche Hoheit, wären nur angebracht, wenn ich im Wald verlorengehen sollte . . .«

Sie hatte kühn das Spiel zwischen ihm und sich aufgenommen.

Das Feld von etwa dreißig geladenen Reitern, darunter Wilhelms Freunde Graevenitz und von Rohr, die auch mit den Pannwitzens verwandt waren, ging ab. Man hielt im Galopp auf den Kremmener See zu und sah sich so taktvoll wie freundschaftlich nicht um, als der Prinz und Sophie zurückblieben. Der rassige Schimmel fiel in kurzen Trab, und Wilhelms stattlicher Hunter tat es ihm gleich.

»Müde?« fragte der Prinz.

»Nicht gerade müde«, versetzte Sophie und lächelte

wieder, »aber die Glöckchen wären jetzt sicherlich angebracht...«

»Um Himmels willen, wollen Sie denn die ganze Ge-
sellschaft zusammenläuten?« Wilhelm warf seinem
Pferd die Zügel auf den Hals und hob in gespieltem
Entsetzen beide Hände.

Sich jetzt zu ihr hinüberbeugen, dachte er, einen Arm
um sie legen und sie einfach auf den Mund küssen! Die
Versuchung war groß, und fast schien sie darauf zu
warten, aber wenn doch einer der Reiter nach ihnen
suchte oder sie gar schon durch die Bäume beobachtete? Er durfte sie auf keinen Fall in Verlegenheit bringen oder sie gar kompromittieren. Das würde alles
zerstören, so sagte er sich und wurde plötzlich sehr
ernst. Er nahm die Zügel wieder auf und brachte sein
Pferd zum Stehen.

»Sophie«, sagte Prinz Wilhelm von Preußen, und seine
Stimme klang belegt, »Sophie, ich muß Ihnen sagen,
daß ich Sie liebe...«

Auch Sophie hatte ihren Schimmel zum Stehen gebracht. Sie wandte ihr junges Gesicht dem Prinzen zu.
Ein lauer Wind fuhr ins gepuderte Haar unterm Dreispitz, die Wangen standen ihr in hellen Flammen.

»Königliche Hoheit, ich...« begann sie eindringlich,
aber Wilhelm, voller Ungeduld, fiel ihr ins Wort.

»Sophie, du begreifst nicht. Ich lege dir mein Leben zu
Füßen, und du... du nennst mich Königliche Hoheit!
Mein Name ist Wilhelm, hörst du, Wilhelm?«

»Wilhelm«, wiederholte Sophie so leise, daß ihre Stimme im Schnauben ihres Schimmels unterging.

»Sag es noch einmal, Mädchen«, forderte der Prinz von
Preußen, »sag Wilhelm!« Begierig forschte er in ihren

fast noch kindlichen Zügen nach einem Echo. Hatte sie nicht verschiedentlich, seit er sie wiederentdeckt, Zeichen gegeben, sein Werben sei ihr willkommen? Und richtig erkannte er in ihren blauen Augen den zärtlichsten Widerhall, aber auch sichere Entschlossenheit.

»Nein«, hörte er sie sagen, »nicht Wilhelm! Es bleibt bei Königlicher Hoheit, denn Ihr Leben, mein Prinz, ist nicht Ihr eigen, Sie können es mir nicht zu Füßen legen.«

»Sophie!« protestierte er und wußte zugleich, wie recht sie hatte. Nicht nur, daß er verlobt war, schlug zu Buche, sondern vor allem, daß er bei Friedrichs Kinderlosigkeit als Prinz von Preußen auf den ersten Platz der Thronfolge gerückt war. Nein, er hatte tatsächlich kein Anrecht auf eigenes Glück und somit kein Recht, einen Menschen durch das bloße Band der Liebe an sich zu fesseln. Noch war sie frei, die vierzehnjährige Sophie von Pannwitz, und so mußte es wohl bleiben.

»Ich verstehe, Sophie«, gab er kleinlaut nach, »beim alten Spiel ›Alles oder Nichts‹ muß ich mich sogleich geschlagen geben.«

Wilhelm fühlte Traurigkeit sich wie ein Mantel um seine Schultern legen. Er nahm die Zügel auf und ritt an. Ehe Sophie Anstalten machte, ihm zu folgen, nestelte sie an ihrem Handschuh, der plötzlich zu Boden fiel. Sofort war Wilhelm aus dem Sattel, den Handschuh aufzuheben.

»Ein Fehdehandschuh, meine Teure?« fragte er sarkastisch, ohne ihr das federleichte Kunstwerk aus Rehleder zurückzureichen.

»Um Himmels willen, nein, Hoheit! Die Schnalle hatte sich gelöst, weiter nichts. Ich verspreche . . .

134

»Versprechen Sie nichts, Sophie, nicht einem Prinzen, dem auf dieser Erde nichts gehört, nicht einmal sein eigenes Herz...«

Es klang so verzagt, daß Sophie, von einer Welle tiefsten Mitleids erfaßt, die Hand ohne Handschuh nach ihm ausstreckte.

»Gut, mein Prinz, ich verspreche nichts, aber lassen Sie es mich einmal sagen: Auch ich liebe Sie. Ich glaube, ich bin mit dieser Liebe im Herzen aufgewachsen, oder diese Liebe wuchs in mir seit damals, seit ich Sie das erste Mal sah.«

»Das erste Mal, Sophie?« fragte Prinz Wilhelm ungläubig, »da warst du ein Kind von vier Jahren!«

»Und doch hat sich mir das Bild von einem Knaben eingeprägt der mir aufmunternd zulächelte. Daß es Liebe wurde, geschah langsam und ohne mein Zutun, so wie die Pflanze aus dem Korn wächst.«

Wilhelm, eben noch abgewiesen, fühlte sich erneut von Hoffnung ergriffen.

»Meinen Sie, die Pflanze könnte Blüten tragen... eines Tages?«

»Nicht doch, Hoheit, Sie drehen das Rad zurück. Lassen wir es dabei, voneinander zu wissen!«

»Sophie!« rief er, und es klang so inbrünstig wie ein Gebet, »voneinander zu wissen, wird mich nicht hindern, aufeinander zu hoffen! Nicht solange ich atme! Ach, Sophie...«

Im Überschwang seiner zwanzig Jahre fühlte er sich von einem Extrem ins andere stürzen. Er war glücklich. In der Gewißheit, Sophie nicht gleichgültig zu sein, trieb Prinz Wilhelm sein Pferd zu vollem Galopp an. Der zierliche Handschuh des Fräuleins von Pannwitz ruhte in seiner Brusttasche. Am Ufer des Sees trafen beide wieder auf die anderen Reiter. Keiner von ihnen erwähnte den Abstecher des Paares. Nach fröhlichem Picknick kehrte man nach Hause zurück, Mutter und Tochter Pannwitz nach Schönfließ, Prinz Wilhelm nach Schloß Oranienburg und von den sonst Geladenen ein jeder auf seinen Landsitz.

Am gleichen Abend noch griff August Wilhelm zur Feder und schrieb im Überschwang seiner Gefühle

Kaum hatt' ich deinen Handschuh genommen,
fragte ich sehnlichst und doch so beklommen,
ob ich mein glühendes Wünschen dir irgendwann
ins muschelförmige Ohr flüstern kann.

Er wähnte sich im siebenten Himmel, aber der Termin seiner Hochzeit mit einer anderen rückte unerbittlich näher.

Wenige Monate später wird die Ehe zwischen Prinz Wilhelm von Preußen und Prinzessin Luise Amalie von Braunschweig geschlossen und auch vollzogen. Wie schwer das dem frisch vermählten Ehemann gefallen sein mag, war wohl noch auf seinem Gesicht zu lesen. Ein ausländischer Diplomat, der das sechs Tage währende Fest miterlebte, schrieb in einem mitleidsvollen Bericht nach Hause:

Die Verbindung ist durchaus nicht die Würkung einer etwa auf selbige geworfenen Hochachtung, sondern geschieht aus blinder Gefälligkeit und fast kindlichem Gehorsam gegen des Königs, seines Herrn Bruder, Willen.

Prinz Wilhelm geht in seiner *blinden Gefälligkeit* sogar so weit, daß er versucht, seiner Frau treu zu bleiben. Er hält sich von Sophie fern, Sophie hält sich von ihm fern.

Der Wille ist stark, selbst das Fleisch wird nicht schwach, aber die Herzen leiden Unerträgliches.

»Welch ganz und gar überflüssige Prüderie«, kommentiert Bruder Friedrich, »nimm sie dir doch als Geliebte.«

»Als Geliebte?« entsetzt sich Wilhelm. »Niemals!« Seine Weigerung ist halb und halb Rücksicht gegen seine angetraute Frau und Achtung vor Sophie. Er will ordentliche Verhältnisse, wenn möglich die Scheidung. Aber auf diese den königlichen Bruder anzusprechen, findet Wilhelm niemals den rechten Augenblick. Derweilen leiden beide, das Fräulein von Pannwitz und der Prinz, weiter. Sophie klagt in ihrem Tagebuch:

Er ist so liebenswert, von schöner Gestalt, und auch sein Gesicht ist so schön, fein und geistreich, dabei ist er voller Sanftheit, zuvorkommend und von rührendster Aufmerksamkeit. Ist es nicht nur natürlich, daß ich ihm wohl will?

Wilhelm sucht einen anderen Ausweg. Er will sich als Soldat beweisen.

Als König Friedrich seinen zweiten Krieg um Schlesien begann, holte er sich im Herbst des Jahres 1744 erst einmal eine blutige Nase. Das Frühjahr soll ihm besseren Erfolg bringen. Bereits draußen bei seiner Armee erhielt Friedrich einen Brief seines Bruders, der eine deutliche Sprache spricht und ahnen läßt, wie demütigend Wilhelm seine ganze Situation empfindet.

Ich bitte Sie inständigst, liebster Bruder, geben sie mir Be-
fehl, Ihnen zu folgen! Ich kann Ihnen gar nicht genug
schildern, in welcher Lage ich bin. Geben Sie mir meinem
Rang als Generalleutnant entsprechend ein militärisches
Kommando. Ich wäre untröstlich, wenn Sie mich nur für
brauchbar hielten, Kinder zu zeugen...

Friedrich zeigte Verständnis und rief den Bruder zu
sich. Gemeinsam erlebten sie den Sieg von Hohen-
friedberg.
Als strahlender Held also kehrte Wilhelm zurück. Warum nun noch auf den Lohn des Schicksals verzichten?
Wilhelm suchte mehrfach unverfänglich Monbijou
auf, den Hof der Königinmutter. Unverfänglich, weil
er als gehorsamer Sohn seine Mutter besuchte. Aber er
sah Sophie wieder. Auf den ersten Blick erkannte Wilhelm, sie war endgültig erwachsen geworden. Das
zeigt wohl auch der Eintrag in Sophies Tagebuch, mit
dem sie den eingekehrten Frieden begrüßt.

Endlich hat der Krieg durch Gottes Gnade ein Ende genom-
men! Am 28. Dezember ist der König mit seinen Brüdern
wieder in die Stadt eingezogen. Der Prinz von Preußen kam
mit ihnen, und ich sah ihn mehrmals in Monbijou bei der
Königinmutter. Es ist ganz offensichtlich, er hat mir seine
Neigung treu und standhaft bewahrt... Vielleicht hätte ich
schon damals dieser aussichtslosen Sache ein Ende machen
sollen, aber mir fehlt die nötige Entschlossenheit. Meine
Freude, ihn zu sehen, ist zu groß, andererseits habe ich mir
nichts anderes vorzuwerfen als die innigste, aber stumme
Erwiderung der Gefühle, die mir der Prinz auf so ergreifende
und rührende Weise beweist. Ich habe niemals die Gebote

strengster Sittsamkeit und Tugend auch nur einen Augen-
blick vergessen . . .

Wilhelms Liebe und Leidenschaft hingegen, bisher geheim und wohlgehütet, entfaltete eine Glut, die nicht
nur ihn zu versengen drohte, sondern deren heller
Widerschein der Umwelt nichts mehr verbergen
konnte.

So kommentiert die offensichtliche Herzensneigung
des Prinzen von Preußen auch der Biograph Thiébault,
Professor der Literatur, äußerst wohlwollend.

Die Dame, welche dem Prinzen eine so heftige Neigung
einflößte, war es alle Mal wert, der Gegenstand einer so
unüberwindlichen Liebe zu sein. Groß und schlank gewach-
sen, zeigt sie die Gestalt einer Diana und ebenfalls die
Schönheit einer Venus, ebenso reizvoll wie unschuldig und
liebenswürdig.

Eine ausgesprochene Gönnerin ihrer Beziehung fand
das Paar in Sophie Dorothea, der Königinmutter. Wilhelm war ihr Lieblingssohn und das Fräulein von Pannwitz ihr zutiefst ans Herz gewachsen.

»Es ist nicht mehr mitanzusehen, wie die beiden Kinder
sich quälen«, seufzte sie unf faßte einen Plan. Hatte
Wilhelm als aufmerksamer Sohn ihr in Monbijou
mehrfach seine Aufwartung gemacht, warum sollte sie
ihn nicht einmal in Oranienburg besuchen? Daß ein
solcher Besuch eine Übernachtung verlangte, war ganz
selbstverständlich, ebenso, daß die Königinmutter sich
von einigen ihrer Hofdamen begleiten ließ. Auf jeden
Fall befand sich die kleine Hofdame von Pannwitz in
ihrer Begleitung.

War es als drittes nicht auch selbstverständlich, daß eben Luise Amalie, die im Vorjahr ihren ersten Sohn geboren hatte, wie alljährlich bei ihrer Schwester, der Königin, in Schönhausen weilte?

»Gelegenheit macht Diebe«, sagte Wilhelm trotzig, »und ein Dieb mag ich nicht sein. Ich will, daß Sophie mir legal und vor aller Augen angehört. Mein Bruder muß die Scheidung gewähren, jetzt, da ich den gewünschten Thronfolger ja geliefert habe!«

Der Lateiner sagt: *virtutis fortuna comes* – allein Tugend kann das Glück begleiten. Hartnäckig schien Wilhelm an diesem Standpunkt zu hängen, während Sophie längst den ihren zu verlassen scheint, wie das Tagebuch beweist.

Ich habe versucht, mich ihm zu entziehen, aber umso mehr gewann eine Empfindung Macht über mich, der mich hinzugeben mein ganzes Sehnen ist. Ich kann meinem Willen und seinen Wünschen kaum mehr weiter widerstehen.

Die Königinmutter ließ sich ohnehin nicht beirren. Der Plan war gefaßt, alles bestens vorbereitet.

Endlich fuhr die Equipage der Königinmutter die breite Allee auf Schloß Oranienburg zu. Wilhelm, nun doch seine Freude kaum verbergend, galoppierte dem Wagen entgegen, ließ den Kutscher anhalten, sprang vom Pferd und trat, den Hut ziehend, an den offenen Kutschenschlag.

»Chère maman, wie ich mich freue, Sie auf Oranienburg willkommen zu heißen!«

»Nun, mein Willy, wie ich annehme, heißt du ebenso freudig auch die Damen meiner Suite willkommen...«

lachte Sophie Dorothea wohlwollend und ließ sich von ihrem Sohn die Wange küssen.

Im Schloß dann tat die hohe Dame sehr erschöpft und ordnete an, man solle ihr ein leichtes Abendessen aufs Zimmer bringen. Die Pannwitz entließ sie zu recht früher Stunde.

»Geh, mein Kind, ich bin müde. Leg du dich auch früh schlafen, die Fahrt hierher war anstrengend.«

»Darf ich dem Fräulein vorangehen?« fragte Sperandieu, der vertraute Diener des Prinzen, und führte Sophie in das für sie vorgesehene Zimmer. Er öffnete eine Tür im oberen Stockwerk und ließ Sophie in einen blau-silber tapezierten Raum eintreten. Noch war es heller Sommerabend, die Sonne senkte sich eben erst dem Horizont zu. Ihre letzten Strahlen lagen auf einem Meer von Rosen, mit denen das Zimmer ausgestattet war, Rosen in Vasen, und Rosen über ein breites Bett gestreut. Ihr Duft füllte betäubend den Raum.

»Seine Hoheit hat es so befohlen«, gab Sperandieu eine Erklärung ab, »Hoheit meinten, das Fräulein würde schon verstehen . . .«

Der Blumengruß war kaum mißzuverstehen, darum wunderte es Sophie, daß sie den Prinzen seit der ersten Begrüßung nicht mehr gesehen hatte.

»Wo ist Seine Königliche Hoheit?« fragte sie drum.

»Seine Königliche Hoheit sind ausgeritten.«

»Ausgeritten? Jetzt?«

Wilhelms Verhalten paßte so gar nicht in das Muster dieses Abends, drum meinte der treue Sperandieu nochmals eine Erklärung abgeben zu müssen.

»Wenn ich das so sagen darf, Fräulein, Seine Hoheit fürchtet, ungelegen zu kommen.«

»Ungelegen?« Fast hätte Sophie gelacht, hatte sie doch eben jetzt alle Bedenken, alles Zaudern abgeworfen, war bereit, angelernte Moralbegriffe mit anderer Elle zu messen, kurz, sich dem Geliebten in die Arme zu werfen, da war er ausgeritten!

Das Leben war keine Theateraufführung, die Regie klappte nicht immer nach Anweisung. Sophie ordnete das Wirrwarr ihrer Gefühle, Erwartung, Bereitschaft, Enttäuschung und kam zu einem Schluß.

»Sperandieu, mein Guter, sag Er Seiner Königlichen Hoheit, sobald er von seinem Ritt zurück ist, er käme mir nicht ungelegen ... ja sag Er, ich erwarte den Prinzen von ganzem Herzen.«

»Ich werde es sagen, Baroneß«, versprach der getreue und zog sich zurück.

Wilhelm ritt seinen schweren Hunter über die Oranienburger Heide, in seiner Seele aufgewühlt und zerrissen.

Der Gelegenheit, die ihn nach seiner Meinung zum Dieb machen würde, zu widerstehen, fand er nicht die Kraft, sein Ideal aber aufzugeben, daß Sophie ihm mit Gottes und des Staates Segen angehören solle, konnte er sich auch nicht entschließen. Ja, Wilhelm war eben immer noch der brave, liebe Bub, wie ihn seine Schwester Wilhelmine, die Markgräfin von Bayreuth, schon vor Jahren gesehen hatte:

Mein Bruder hat den besten Charakter der Welt. Er besitzt ein vortreffliches Herz, scharfen Verstand, Ehrgefühl und einen stark ausgeprägten Sinn für Menschlichkeit. Er hat den festen Willen, Gutes zu tun, und zögert in seiner Hand-

lungsweise nur, wenn das gerechte Ziel nicht klar vor Augen
liegt.

Sah er jetzt das Ziel klar vor Augen und war es mit seinem Ehrgefühl vereinbar? Er grübelte noch, als die Sonne ihre Strahlen längst mit denen eines silbernen Mondes vertauscht hatte. Die Zügel lang suchte der Wallach seinen Weg allein, und fand sich sein Herr alsbald vor den Toren.

Ein Stallbursche nahm ihm das Pferd ab.

»Du brauchst ihn nicht trocken reiben, wir sind langsam geritten.«

Drinnen wartete Sperandieu auf den Prinzen, seine Botschaft loszuwerden.

Ein Leuchten glitt über des Prinzen Züge.

»Hat sie das gesagt, Sperandieu? Hat sie das wirklich gesagt?«

»Ja, Euer Hoheit, genau so.«

»Ach, Sperandieu, du Glücksbote!« Wilhelm faßte in die Tasche seines Rocks und holte eine Münze hervor.

»Hier nimm das für deine Worte.«

»Danke, Hoheit, danke. Aber Hoheit wissen, daß Euer Hoheit Glück mir Dank genug ist.«

»Ja, mein Guter, ja, das weiß ich.« Wilhelm gab dem Diener seinen Hut und ließ sich aus dem Rock helfen.

»Sag, Sperandieu, ist sonst im Schloß alles schon zur Ruh gegangen?«

»Ja, Königliche Hoheit, alles ist zur Ruh gegangen.«

Wilhelm holte tief Luft, fast klang es wie ein Stöhnen.

»Gut, Sperandieu«, sagte er, »dann geh auch du jetzt schlafen.«

Sophie hörte die Tür zu ihrem Zimmer sich langsam öffnen. Wie hatte sie darauf gewartet! Stunden, Minuten, nein ein halbes Leben schon. Und jetzt war er da, eine dunkle Silhouette gegen einfallendes Mondlicht, die Arme ausgebreitet und dann kniend vor dem Bett, auf dem sie ruhte.

»Sophie«, hörte sie ihn flüstern, »meine Sophie . . .«

Und dann war sie es, die die Arme ausbreitete, um endlich Glückseligkeit zu verschenken, Glückseligkeit entgegenzunehmen.

Diese eine Nacht war es der jungen Sophie von Pannwitz wert, die Bedingungen ihres weiteren Lebens hinzunehmen. Sie wußte genau, wie es bei Hof von nun an von ihr heißen würde: Sie habe eine Liebschaft, sie sei die Geliebte eines verheirateten Mannes, die Mätresse des Prinzen von Preußen, wohlfeil und ehrlos, aller Sitte und Anstand abtrünnig, Abschaum ihres Geschlechts.

Sie war bereit, es hinzunehmen. Im Gegensatz zu Prinz Wilhelm. Nun erst recht wollte er beim Bruder die Scheidung von Luise Amalie von Braunschweig durchsetzen. Bereits die nächste Gelegenheit, die sich bot, den König allein zu sprechen, nahm er wahr.

»Friedrich, gib mir meine Freiheit zurück!« forderte Wilhelm.

»Deine Freiheit, wie meinst du das?« fragte der König zerstreut.

»Ich möchte mich von Luise Amalie scheiden lassen.«

»Scheiden? Bist du von Sinnen? Sie hat dir soeben einen gesunden Sohn geboren und wird weitere Söhne bekommen, die die Thronfolge Preußens sichern. Du hast keinerlei Grund, eine Scheidung zu beantragen.«

»Doch, das habe ich, Friedrich, ich will Sophie von Pannwitz zu meiner rechtmäßigen Frau machen.«

»Unsinn! Papperlapapp! Nimm sie als offizielle Mätresse, und wir wollen sie gut versorgen.«

»Eine so ehrenwerte Familie wie die Pannwitzens kann man nicht so tödlich beleidigen!«

»Ach, sieh mal einer an«, fuhr der König auf, aber die ehrenwerte Familie der Braunschweiger, stolze Welfen, die sie sind, dürfen wir so ohne weiteres beleidigen?«

»Wir hassen einander, deine Welfin und ich. Unter solchen Umständen ist eine Ehe gänzliche Mißachtung der menschlichen Natur!«

»Pah! Das sind Wachtmeistergedanken und Schusterideen! Die gelten nicht für unsereiner.«

König Friedrich blieb in dieser Sache unzugänglich. Alle weiteren Versuche, seine Zustimmung zur Scheidung zu erlangen, prallten an ihm ab. Der König ging davon aus, die Liebe seines Bruders zum Fräulein von Pannwitz sei eine Jugendschwärmerei und kühle sich von ganz allein ab. Zu Zwangsmaßnahmen irgendwelcher Art, beispielsweise Verheiratung des Mädchens, sah er noch keine Notwendigkeit.

Derweilen beförderte Sperandieu Briefchen zwischen Oranienburg und Monbijou hin und her. Sie klangen wie Aufschreie.

Was soll aus uns werden, mein Lieb? Ein ewiges Sehnen, ein ewiger Verzicht? Lieber tot sein! Noch dieses Jahr ziehen wir wieder in den Krieg...

Und darauf die Antwort:

Du willst den Tod suchen? Was soll aus mir werden? Ich

wäre nicht einmal deine Witwe. Mir bliebe nichts als ein
langes, liebeleeres Leben ...
Dann wieder:
Wenn ich nur einen Glauben hätte an eine Zukunft mit Dir
an meiner Seite. Solch Glaube würde mir Schutz sein, wenn
ich den Säbel schwinge gegen ein Meer von Waffen ...
Und Sophie beschwichtigend:
Was wissen wir von der Zukunft! Hält sie nicht doch ein
Glück für uns bereit?
Dann wieder er, gefühlvoll, aber ohne jede Realität:
Hier in Oranienburg herrscht Frühling in all seiner Pracht!
Es ist Vollmond! Einmal hast du in seinem Silberlicht auf
mich gewartet, jetzt warte ich, Abend für Abend, zur glei-
chen Stunde. Aber ich weiß, der Mond wird abnehmen, und
ich quäle mich mit nutzlosem Warten ...

Klar trennen sich die Charaktere: Sophie weiblich ver-
trauend, sich fügend, Wilhelm ungeduldig und mit
einem starken Hang zur Depression. In seiner Verfas-
sung durfte nichts geschehen, daß diesem Hang noch
Nahrung gab. Aber es geschah dennoch.
Der König verlor die Geduld mit Wilhelms ständigem
Verlangen nach Scheidung.
»Ich sage dir nein, Wilhelm, und abermals nein!«
»Dann gib wenigstens deinen Konsens für eine kirch-
liche Trauung zur linken Hand!«
»Das ist nicht üblich. Das wäre offene Bigamie. Ich
wünsche keinen Skandal am Berliner Hof.«
Der Ausdruck von Trotz im blassen Gesicht des Prin-
zen war unübersehbar.
»Dann erlaube, Friedrich, daß ich mich in Einsamkeit
auf mein Oranienburger Schloß zurückziehe ...«

»In Einsamkeit? Ich denke nicht daran! Du wirst hier in Berlin mit Luise Amalie leben, vor aller Augen, hörst du?«

Die Forderung war eindeutig. Und, so sagte sich der König, um sie zu untermauern, mußte jetzt das Fräulein von Pannwitz verheiratet werden. Da kam der eben aus Dresden und Warschau abberufene preußische Gesandte Johann Ernst von Voß, ein Vetter der Pannwitzens, gerade recht. Ein kühler Mensch, kühl genug, um die Affaire seiner Braut zu übersehen, wenn es galt, dem König einen Gefallen zu tun.

Schon wenige Tage später ließ sich Vetter Voß in Monbijou melden und verlangte eine Unterredung mit seiner Cousine unter vier Augen.

»Sie wünschen mich zu sprechen, Cousin?«

»Ja, Sophie, im Auftrag Seiner Majestät.«

Sophie erschrak. Sie ahnte, um was es sich handeln könnte. Zu lange schon hatten wohlmeinende Stimmen sie vor der Möglichkeit einer verordneten Eheschließung gewarnt.

»Wie also lautet der Auftrag des Königs?«

Der Gesichtsausdruck des Vetters wurde für einen Augenblick weicher, verlor etwas von seinem dünkelhaften Hochmut.

»Kein Auftrag, meine schöne Cousine, eine Erlaubnis.«

Voß griff nach Sophies Hand, die sie ihm nur widerstrebend überließ. »Es ist der Wille des Königs, daß ich um Sie werbe ... das heißt, er wünscht, daß wir heiraten.«

Hastig zog Sophie ihre Hand zurück.

»Und Sie haben diesen Heiratsbefehl angenommen, Herr von Voß?

»Ja, Sophie, mit tausend Freuden sogar! Du weißt, daß ich dich seit unserer Kinderzeit liebe.«

»Das wußte ich zwar nicht, aber selbst wenn dem so ist, heißt das nicht, daß ich gleiche Gefühle für Sie hege.«

»Oh, das macht nichts, Cousinchen, ich werde dich auf Händen tragen, und du wirst lernen, mich zu lieben. Glaube mir, Sophie, die eheliche Liebe ist weit reizvoller als alle Schwärmerei.«

Was wollte er damit andeuten? Daß ihre Liebe zu Prinz Wilhelm die ihr das Heiligste auf Erden war, nur Schwärmerei entsprang? Was wußte er schon, dieser geschniegelte, aalglatte Mensch! Noch war sie um eine Antwort bemüht, die den Vetter ein für alle Mal abstempeln sollte, als dieser einen Schritt nach vorn tat, Sophie mit einem Arm umklammerte und ihr einen Kuß aufdrückte.

»Was fällt Ihnen ein!« ermpörte sich Sophie, kaum daß sie sich hatte befreien können. »Sie haben noch nicht einmal meine Antwort erhalten.«

Voß lachte.

»Ach die, die erhalte ich schon noch, und zwar sobald du gründlich nachgedacht hast. Über dich und über Maßnahmen, die der König die Macht hat, sie auch über seinen Bruder zu verhängen.«

Noch einmal veränderte sich sein Gesichtsausdruck. Seine schmalen Augen schienen zufrieden wie die einer Raubkatze, die zappelnde Beute sicher in den Pranken. Voß nahm seinen Hut und verbeugte sich knapp.

»Madame, à la prochaine fois.«

In einem hatte Voß recht. Sophie dachte gründlich nach und ihre endlich erteilte Antwort lautete »ja«. Wie schwer ihr dieses *Ja* gefallen sein mochte, beweist wieder ein Eintrag in ihrem Tagebuch.

Meine eigene Bedrängnis, die täglichen Nöte und Leiden, die diese unglückliche Sache mir verursachte, vor allem aber der Wunsch des Königs, den es immer mehr beunruhigte, den Prinzen ausschließlich seiner einzigen und so heftigen Leidenschaft anhängen zu sehen, zwangen mich, gewaltsam einen Entschluß zu fassen. Der einzige Ausweg, der sich mir bot, war die Heirat mit meinem Vetter. Ich schwankte lange, aber der immer verzweifelteren Stimmung des Prinzen gegenüber, schien es mir endlich meine Pflicht, diesen zu ergreifen. Ich wollte in seinem Interesse jeder ferneren Hoffnung ein Ende bereiten. Ich kämpfte einen harten Kampf mit mir. Den Hof und damit den Prinzen für immer zu verlassen, bedeutete mir ähnliches wie den Tod erleiden. Der Tag meiner Vermählung, der 11. März 1751, wurde der unglücklichste Tag meines Lebens.

Dieser 11. März war für August Wilhelm nicht leichter zu ertragen. Während der Trauzeremonie, zu der Sophie in einem Kleid aus weißem Moirée, der Farbe der Unschuld, erschien, fiel der Prinz ohnmächtig zu Boden und mußte fortgetragen werden.

Voß war klug genug, seine Frau nicht gleich in der Hochzeitsnacht zu bedrängen. Kommt Zeit, kommt Rat, sagte er sich und wandte ein altbewährtes Mittel zur Ablenkung und Zerstreuung an: Er ging mit Sophie auf Reisen.
Ihre Equipage war auf das luxuriöseste ausgestattet, ihr folgten zwei weitere Wagen für die Dienerschaft und

das Gepäck. Voß wußte aufzutreten und damit auch ein wenig seine junge Frau zu beeindrucken. Sie berührten Wittenberg, Stettin und Lübeck, wo Voß seine reiche Erbtante besuchen wollte.

»Meine Geldverhältnisse habe ich in Dresden und Warschau ruiniert«, erklärte er Sophie, »um Preußen im nötigen Glanz erstrahlen zu lassen. Der König hat mich mit einer schmalen Rente, dafür aber mit einer entzückenden Braut belohnt.«

In der Reihe der Reiseziele folgten Hamburg, Köln, Mainz und Frankfurt, dann weiter Mannheim, Karlsruhe, Stuttgart und München, und als die Reise sich dem Ende zuneigte, erwartete Sophie ein Kind. Nicht nur deswegen beschloß man, nach Groß-Giewitz zu fahren, dem Gut der Familie Voß.

Der Empfang dort glich einer Katastrophe.

Die Begrüßung durch die alte Frau von Voß, Sophies Schwiegermutter, fiel bereits sehr reserviert aus. Kaum aber hatte die alte Dame begriffen, daß Sophie schwanger war, explodierte sie förmlich.

»Jetzt verstehe ich, warum die Hochzeit so überstürzt stattfinden mußte ... mein armer, armer Sohn!«

Sophie, ob dieser Unterstellung schamrot, brach in Tränen aus, und Voß, der in der Freude auf ein Kind sein ganzes Betragen verändert hatte, fuhr auf seine Mutter los:

»Was haben Sie meiner Frau angetan? Was sollen Ihre Beschuldigungen?«

»Nun, nichts weiter, als meine Frau Schwiegertochter wissen zu lassen, daß sie mich nicht für dumm verkaufen kann. Ich habe sehr wohl erraten, für wessen Kind du den Vater spielen mußt!«

»Schweigen Sie, Mutter! Sie begreifen gar nichts!«
Hochaufgerichtet, einen Arm tröstend um Sophie gelegt, stand er da. »Noch ein Wort solch boshafter
Dummheit, Mutter, und Sie verlassen für immer mein
Haus!«
Sophie erlebte das erste Mal, daß ihr Mann nicht nur
vehement ihre Ehre verteidigte, sondern auch ein ge-
wisses Verständnis für ihre Beziehung zu Prinz Wilhelm aufbrachte, indem er jede Verdächtigung von sich
wies.

Sophie suchte sich mit dem Leben auf Groß-Giewitz,
einem schön gelegenen Landsitz mit einem weitläufigen Park und mehreren kleinen Seen, einzurichten.
Ihre Sehnsucht nach Prinz Wilhelm flaute niemals ab,
aber sie nahm dankbar das Leben mit Johann Ernst hin,
das einem geheimen Waffenstillstand glich. Am liebsten hätte sie gehabt, daß ihr Mann seine Demission
erreichte und sie für immer hätten auf dem Lande
bleiben können.
Aber der König wollte auf seinen fähigen jungen Diplomaten nicht verzichten und rief das Paar nach Berlin
zurück. Das war hart für Sophie. Sie würde Wilhelm
wiedersehen und das ausgerechnet in hochschwange-
rem Zustand.
Und dann standen sie sich tatsächlich gegenüber, Wilhelm, älter, aber nicht ruhiger geworden, Sophie, die
Frau eines anderen.
»Wie konntest du mir das nur antun, Sophie?« lautete
sofort der schonungslose Vorwurf.
Sophie verzichtete auf jede Rechtfertigung. Warum
alle Wunden noch einmal aufreißen?

»Du weißt«, sagte sie nur schwach bei einer der selten vergönnten Gelegenheiten, ihn allein zu sprechen, »du weißt, Wilhelm, daß ich immer nur dich geliebt habe und nur dich lieben werde.«

Ihren Frieden fand sie erst wieder im ländlichen Groß-Giewitz, wenn es auch nahe benachbart zu Berlin und Oranienburg lag. Und dort brachte sie am 21. Januar 1752 ihren Sohn zur Welt. Die Geburt war außerordentlich schwer, tagelang schwebte Sophie zwischen Leben und Tod. Da verstummten sogar die Vorwürfe des nachbarlichen Prinzen, und Voß duldete es, daß fast täglich besorgte Anfragen, in fahriger Handschrift auf kleine Billetts geworfen, von Diener Sperandieu überbracht wurden.

Sophie genas und wurde wieder gesund. Prinz Wilhelm hingegen schien von geheimnisvoller Krankheit erfaßt. Er wirkte stets sehr blaß und schien abgezehrt. Gute Ratschläge jeder Art wies er zurück und Ärzte wollte er nicht sehen.

Als sein Bruder den großen Krieg begann, der sieben Jahre währen sollte, war Wilhelm noch an seiner Seite.

Am 24. Juni 1757 geht der schriftliche Befehl des Königs an seinen Bruder:

Ich bestimme Ihnen den Befehl über die hiesige Armee. Sie soll zunächst die Elbe decken und sich im Winter nach Schlesien zurückziehen. Bringt uns eine günstige Viertelstunde Überlegenheit über unseren Feind, so ist es gut. Bleibt der Erfolg aber aus, so muß bis zuletzt für das Wohl des Staates gekämpft werden. Adieu, lieber Bruder.

Wilhelm sieht nur Schwierigkeiten und wird vom König gemahnt:

Unsere Lage ist zweifellos übel. Sie müssen die Lausitz und Schlesien decken, gelingt Ihnen das nicht, so wird ein Schwarm leichter Truppen sich bis Berlin ergießen.

Wilhelm wird der Lage nicht Herr, sucht die Front zu verkürzen und wird abermals gemahnt:

Wenn Sie sich weiter nur zurückziehen, werden Sie binnen vier Wochen auf Berlin zurückgedrängt sein. Es wird Ihnen an Fourage fehlen, und Sie haben stets das verfluchte Geschmeiß des Feindes in der Flanke. Lassen Sie sich nicht einschüchtern.

Endgültig mit dem Bruder unzufrieden schreibt Friedrich:

Ja, haben Sie denn ganz und gar den Kopf verloren? Sie lassen mich das Vertrauen, das ich in Sie gesetzt habe, recht teuer bezahlen!

Vier Tage später setzt er in vollem Zorn noch drauf:

Sie wissen nicht, was Sie wollen und was Sie zu tun haben. Sie werden stets nur ein kläglicher Heerführer sein. Mögen Ihre besten Offiziere die Schweinerei, die Sie angerichtet haben, jetzt wieder gutmachen . . .

Wilhelm ist verzweifelt. Ihm gelingt nichts mehr. Er verläßt die Armee und kehrt nach Berlin und Oranienburg zurück. Eine Schilderung seiner ersten Eindrücke gleicht fast dem Zustand seiner eigenen Seele.

Inzwischen nimmt das Elend seinen Lauf. Berlin ist nicht wiederzuerkennen. Die Häuser stehen noch, aber das Gras

wächst auf den Straßen, die Arbeiter aus den Fabriken zie-
hen in Scharen als Bettler umher, nirgends rollt auch nur
noch eine Kutsche. Keinerlei Anstalten werden getroffen, es
gibt keine Ordnung, und so viele Meinungen, wie man hört,
hörte man nicht beim Turmbau zu Babel.

Entmutigt und krank hat der Prinz sich auf sein Schloß
zurückgezogen. Seiner Liebe beraubt, sieht er sich nun
auch noch mit dem Bruder entzweit. Und seltsamerweise ist jetzt Luise Amalie um ihn. Sie ist ihm erstmals
in seiner Not und Depression eine sanfte Gefährtin.
Zum Herbst hin, so weiß sie, wird sie ihr viertes Kind
erwarten, aber schon im Sommer wird Wilhelm bett-
lägerig. Der Prinz will niemanden sehen, von nieman-
dem etwas hören. Delirium packt ihn, die Schwäche
nimmt zu, meist ist er ohnmächtig. Der Tod läßt sich
Zeit, aber am 12. Juni 1758 morgens um halb vier Uhr
schlägt er zu. Prinzessin Amalie von Preußen ist zuge-
gen.

Es ist geschehen, unser Bruder lebt nicht mehr schreibt sie
dem König ins Lager bei Proßnitz. *Ein Stickfluß hat ihn*
der Welt entrissen.

Nach modernsten Erkenntnissen könnte man vermuten, daß Prinz Wilhelm an einem Tumor gelitten hat,
doch Beweise gibt es dafür nicht. Im Volk jedoch hielt
sich die eindeutige Meinung: Prinz August Wilhelm
von Preußen starb an gebrochenem Herzen.

Die bürgerliche Königin

Wilhelmine Encke und Friedrich Wilhelm II.
von Preußen − 1764

»Ich werde einmal Königin!« erklärte das Kind, das in der Spandauer Straße zu Berlin im Rinnstein spielte.

»Ist gut, Mine, du wirst Königin«, lachten die Männer, die aus dem ›Kleinen Trompeter‹ kamen, wo sie ihr Weißbier getrunken hatten und ein Pfeifchen geraucht, was auf öffentlicher Straße verboten war. Sie lachten über die Tochter des Wirts, die Königin von Preußen werden wollte.

»Ihr sollt nicht lachen! Und ihr sollt mich nicht Mine nennen! Ich heiße Wilhelmine! Wilhelmine Encke!« In komischer Würde reckte das Kind seinen mageren Hals.

Aus der Tür zur Schenke, über der eine trübe Walöl-Lampe blakte, drang der wehmütige Klang einer Trompete, die Elias Encke zuweilen noch blies, obwohl er schon lange nicht mehr zu des Königs Hofkapelle gehörte.

»Minchen komm rein«, rief eine Frauenstimme, »kriegst ja einen kalten Hintern da draußen!«

»Ich heiße Wilhelmine«, wiederholte das Kind eigensinnig, folgte dann aber der großen Schwester in die warme Gaststube. Christiane Encke, erwachsen und bildhübsch, war am Theater verpflichtet und hatte stets eine ganze Anzahl galanter Besucher. Heute war es der Chevalier de Seingalt, auch Casanova genannt.

»Wilhelmine, wenn du willst, nehme ich dich morgen mit nach Potsdam«, bot er dem Kind an, »ich bin morgen zum König bestellt.«

Und ob Wilhelmine wollte! Noch warf sie dem Chevalier einen mißtrauischen Blick zu, ob der sie vielleicht nur necken wollte. Aber nein, das Angebot war in allem Ernst gemacht. Nun konnte Wilhelmine den Morgen kaum mehr erwarten. Aus dem Schrank der Schwester mopste sie ein Kleid, aus dem Nähkästchen Nadel, Faden und Schere und fertigte über Nacht ein Gebilde daraus, das sie zwar viel zu reichlich umschlotterte, aber immerhin ein sauberes, leidlich adrettes Gewand war. Das Gesicht hatte sie sich in der winzigen Waschschüssel wenigstens oberflächlich gewaschen, die Haare mühsam gebürstet, denn eine solche Pflege ließ sie ihnen nicht alle Tage angedeihen, und dann ringsum mit Kämmen hochgesteckt.

So saß sie mit großen Augen in der Kutsche des Chevalier, als erst Potsdam auftauchte, das Schloß, exerzierende Soldaten auf dem Schloßplatz und schließlich das langgestreckte Schloß von Sanssouci, überragt von der widerspenstigen Windmühle. Die Stunde der Audienz war noch nicht gekommen, so führte der Chevalier das Kind durch die stufenförmigen Gärten. Plötzlich blieb er stehen.

»Sieh nur, Mine, das dort drüben ist der König.«

Vor Aufregung vergaß Wilhelmine diesmal, die Anrede zu korrigieren. Der König! Aber was sie sah, war nichts weiter als ein alter, gebeugter Mann, auf einen Knotenstock gestützt, die Uniform schlicht und fleckig, auf dem Kopf einen zerbeulten Dreispitz mit loser Krempe. Doch als der alte Mann den Kopf wandte und zu ihnen herübersah, blickte Wilhelmine in ein Paar durchdringend blauer Augen, die mißmutig von ihnen Notiz nahmen.

Wilhelmine versank augenblicklich in einen tiefen Knicks. Der König hustete und spuckte und ging seines Wegs.

»Der ist zu alt für dich, Minchen«, lachte Casanova gutmütig, »wenn du Königin werden willst, halt dich an den da, Kronprinz Friedrich Wilhelm!«

Wilhelmines Kinderaugen folgten dem Zeigefinger des Chevalier und erblickten einen jungen, aber schon ein wenig korpulenten Mann in einer grünen Gärtnerschürze. Er war damit beschäftigt, Rosenstöcke umzusetzen. Er erschien Wilhelmine recht groß, das Gesicht blaß, die Bewegungen träge, aber nicht unsympathisch.

»Hoffentlich gehen die Rosenstöcke auch an, Rietz«, sagte der Prinz zu seinem Gärtnerburschen, der ihm zur Hand ging. Dem Chevalier und dem fremden Kind schenkte er keinen einzigen Blick. Doch sein Bild prägte sich unauslöschlich in Wilhelmine Encke ein, die in diesem Augenblick im Park von Sanssouci beschloß, den Neffen des Großen Fritz zu lieben.

Das Schicksal meinte es gut mit Wilhelmine, als dem Kronprinzen einige Zeit später beim Besuch der Italienischen Oper die hübsche Christine auffiel. Dem weiblichen Geschlecht sehr zugetan, aber ohne jegliche Erfahrung, sollte er bei der Soubrette Christine Encke in die Schule gehen und Unterweisung im Lernfach Liebe erhalten. So beschloß man bei Hofe, zumal der Kronprinz sich in Kürze mit der Prinzessin Elisabeth von

Braunschweig-Bevern verheiraten sollte. Einen Prinzen, der sich auf diesem Gebiet noch keine Sporen verdient hatte, in eine Ehe mit einer Prinzessin zu schicken, die ihrer Erziehung nach sicher auch keine große Hilfe sein würde, das mußte zur Katastrophe führen. Um dem ganzen Vorhaben, das in den Kreisen regierender Häuser nicht unüblich war, das rechte Mäntelchen umzuhängen, wurde die willige, aber auch nicht recht kundige Christine erst einmal mit dem Grafen Matuschka verehelicht. So war alles bereit, damit Friedrich Wilhelm, der ›dicke Schöps‹, wie die Berliner ihn liebevoll nannten, die ersten Schritte im Neuland der Liebe machen konnte. Doch war wohl Christine unter der Bettdecke keine so gute Lehrerin wie erwartet. Stocksteif und verlegen lag sie neben dem Prinzen, der ratlos den Tatsachen ausgeliefert, nichts mit ihnen anzufangen wußte. Das jedenfalls stellte die kleine Wilhelmine fest, als sie zu völlig unpassender Zeit die Tür zum Schlafzimmer ihrer Schwester aufriß und neugierig am Fußende des Bettes Aufstellung nahm.

»Was macht ihr denn da, ihr beiden?« fragte sie in naiver Neugier und hätte beinahe noch den Zipfel der Bettdecke angehoben, um besser zu sehen.

»Ah, du bist es«, gähnte der Prinz und erinnerte sich, das Kind im Rosengarten von Sanssouci schon gesehen zu haben. Ehe er sich über den Zusammenhang hätte wundern können, klärte Wilhelmine ihn auf:

»Ich bin die Schwester von der da!« rief sie und zeigte mit dem Finger auf die Erhöhung der Bettdecke, aus der nur ein Wust blonder Haare hervorlugte. In den Wuschelkopf kam Bewegung, und Christine schlug die Decke zurück, obwohl sie gänzlich nackt war.

»Was fällt dir ein, du unverschämte Göre!« rief sie und sprang aus dem Bett, um Mine eine wohlgezielte Ohrfeige zu verabreichen.

»Aber, aber«, beschwichtigte der Prinz, »sie hat es doch nicht bös gemeint!«

»Ich habe es ja nicht bös gemeint«, echote Wilhelmine und zog spöttisch triumphierend die Brauen hoch. Weit weniger naiv, als der Prinz annahm, hatte sie im rechten Augenblick der Schwester den Zugriff zu etwas, das ihrer Meinung nach nur ihr zukam, verdorben. Der Prinz gehört mir, sagte sie sich, Christine hat nichts bei ihm zu suchen! Ich werde seine Königin! Eines Tages!

Gar zu lang würde sie nicht mehr warten müssen, bis sie dieses Ziel verfolgen könnte. Schon jetzt, da sie die nächtliche Schulstunde störte, befand sie sich auf der Schwelle zu zarter, wohlgelungener Weiblichkeit. Zwei winzige Hügel rundeten sich an ihrem kindlichen Körper, Hals und Schultern waren nicht mehr gar so mager. Vielleicht war es gerade diese keimende Konkurrenz, die die Ältere so wütend machte. Eben holte Christine zu einer weiteren Maulschelle aus, als der Prinz, seinerseits nur im kurzen Hemd, dazwischensprang.

»Halt, das ist genug!« rief er. Schließlich war für ihn die Störung der Schäferstunde eher eine Erlösung. Rasch zog der Prinz sich an: Hose, Rock und Dreispitz.

»Nehm Sie es nicht so tragisch!« sagte er tröstend zu Christine und kniff ihr in die vor Zorn gerötete Wange. Dann faßte er Mine bei der Hand und führte sie die Stiege hinunter in die Gaststube, eine schluchzende, beschämte Christine zurücklassend.

Unten setzte sich der Prinz an einen Tisch und befahl für sich ein schäumendes Weißbier und für die Kleine einen Becher Most.

»Wilhelmine heißt du, nicht wahr?« begann er mit verlegener Höflichkeit, »aber sag mal, was hast du dir eigentlich dabei gedacht?«

Wilhelmine blickte unschuldig zu ihm auf und dann sagte sie etwas ganz Erstaunliches. Casanova hatte es ihr gesagt, und sie hatte es sehr wohl behalten.

»Liebe, Hoheit, ist die Sympathie von zweierlei Haut und zweierlei Phantasie.«

»Mein Gott, wo hast du das denn her?« rief Friedrich Wilhelm und sah das Kind, das eigentlich keins mehr war, fassungslos an. »Geh jetzt zu Bett, Wilhelmine«, sagte er recht plötzlich, aber nicht unfreundlich, »geh schlafen und vergiß das alles!«

Wilhelmine erhob sich.

»Gute Nacht, Hoheit«, sagte sie artig.

»Gute Nacht«, sagte auch der Prinz und trank sein Weißbier aus.

In den Monaten bis zur feierlichen Vermählung des Prinzen Friedrich Wilhelm von Preußen mit der Prinzessin Elisabeth von Braunschweig-Bevern tat die Natur das Ihre, um aus der Puppe Wilhelmine Encke einen Schmetterling zu machen. Der Prinz kam immer noch gelegentlich in den ›Kleinen Trompeter‹, um ein Weißbier zu trinken, und dabei bemerkte er sehr wohl die Veränderung an Wilhelmine. Sie war eine anmutige Schönheit geworden.

Auch in jener Nacht, in der die Prinzessin Elisabeth im Brautgemach bereit war, ihre neuen Pflichten aufzunehmen, schlich sich der Kronprinz davon und trank im ›Kleinen Trompeter‹ ein Weißbier. Er sah sich nach Wilhelmine um, aber sie war nicht da. Nach ihr zu fragen, traute der Prinz sich nicht. Enttäuscht erhob er sich und trat wieder hinaus auf die nächtliche Spandauer Straße. Was sollte er tun? Sich den Pflichten des Brautbettes zu stellen, fehlte ihm der Mut, denn sein Wissen darüber, was dort zu tun sei, war immer noch nicht recht vertieft. Also beschloß der neugebackene Ehemann, sich seiner Junggesellenkammer zuzuwenden, jener dürftigen Unterkunft im Berliner Schloß, die den Vorstellungen seiner Vorgänger, dem soldatischen Onkel und dem sparsamen Großvater von einem königlichen Schlafgemach entsprachen, nämlich vier kahle Wände und darin ein schmales, hartes Eisenbett. Als er dann die Kammer betrat, lag dort im schmalen Eisenbett, nackt und voll erblüht, Wilhelmine Encke und breitete weit die molligen Arme aus.

»Mine!« rief der Prinz leise, »Minchen!«

Nur von ihm ließ sie sich diesen Namen gefallen.

»Ja, ich bin es, Hoheit . . . Ihr Minchen!«

Dann schloß sie ihre Arme um ihn, und in dieser Nacht lernte der Prinz die Liebe.

»Ich werde dich niemals verlassen, Minchen«, schwor er ihr gegen Morgen, als die letzte Kerze zu verlöschen drohte. Dann lagen sie beieinander, sprachen miteinander, liebten einander, sprachen wieder und schliefen ein, als die Sonne schon hoch am Himmel stand.

Dem König von Preußen, Friedrich II., blieb es nicht verborgen, daß der Kronprinz seine Nächte nicht mit der Prinzessin Elisabeth verbrachte, sondern mit einem ledigen Bürgermädchen namens Wilhelmine Encke. Der König bemerkte gleichzeitig, daß sein Neffe sich seit der nicht stattgefundenen Brautnacht sehr zu seinem Vorteil verändert hatte. Er schien männlicher, ernster und verantwortungsbewußter. Das gefiel dem königlichen Onkel. Er ließ die Bürgerstochter herbeizitieren.

Als sie bei ihm eintrat, bescheiden in einem schlichten Kleid, betrachtete er sie von oben bis unten. Sie hatte ein ruhiges, hübsches Gesicht, helle gescheite Augen und einen vollen, etwas aufgeworfenen Mund. Und sie war hochschwanger. Das war nicht zu übersehen.

»Sie liebt ihn wohl sehr, meinen Herrn Neffen?« begann der König sie zu examinieren.

»Über alle Maßen, Majestät!«

Wilhelmine sah den großen König freimütig an, ohne den Blick vor ihm zu senken.

Noch ein paar Fragen, dann räusperte sich der König.

»Geh Sie nun, Sie wird von mir hören. Ich bin Ihr wohlgesonnen.« Damit stützte er sich auf seinen Krückstock und wandte ihr den Rücken zu. Die Audienz war beendet.

In diesem Augenblick spürte Wilhelmine einen scharfen Schmerz in ihrem Leib. Den Rückweg anzutreten, war ihr noch möglich, aber zu Hause gebar sie ein totes Kind.

Der Prinz wurde gerufen und saß traurig an Wilhelmines Bett.

»Ach Mine, mein Minchen . . .« flüsterte er tröstend, »es sollte wohl nicht sein . . . aber glaube mir, beim nächsten Mal . . .«

Noch lag Wilhelmine zu Bett, um sich von der Totge-
burt zu erholen, da traf ein Brief mit königlichem
Siegel ein:

*»Allerhöchster Konsens die Demoiselle Wilhelmine Encke
betreffend: Seine Majestät ist gewillt, obige als offizielle
Maitresse des Prinzen von Preußen anzusehen und haben
derohalben die Gnade, für Demoiselle Encke zwanzigtau-
send Thaler anzuweisen zum Bau und zur Ausstattung
eines Hauses, in welchem sie würdig repräsentieren
kann . . .«* Bis dahin hatte Wilhelmine laut, aber etwas
stockend gelesen und der Prinz ihr zugehört.
»Oh, Minchen, das ist wunderbar«, freute er sich, »da
können wir für immer beisammen sein!«
Wilhelmine war weniger zufrieden. Maitresse! Das
entsprach nicht ihren Plänen. Königin wollte sie doch
sein! Aber vielleicht, das mußte sie sich eingestehen,
war die Welt nicht danach eingerichtet, daß eine Wirtstochter aus der Spandauer Straße Königin werden
konnte. Sie hatte ja auch kein Prinzenkind bekommen
können, während die Kronprinzessin längst von einer
Prinzessin entbunden worden war, und das, so war
Wilhelmine sicher, obwohl ihr der Prinz treu geblieben! Gerüchte über die Vaterschaft liefen längst um
und waren dem König ein Ärgernis.
»Gib her, Minchen«, sagte der ›dicke Schöps‹ und nahm
ihr den Brief ab, »ich lese weiter!« Jedoch beim Lesen
verfinsterte sich alsbald sein Gesicht.

*Zur Bedingung allerdings macht Seine Majestät, daß die
Demoiselle Encke sobald wie möglich mit einem angesehe-
nen, ihrem Stande angemessenen Mann eine bürgerliche Ehe*

eingeht. Seine Majestät stellt dafür eine passende Assiette und eine exquisite Aussteuer wie außerdem...

Seine Hoheit ließ den Brief sinken.

»Heiraten?« rief er kläglich, »irgendeinen Kerl, der dann vielleicht sein Recht als Ehemann ... nein, Minchen, nein, das halte ich nicht aus!« Fast wäre er in Tränen ausgebrochen, wenn Wilhelmine nicht liebevoll ihre Arme um ihn geschlossen hätte.

»Warten wir es ab, mein Prinz, warten wir es ab«, suchte sie ihn zu beruhigen, »noch ist nicht aller Tage Abend!« Aber das mit der Königin, so mußte sie sich eingestehen, das rückte von nun an in unerreichbare Ferne.

Der Kronprinz kam wieder einmal seiner Lieblingsbeschäftigung im Rosengarten nach. Er schnitt Triebe aus und band die Stöcke hoch, und der treue Rietz ging ihm zur Hand. Doch war der Prinz mit dem Kopf nicht bei der Sache, während der Mund überlief, dessen sein Herz voll war.

»Ach, Rietz, stell dir nur vor, mein Minchen soll heiraten, einen Mann ihres Standes, so will es mein Onkel.«

»Immerhin, Hoheit, läßt Seine Majestät dem Fräulein die Wahl des Ehegatten, wenn ich richtig verstanden habe?« Rietz war nicht dumm, und er hatte richtig verstanden.

»Ja, ja, das schon«, jammerte Friedrich Wilhelm, »aber ganz gleich, wer es ist! Wenn ich mir vorstelle, mein Minchen und irgend so ein Mann ...« Er ließ die Rosenschere fallen und schlug die Hände vors Gesicht.

»Aber man könnte doch ...« überlegte Rietz laut,

164

wobei sein Entschluß bereits feststand, »Hoheit, man könnte doch einen Mann finden, mit dem man bezüglich seiner Eherechte einen Vertrag abschließt ... einen Mann, der Euer Hoheit Vertrauen besitzt ... fast möchte ich sagen Euer Hoheit Freundschaft, wenn das nicht vermessen ist ... ein Mann jedenfalls, auf den Sie sich verlassen können, mein Prinz ...«

Friedrich Wilhelm sah auf.

»Du meinst, Rietz ... du meinst ... du würdest?«

»Ja, Euer Hoheit, ich würde es mir zur Ehre anrechnen ...«

Die Ehe der Wilhelmine Encke mit Hannes Rietz wurde unmittelbar geschlossen, vollzogen wurde sie selbstverständlich nicht. Wilhelmine kaufte ein Haus am Lietzensee, das sie im üppigen Geschmack der Zeit einrichtete. In diesem Haus begann für den Prinzen von Preußen, wie der Titel für einen Thronfolger aus nicht direkter Linie offiziell hieß, gemeinsam mit Madame Rietz ein fast bürgerlich behäbiges Leben, gerade so wie es dem Prinzen in seinem etwas trägen Gemüt zusagte. Statt der Liebe standen nun delikate, aber auch endlose Mahlzeiten im Mittelpunkt, bei denen sie sich von Hannes Rietz servieren ließen, der diesen Dienst klaglos versah. Die Lieblingsspeise des Prinzen war fette Aalpastete mit Spätzle. Kein Wunder also, daß er sich fast ebenso rundete wie Wilhelmine, die wieder schwanger war. Diesmal brachte sie einen Sohn zur Welt, den sie Alexander nannte. Ein Jahr darauf bekam sie eine Tochter, die auf den Namen Marianne getauft wurde. Der Prinz von Preußen erkannte die Vaterschaft beider Kinder offiziell an.

In diesen beiden Jahren, so schien es, war das Glück der Wilhelmine Rietz, geborene Encke, vollkommen, wenn sie auch den Gedanken an eine Königskrone auf ihrem dunklen Wuschelkopf längst aufgegeben hatte. Aber ihr Glück war *nicht* vollkommen.

Der König, überzeugt, daß die von ihm gestiftete Ehe seines Nachfolgers mit der Prinzessin Elisabeth von Braunschweig-Bevern niemals wirklich eine Ehe war, verfügte die Scheidung. Stattdessen wurde dem Prinzen, politisch bedingt, die Ehe mit der Prinzessin Friederike Luise von Hessen-Darmstadt nahegelegt, um nicht zu sagen vorgeschrieben. Auch diese Ehe wurde geschlossen, und zwar am 14. Juli 1769, aber nicht nur das, sie mußte diesmal unbedingt vollzogen werden.

Wilhelmine litt Qualen der Eifersucht.

»Du mußt das verstehen, Minchen! Der Thron braucht einen Erben!«

Nur mühsam brachte Wilhelmine Verständnis auf, zumal die neue Kronprinzessin, häßlich, aber liebenswürdig, nicht der einzige Gegenstand ihrer Eifersucht blieb.

Die lange Reihe der Frauen, die den Prinzen von Preußen zu flüchtigen Eroberungen reizten, wurde von Minette Horst eröffnet, Wäschermädel im Dienste der Madame Rietz. Diese seufzte kummervoll, machte aber gute Miene zum bösen Spiel, das Klügste, was sie tun konnte.

Auf Minette Horst folgte die junge rehäugige Julie von Voß. Diesmal wagte der Prinz nicht, seiner Mine unter die Augen zu treten. Er schrieb ihr einen umständlichen und verworrenen Brief, der Wendungen enthielt wie:

Er werde den engen und intimen Umgang mit ihr aufgeben
müssen und *wenn wir beisammen sind, Bett an Bett, dann*
soll es sein wie Bruder und Schwester und dann: *auch bloße*
Freundschaft kann glücklich machen und am Ende: *sie*
würden nur eine Weile sich nicht sehen . . .

Das klang ernster als ein bloßes Techtelmechtel mit der
Wäscherin. Was Wilhelmine aber zutiefst verletzte,
war ein beiliegender Geldbetrag. Wilhelmine schluckte
alles hinunter. Hatte der Prinz vergessen, daß sie längst
wieder schwanger war? Er hatte es nicht nur vergessen,
sondern nahm die Geburt ihres zweiten Sohnes, Wilhelm, zum Anlaß, Wilhelmine zutiefst zu verletzen.
Hatte der erste Sohn, Alexander, im nachhinein den
Titel eines ›Grafen von der Mark‹ erhalten, so äußerte
sich jetzt der Prinz gegenüber Dritten:
»Wer weiß, mit wem sie dieses Kind gezeugt hat! Soll
sie ihn doch Rietz nennen, einfach Wilhelm Rietz!«

Drei Jahre sahen sie sich nicht, die Madame Rietz und
der Kronprinz, unterdessen Seine Majestät König
Friedrich Wilhelm II. von Preußen.
Und was war alles geschehen in diesen drei Jahren!
Die Königin, das ›hessische Lies'sche‹, wie der Volks-
mund sie nannte, war der Pflicht, einen Thronfolger in
die Welt zu setzen, mit Erfolg nachgekommen. Derweilen aber ließ sich ihr Gemahl morganatisch oder
auch ›zur Linken‹ die rehzarte Julie von Voß antrauen,
die an der Geburt ihres ersten Kindes starb und einen
untröstlichen König von Preußen zurückließ.
In seiner Trauer mußte er sich wohl der glücklichen
Zeiten mit seinem Minchen erinnert haben. So jeden-

falls glaubte Hannes Rietz gewisse Anzeichen zu lesen und machte sich daran, die beiden zu versöhnen.

Es kam der Tag, da König Friedrich Wilhelm, noch ›stattlicher‹ geworden, vierspännig vor dem Haus am Lietzensee vorfuhr.

Madame Rietz, von Ehemann Hannes vorgewarnt, erwartete den Besuch vor ihrer Haustür.

»Majestät!« hauchte sie und versank in einen tiefen Hofknicks.

»Nicht Majestät, mein Minchen, mein liebes Minchen!« stieß König Friedrich Wilhelm II. hervor und war den Tränen nahe. »Für dich bin ich nicht König, sondern dein Freund wie in alten Zeiten!« Damit half er Wilhelmine aus dem Knicks auf und küßte sie brüderlich auf beide Wangen. Dann hielt er sie auf Armeslänge von sich und sah ihr prüfend in die Augen. »Mehr wage ich nicht, Mine, ehe ich nicht weiß, ob du mir verzeihen kannst, ganz und gar verzeihen? Sag, Minchen, kannst du das?«

»Von ganzem Herzen . . . Majestät!« kam es spontan von Wilhelmine. Sie brauchte gar nicht erst nachzudenken, ob sie all den Kummer, den er ihr bereitet, je vergeben könnte. Sie liebte ihn doch, ihren ›dicken Willem‹, der er in all den Jahren doch immer geblieben war. »Ja, von ganzem Herzen, Majestät«, wiederholte Wilhelmine und blieb bei der ihm gebührenden Anrede.

Wilhelmine war noch schöner geworden in diesen drei Jahren. Ihre Haut schimmerte wie Marmor, Büste und Schultern lugten verführerisch aus rüschenbesetztem Dekolleté. Einsamkeit und Bitternis hatten nach außen hin keine Spuren hinterlassen, aber nun, da der König sie fest in seine Arme schloß und ihr einen Kuß auf den

Mund drückte, da gaben die gemarterten Nerven nach.

»Ich hab's gewußt, ich hab's gewußt«, rief sie unter Lachen und Weinen, »mein Prinz ... ich meine, der König verläßt mich nicht!« Ungeschickt suchte sie mit einem Spitzentuch der Tränen Herr zu werden, die ihr über die Wangen liefen, bis Friedrich Wilhelm das eigene Sacktuch zog.

»Komm, Minchen, ich helfe dir! Keine Tränen mehr, hörst du!«

Hinter der Tür paßte Hannes Rietz den geeigneten Moment ab, die Kinder vorzuschicken, die nun zu Seiten der Mutter erschienen, ihre Reverenz zu machen. Da war der kleine Graf von der Mark, der sein Schwesterchen, die Gräfin von der Mark, an der Hand hielt, und auf dem Arm präsentierte Wilhelmine den kleinen Wilhelm Rietz, durch dessen Adern das gleiche Blut floß, ohne daß sein Vater es hatte wahrhaben wollen. Jetzt faßte Wilhelmine ihrerseits ihren ›Dicken‹ prüfend ins Auge. Schlecht sah er aus, der Preußenkönig, dachte sie bei sich, abgehärmt und müde. Eine ihrer guten Aalpasteten, die er doch immer so gern gegessen hatte, würde ihm jetzt gut tun, dazu eine Portion Spätzle nach Encke'schem Rezept.

»Heißt das, Minchen«, fragte scheu der König, »heißt das, du hast mich noch immer lieb?«

»Ja«, sagte sie schlicht, und der Rest war in ihren hellen Augen zu lesen. Ungläubig, aber zutiefst dankbar zog er sie noch einmal an sich. Ihr zärtlicher Kuß ließ ihn die Trennung durch drei Jahre vergessen und knüpfte dort an, wo beide einmal verbunden gewesen, im Genuß der Sinne, in der Zuneigung einfacher Herzen.

169

»Mine«, begann der König nach einiger Zeit, »Mine, da ist etwas, das ich dich von Herzen bitte und das ein Zeichen meines höchsten Vertrauens ist.«

Auf einen Wink des Königs brachte man auf einem Steckkissen den kleinen Grafen Gustav Adolf Wilhelm von Ingenheim herbei, den Sohn der toten Julie von Voß, einen schlafenden, rotgesichtigen, runzeligen kleinen Säugling.

»Mine«, sagte der König, »dieses Kind ist mein Sohn. Ich möchte, daß du ihm Mutter bist.«

Wenn Wilhelmine jemals mit Eifersucht zu kämpfen hatte, so war es jetzt beim Anblick des Kindes, das ihr Geliebter mit einer anderen gezeugt hatte. Doch ihr klarer Verstand und ihr gutes Herz behielten die Oberhand. Sie nahm das Bündel in den Arm und betrachtete das runzelige Gesichtchen. Was konnte dieses Kind, dessen Geburt seine Mutter mit dem Leben bezahlt hatte, dessen Vater ein wankelmütiges Herz besaß, für all den Kummer den es in aller Unschuld angerichtet hatte? So fragte sich Wilhelmine, selbst dreifache Mutter, und als der kleine Mund des Säuglings sich zu einem unbeholfenen Lächeln verzog, war ihr Entschluß gefaßt.

»Es wird mir eine Ehre sein, Majestät, dieses Kind wie mein eigenes zu halten und zu lieben, ebenso wie die anderen Kinder Eurer Majestät, Alexander, Marianne...« und dann setzte sie mit Bedacht hinzu: »...und den Wilhelm Rietz. Nur ganz sanft klang ein Vorwurf mit an, doch wollte Wilhelmine damit die Versöhnung nicht trüben.

Und versöhnt waren sie wieder, die beiden. Das sichtbare Siegel darauf waren ein Stadthaus unter den Linden, drei Landgüter in der Neumark und eine halbe Million Taler in holländischen Obligationen. Um der Wahrheit die Ehre zu geben sei gesagt, daß Wilhelmine allein aus Liebe zu ihrem ›Dicken‹ zurückgekehrt war.

Das Haus unter den Linden wurde kein verborgenes Liebesnest, wie es das Haus am Lietzensee gewesen war, sondern Mittelpunkt der Berliner Gesellschaft. Man traf sich in den Salons der Madame Rietz, ob man nun wollte oder nicht. Noch hielten sich Bewunderung und Neid, vor allem der Damenwelt, die Waage. Man sprach allgemein nur von ›der Rietz‹ und sah ihr ihre neueste Leidenschaft nach, nämlich einen Viererzug rassiger Pferde höchstselbst durch Berlin zu kutschieren. In Adelskreisen sorgte man sich, Madame Rietz nähme zu viel Einfluß auf den König und raube ihm zudem die Taschen aus. Es sei dahingestellt, ob man letzteres dem Hannes Rietz, unterdessen zu einer Art königlichem Haushofmeister avanciert, wohl hier und da vorwerfen kann. Seinen Vorteil aus der Position des zurückhaltenden Ehemannes hat er sicherlich gezogen.

Wilhelmine aber, simpel und geradlinig, dachte nur an die Liebe. Bei ihr fand der König von neuem jene Mischung aus Sinnlichkeit und Geborgenheit, die sein Naturell brauchte. Nicht daß Friedrich Wilhelm ihr von nun an treu gewesen wäre! Da gab es manche Liaison, die Wilhelmine großzügig übersah. Im Grunde aber gehörten sie doch zusammen, der König und sein Minchen, das nun bald auf die Vierzig ging.

Die Jahre gingen hin. Nach außen hatte Wilhelmine Rietz manchen Kampf und manche Kraftprobe zu bestehen. Adel wie Bürger sahen ihr streng auf die Finger, und ums Haar verdarb sie es sich gründlich mit beiden, nämlich als sie der Bäckerzunft eine Beschwerde wegen der schlechten Qualität des Brotes einbrachte.

Nach einer Italienreise, die Wilhelmine ihrer Gesundheit wegen unternahm, zeigte ihr der Adel die kalte Schulter. Was war geschehen? Die Königin von Neapel, eine österreichische Erzherzogin, hatte sich geweigert, die Rietz zu empfangen, als diese ihre Karte abgegeben hatte. Endlich also hatte es jemand gewagt, Madame Rietz in die Schranken zu weisen, und das ermutigte die Berliner Häuser sofort, es ihr gleich zu tun. Ja, der Kronprinz, jener Friedrich Wilhelm, dessen Mutter das ›hessische Lieschen‹ aus Darmstadt, nämlich die Königin, war, wagte es sogar erstmalig in aller Öffentlichkeit, von der ›Kebse‹ seines Vaters zu sprechen. Der König reagierte mit einem genialen Streich. Er veranlaßte die gerichtliche Scheidung Wilhelmines von Hannes Rietz und erhob sie als Gräfin Lichtenau in den Adelsstand. Nun mußte der Berliner Adel klein beigeben und wieder auf Wilhelmines Empfängen erscheinen, ganz besonders auf jenem, den sie mit aller Prunkentfaltung zu ihrem 43. Geburtstag gab. Wehe dem, der nicht erscheinen würde, um der Gräfin seine Reverenz zu erweisen! Sogar die gutmütig auf Harmonie bedachte Königin erschien, um Friedrich Wilhelm einen Gefallen zu tun, im Palais Lichtenau.

Der große Säulensaal war purpurn ausgeschlagen, die Wände entlang reihten sich die Lakaien in Galalivree, seidene Hosen und Schnallenschuh, goldene Leuchter in den Händen. In der Mitte aber stand Minchen, ehemals Wirtstochter aus dem ›Kleinen Trompeter‹, und empfing Fürsten und Grafen, hohe und höchste Damen und Herren aus dem Preußischen wie aus ganz Europa und nun auch vor aller Augen die Königin.

»Ei, isch gratulier Ihne, liebste Gräfin«, leitete diese in immer noch unüberhörbar Darmstädter Klangfarbe das Gespräch ein und fügte herzlich und ohne Arg die besten Wünsche an.

Wer die beiden stehen sah, Wilhelmine im goldgewirkten Reifrock, die herrlichsten Brillanten am offenen Hals, die andere weit schlichter, wenn auch mit einem Diadem von schimmernden Perlen auf dem viel zu großen Kopf, hätte sie leicht verwechseln können. Wen hätte es gewundert, wenn Wilhelmine Encke da mit einem kleinen Lächeln sich des Jugendtraums entsann und sich sagte: Fast, ja fast bin ich doch Königin geworden!

Doch noch einmal sollte sich der strahlende Himmel für das schöne Minchen verdunkeln. Sie wußte, daß das Herz des Königs ihr eigen war, aber sie wußte auch, daß sie es noch manches Mal an eine andere würde ausleihen müssen. Und das tat stets von neuem weh.

Im Berliner Schloß spielte jemand Klavier und sang dazu. Der König, gerade im Vorübergehen, blieb stehen und lauschte. Die Tür zum Musikzimmer war nur angelehnt, lautlos trat Friedrich Wilhelm ein. Dort am Klavier sah er blond und jung den Traum einer Frau, die Summe aller Wünsche, und er war sofort gefangen.

173

»Wer sind Sie?« fragte er. Das Mädchen fuhr herum und sah ihn mit vor Angst geweiteten Augen an.

»Ich bin Sophie Dönhoff, Majestät, die neue Hofdame Ihrer Majestät, zu Diensten.«

»Sie haben eine schöne Stimme, Fräulein von Dönhoff«, sagte der König, um irgendetwas zu sagen.

»Ich danke Euer Majestät.« Erst jetzt fiel es der Dönhoff ein, aufzustehen und dem König mit einem Knicks ihre Reverenz zu bezeigen.

»Ach, lassen Sie nur...« Friedrich Wilhelm faßte das Mädchen am Arm und drückte sie auf die Klavierbank zurück. »Spielen Sie noch ein wenig, ich höre Ihnen gerne zu.«

Das war der Auftakt dazu, daß Wilhelmine Encke wieder einmal geschickt und diplomatisch reagieren mußte. Sie würde auf eines ihrer Landgüter fahren, sich umgeben von der Kinderschar mit Eifer in das Leben einer Bäuerin stürzen, sich um Kühe und Schafe kümmern und nach wenigen Wochen zurückkehren, als ob nichts gewesen wäre. Bis dahin hatte ihr ›Dicker‹ sicher längst wieder Sehnsucht nach ihr, und die sangesfreudige Klavierspielerin war vergessen.

Doch es kam anders. Wilhelmine kehrte zurück, die vier Kinder pausbäckig und gebräunt vom Landleben, aber der König ließ sich nicht blicken.

Friedrich Wilhelm II. hatte sich Sophie Dönhoff morganatisch antrauen lassen. Die Ehe währte etwa drei Jahre, zwei Kinder gingen aus ihr hervor. Und wieder waren es drei Jahre, die Wilhelmine nur in Geduld abwarten konnte, ob sich ihr ›Dicker‹ noch einmal ihr zuwenden würde.

Er tat es. Er fühlte sich krank und elend, seine Hände waren unnatürlich aufgeschwollen, der aufgeschwemmte Körper ließ auf Brustwasser schließen, was ihm zeitweilig den Atem nahm. Der König klagte über Kopfschmerzen und Schüttelfrost, die Ärzte aber doktorten vergeblich an ihm herum. Der Kranke sehnte sich nach Verständnis und Fürsorge, für beides aber taugten weder das ›hessische Lies'sche‹ noch die morganatische Sophie. Trost und Erleichterung würde er nur bei einer finden, bei seinem Minchen.

So ließ der König denn endlich anspannen und fuhr zum Lietzensee hinaus, wohin sich Wilhelmine Encke bescheiden zurückgezogen hatte.

»Wenn ich dich nicht hätte, mein liebes, liebes Minchen«, seufzte der ›Dicke‹ zufrieden auf, sobald er in ihren molligen Armen lag, »glaub mir, Minchen, ich liebe nur dich allein. Wilhelmine machte nicht viele Worte, sie sah, wie schlecht es ihrem Freund ging. Sie ließ seine Lieblingsspeisen kochen, fütterte ihn eigenhändig wie ein Kind, da seine geschwollenen Finger den Löffel nicht mehr halten konnten. Sie las ihm vor, auf seinen besonderen Wunsch hin Stücke von Molière. Vor allem aber schirmte sie ihn ab von den Sorgen seiner Regierungsgeschäfte.

»Seine Majestät sind unpäßlich, Seine Majestät bedarf der Ruhe.« So fertigte sie jeden Besucher ab.

Friedrich Wilhelm war seiner Mine dankbar. Und daß er diese Dankbarkeit gleich wieder mit einer Flut von Geschenken und Überschreibungen ausdrückte, war halt königliche Art. Als er ihr aber britische Banknoten im Werte von zwei Millionen über den Tisch schob, hob sie entsetzt die Hände.

175

»Das ist zuviel, Majestät, viel zu viel! Es würde mir nur den Haß des Volkes einbringen.«

»Aber, Minchen«, meinte der König besorgt, »es sind englische Pfund! Mit ihnen könntest du dich in England niederlassen, sollte mir...«

»Nichts da, Majestät, davon will ich nichts hören! Sie werden wieder ganz gesund und so alt, wie der ›Alte Fritz‹ es war, bestimmt Majestät.«

Friedrich Wilhelm wurde nicht wieder gesund. Wilhelmine pflegte ihn hingebungsvoll, wich nicht einen Augenblick von seinem Lager. Der König verfiel zusehends. Als dann der Todeskampf einsetzte, war sie bei ihm, hielt seine Hand und sprach beruhigend auf ihn ein, solange er sie noch hören konnte.

Wilhelmine selbst war nach vielen Nächten ohne Schlaf so erschöpft, daß der Leibarzt sie anflehte, sich wenigstens eine Stunde niederzulegen.

»Was kann es nützen, verehrte Gräfin, wenn Sie selbst auch noch krank werden!«

Zu einer Stunde ließ sie sich also überreden, ihren lieben ›Dicken‹ allein zu lassen, und genau in dieser Stunde hauchte Friedrich Wilhelm II. von Preußen erst dreiundfünfzigjährig sein Leben aus.

Mit ihm war für Wilhelmine alles gestorben, was sie liebte. Und auch die Liebe selbst war gestorben. Stattdessen begann die Welt sofort, ihr ein feindliches Gesicht zu zeigen.

Der neue König, Friedrich Wilhelm III., der als Kronprinz Madame Rietz als ›Kebse‹ bezeichnet hatte, ließ sofort Wilhelmines Landgüter konfiszieren und ihr Haus unter den Linden beschlagnahmen. Da er das ohne einen Schuldtitel aber nicht tun konnte, ließ er sie unter der Anschuldigung des Giftmordes an seinem Vater verhaften. Nach drei Monaten wurde ihr die Haft erlassen unter der Bedingung, daß sie auch die halbe Million holländische Obligationen wieder herausgab.

Darüber hinaus wurde ihr die Stadt Glogau als Wohnsitz angewiesen, daraus sie sich nicht zu entfernen hätte.

Wilhelmine Rietz, geborene Encke, Gräfin von Lichtenau, verbrachte ihre letzten Jahre bettelarm und verstarb am 9. Juni 1820 im Alter von achtundsechzig Jahren.

Die Herzdame Napoleons

Maria Walewska und Napoleon Bonaparte – 1806

Ob es nun Blonie oder Jablonna war, wird heute niemand mehr feststellen können, jedenfalls war es eines der kleinen polnischen Flecken auf dem Weg nach Warschau. Hier sollte Kaiser Napoleon durchkommen, so war das Gerücht seiner Kutsche vorausgeeilt. Er habe die Hauptstraße verlassen und den Umweg gewählt, weil der außerordentlich milde Dezember 1806 die vielbefahrene direkte Route aufgeweicht hatte und zwischen steckengebliebenen Fahrzeugen und marschierenden Truppen kein Durchkommen war.

Hier in Blonie, oder eben Jablonna, hatte die Nachricht, der Kaiser käme mitten durch ihr Städtchen alle Bürger alarmiert, die nun dicht bei dicht die Straße säumten. Von fern waren Bauern mit ihren Weibern herbeigeströmt, freie und unfreie, und hatten sich unter die Neugierigen gereiht, was freilich nicht ohne Schieben und Drängeln abging, denn jeder wollte vorne sein. »Macht Platz für die Damen!« hieß es plötzlich aus einer der hinteren Reihen, »macht Platz für Ihre Hochwohlgeboren!«

Dem Ruf wurde gehorcht, man bildete eine Gasse, durch die jetzt eine junge Frau in Begleitung einer Älteren hinzutrat, beide soeben einer herrschaftlichen Kutsche entstiegen. Mit einer Hand ihre Augen gegen die fahle Wintersonne schützend, spähte sie zur Linken die Straße hinab.

»Siehst du etwas, Maria?« fragte ungeduldig die Ältere hinter ihr, »kann man schon etwas sehen, Maria?«

»Noch nicht, Liebste, noch sieht man nichts«, gab Maria zur Antwort und zog sich die Kapuze von feinstem Weißfuchs tiefer in die Stirn. »Das kann dauern«, meinte sie, und als ein Alter neben ihr einen kräftigen Schluck aus einer zinnernen Kruke nahm, wandte sie sich an ihn. »He, Väterchen, weißt du überhaupt, auf wen wir hier warten?«

Der Alte überlegte tiefsinnig, half der Überlegung mit einem zweiten Schluck nach und meinte endlich:

»Auf den Messias vielleicht, Herrin? . . . Meine Malinka hat gesagt, der Pope hätte gesagt, es wird einer kommen . . .«

Die, die es besser wußten, lachten lauthals, und auch die Dame im Weißfuchs lachte.

»Nun, Väterchen, so hoch wollen wir nicht greifen, aber ein Kaiser ist es immerhin! Ein Kaiser aus Frankreich!« Mit weitausholender Geste schloß sie dann die Umstehenden mit ein. »Napoleon, der Befreier Polens aus Fremdherrschaft!« rief sie enthusiastisch. »Er will uns wieder einen Polenkönig geben, und die, die unser Land zerpflückten, müssen die Gebiete rausrücken! Kein Preuße, keiner aus dem Habsburger Land und kein Russe soll mehr über uns herrschen! Es lebe unser Vaterland Polen!«

Wie auf ein Stichwort bog jetzt unten an der Straße ein halbes Dutzend Reiter ein und mit ihnen eine recht bescheiden wirkende Kutsche. Wer Gold und Gepränge erwartet hatte, sah dem kümmerlichen Gefährt mit Enttäuschung entgegen. Näherkommend war zu erkennen, daß eins der Kutschpferde lahmte.

179

»Ein frisches Pferd! Ein frisches Pferd!« rief einer der voraussprengenden Reiter, »ein frisches Pferd für den Kaiser!«

»Der Wirt hat Pferde«, kam der Vorschlag aus der Menge und »den Schecke vom Krämer!« rief ein anderer, aber so recht unternehmend klang das nicht.

»Laß Semjon unsere Pferde ausspannen!« befahl Maria ihrer Begleitung, »rasch, er soll sich eilen!«

Schon war der Wagen des Kaisers zum Halten gekommen, die Fenster ringsum dicht verhängt, war der Kutscher vom Bock herunter und untersuchte kopfschüttelnd das lahme Pferd. Dem Wagen entstieg ein Mann, den Sachkundige als General der Grande Armee erkennen konnten. Gerade wollte er den Kutscher zur Rede stellen, was wohl zu machen sei, da drängte sich eine junge Frau im Weißfuchspelz durch die Menge und kam direkt auf ihn zu.

»General«, rief sie, »darf ich mir erlauben, Seiner kaiserlichen Majestät mein Gespann zur Verfügung zu stellen!«

Im gleichen Augenblick wurde ein Paar blankweißer Schimmel herbeigeführt, noch im Geschirr, gehlustig, mit aufgeworfenen Köpfen und kaum zu zügeln.

»Der Kaiser liebt Schimmel über alles!« rief der General anstelle eines Dankes, »mein Name ist Duroc«, stellte er sich dann vor, »und mit wem habe ich die Ehre, Madame?«

»Das spielt keine Rolle«, wehrte Maria ab, und das aus gutem Grund, da sie von ihrem Gatten niemals die Erlaubnis zu diesem Ausflug erhalten hätte, sich also im Geheimen hier befand. »Wenn Sie, General, mir stattdessen erlauben würden, Seine Majestät zu begrüßen, nur auf einen kurzen Händedruck, dann wäre mir das höchster Lohn!«

General Duroc trat an den Schlag der Kutsche und hob den Vorhang an. Von drinnen kam ungeduldig eine Stimme.

»Parbleu! Qu'est-ce qu'il se passe? On est pressé!«

»Die Pferde, Majestät, das eine lahm, das andere zu Tod erschöpft und im ganzen Ort kein Pferd zu haben!«

Als Antwort war nur ein ärgerliches Brummen zu hören, so fuhr der General fort.

»Aber hier ist eine Dame, Sire, die uns aus der Verlegenheit hilft. Sie stellt uns ihr eigenes prächtiges Gespann zur Verfügung und bittet um nichts dafür als Euer Majestät begrüßen zu dürfen.«

Jetzt schob sich ein federbesetzter Zweispitz zum Fenster heraus, der die unterdessen weltbekannte Stirnlocke und das rundliche Gesicht noch verdeckte. Des Kaisers erster Blick galt den neuen Pferden, die soeben eingeschirrt wurden.

»Schimmel!« rief er entzückt, »herrliche Tiere!« Dann erst wandte er sich seiner Wohltäterin zu. Höflich nahm er den Hut ab und verneigte sich. »Ich höre, daß ich Ihnen Dank schulde, Madame.«

Unfähig, ihre Begeisterung zu steuern, fiel Maria ihm ins Wort.

»Willkommen in unserem Land«, rief sie »keine unserer Taten kann Ihnen auch nur annähernd zeigen, was wir für Sie fühlen, Sire! Unter Ihnen wird sich unser Land erheben! Wir sind es, die Ihnen Dank schulden . . .«

Ihre Worte geben dem Kaiser Zeit, sie zu mustern. Die Dame, die ihren Namen nicht gesagt hat, scheint ihm

181

recht jung zu sein, fast ein Kind noch. Ihre großen blauen Augen wirken treuherzig, ja zärtlich und beginnen während ihrer Worte wie in Ekstase zu leuchten. Ihre Haut, so bemerkt der Kaiser, ist so frisch wie eine Teerose, und als sich jetzt ihre Kapuze etwas verschiebt, sieht er volles, blondes Haar daraus hervorquellen. Napoleon ist entzückt von dem, was er sieht, von der Grazie ihrer kleinen Gestalt, aber auch geschmeichelt von dem, was er hört.

»Sire, Sie sind der Retter Polens!« Damit hat Maria ihre Rede beendet. Sie darf die Hand ergreifen, die der Kaiser ihr entgegenstreckt, sie sieht sein Lächeln, sie hört wie im Traum seine Worte zum Abschied.

»Ich hoffe, Madame, wir werden uns in Warschau sehen! Dort werde ich meinen Dank noch besser abzustatten wissen. Bis Warschau also, Madame...«

Die Schimmel stehen fertig an der Deichsel, Duroc nimmt wieder Platz, die Kutsche rollt an, noch sieht man des Kaisers Hut grüßend zum Fenster hinaus.

Da fuhr er hin, im Geschirr das beste Schimmelgespann aus der Zucht des Kammerherrn Anastazy Colonna-Walewski, Starost von Warka, nur daß der Kammerherr und Ehemann Marias keine Ahnung davon hatte.

Den ganzen Weg bis Warschau ging dem Kaiser das kindliche, von Weißfuchs umrahmte Gesicht nicht mehr aus dem Sinn. Er mußte sie wiedersehen, seine kleine Gönnerin! Und zum Glück gab es ein ehrenwertes Motiv, nach ihr zu fahnden.

»Finden Sie heraus, wer sie ist, Duroc«, wies Napoleon seinen General an, »wir müssen ja schließlich die Schimmel rückerstatten.«

Die Warschauer Polizei und ein ganzes Netz von Spitzeln und Zuträgern machte es leicht, den Namen der Dame auszumachen, und so kehrte noch vor Beginn des neuen Jahres das Schimmelgespann auf Gut und Schloß Walewice zurück.

Gleichzeitig erhielt Madame Maria Colonna-Walewska eine offizielle Einladung für den am 7. Januar 1807 im Warschauer Schloß stattfindenden Neujahrsball, auf dem die Damen der Warschauer Gesellschaft dem Kaiser vorgestellt werden sollten.

»Dort wirst du auf keinen Fall hingehen«, protestierte Walewski. Doch das Wort des alternden Mannes galt wenig. Maria fuhr nach Warschau und erschien pünktlich auf dem Ball. Um nichts in der Welt hätte sie versäumt, ihren aus politischer Sicht strahlenden Helden wiederzusehen. Sie hatte ihr schönstes Kleid gewählt, schmeichelnde, fließende Seide in zartem Rosé, die sich unter der Brust krauste und diese dadurch anhob. Winzige Puffärmel gingen über in armlange Handschuhe aus weißem Ziegenleder. Im blonden Haar schimmerte eine von Brillanten umgebene Kamee. So wartete Maria in langer Reihe mit allen Damen der Hauptstadt, die nach Rang und Namen zu den ersten der Gesellschaft gehörten.

Der Kaiser betrat den Saal wie ein Schlachtfeld oder einen Paradeplatz, schnell und gleichgültig, während er die Parade der Blüten von der Weichsel abnahm. Immerhin konnte er sich nicht enthalten auszurufen:

»Oh, qu'il y a des jolies femmes à Varsovie!«

Plötzlich blieb er vor einer der Damen stehen, und sein Gesicht nahm einen erfreuten Ausdruck an, ja sogar ein Lächeln erhellte seine sonst so umwölkten Züge.

»Ah, Madame, ich freue mich, daß Sie gekommen sind!« Zum Erstaunen seiner Umgebung, beugte sich der Kaiser über die Hand der Dame und küßte sie. »Ich hoffe, die Schimmel sind wohlbehalten wieder in Ihrem Besitz!«

Madame Walewska war vor Freude errötet.

»Es war mir eine Ehre, Euer Majestät behilflich zu sein . . .« stammelte sie.

Anderntags berichtete die Warschauer *Gazeta Korespondenta:*

Den Neujahrsball eröffnete Seine Majestät der Kaiser mit einem Kontertanz, den er mit Frau Anastazy Walewska tanzte. Solange er anwesend war, zeigte sich der Kaiser fröhlich und amüsiert.

Was sie nicht berichtete, war, daß Napoleon den Ball früh verließ und noch am gleichen Abend Frau Walewska seinen Adjutanten schickte, um sie in sein Quartier im Warschauer Schloß zu geleiten, das die Polen alsbald nur noch das ›Kaiserliche Schloß‹ nannten. Daß Maria sich verweigern könnte, kam dem Kaiser gar nicht in den Sinn. Er war gewohnt, Frauen so rasch zu erobern wie er seine Siege erfocht. Aber der Adjutant kam unverrichteter Dinge zurück.

»Was sind das für Kapricen!« tobte der Kaiser, sandte den Adjutanten nochmals aus – ohne Erfolg.

Wenn Madame Walewska ihre Weigerung als raffiniertes Mittel einsetzte, die Begierde des Kaisers zu steigern, so hätte sie kein wirksameres ersinnen können. Napoleon begann, sich nach ihr zu verzehren. Sein Kammerdiener Constant schildert den anderen Morgen in seinen später verfaßten Memoiren:

*Am Tag nach dem Ball erschien mir der Kaiser ungewöhn-
lich erregt zu sein. Er erhob sich, ging einige Schritte, setzte
sich wieder und erhob sich von neuem. Ich fürchtete schon, an
diesem Tag seine Garderobe nicht zu Ende bringen zu können. Bald nach dem Frühstück gab er einer maßgeblichen
Persönlichkeit, die ich nicht nennen möchte* – es war zweifelsohne General Duroc – *den Auftrag, Madame Walewska zu besuchen und ihr einen Brief zu bringen. Mit mir
sprach Seine Majestät den ganzen Morgen kein Wort, obwohl er sonst viel mit mir sprach. Gegen Mittag verfaßte
Seine Majestät nochmals einen Brief an Frau Walewska,
dem weitere, ich nehme an, zärtliche Billetts folgten. Endlich
erhielt er die Antwort, Madame sei bereit, den Kaiser am
Abend gegen 11 Uhr aufzusuchen.*

Den Wortlaut der Briefe kannte Constant natürlich
nicht, aber – Zufall oder nicht – sind diese beiden ersten
Briefe neben weiteren der Nachwelt erhalten geblieben. Der erste aus der Feder des Kaisers klingt noch
kurz und barsch wie ein Armeebefehl:
*Ich habe auf dem Ball nur Sie gesehen, nur Sie bewundert!
Ich begehre nur Sie. Eine schnelle Antwort wird meine
ungeduldige Glut stillen. N.*
Und da sie seinem ›Befehl‹ nicht folgt, wird er flehent-
licher, sehnsuchtsvoller:
*Habe ich Ihnen denn so mißfallen, Madame? Ich konnte
doch das Gegenteil erhoffen! Es gibt Augenblicke, wo zuviel
Größe niederdrückt – ich bin der Beweis dafür. Wie lassen
sich die Bedürfnisse eines gefangenen Herzens befriedigen,
das sich Ihnen zu Füßen werfen will, aber daran gehindert ist
durch die Last zu hoher Rücksichten. Nur Sie können die
Hindernisse beseitigen, die uns trennen. Oh, kommen Sie!*

185

*Kommen Sie! Ihr Vaterland wird mir noch teurer sein, wenn
Sie Erbarmen mit meinem armen Herzen zeigen. N.*

Der Hinweis auf das polnische Vaterland scheint fast
raffiniert, erinnert er sich wohl ihrer schwärmerischen
Einstellung und nutzt sie als Lockmittel. Doch dem
wahrhaft Liebenden ist alles erlaubt, und Napoleon
liebt Maria längst, ehe es ihm selbst so recht klar wird.
Das zeigt auch seine rücksichtsvoll geduldige Haltung
während des ersten Rendezvous, dessen Verlauf wir
wieder den authentischen Erinnerungen des Kammer-
dieners entnehmen können:

*Die bekannte Persönlichkeit, die ich bereits erwähnte, erhielt
den Auftrag, Madame Walewska kurz vor 11 Uhr an einem
bestimmten Ort mit dem Wagen abzuholen. Voller Erwartung ging der Kaiser unruhig hin und her und zeigte Aufregung und Ungeduld. Jeden Augenblick fragte er nach der
Uhrzeit. Schließlich traf Madame Walewska ein, aber in
welcher Verfassung! Blaß, stumm und die Augen voller
Tränen! Sofort nach ihrer Ankunft führte ich sie in das
Zimmer des Kaisers. Ich spürte, wie sie sich dabei auf meinen
Arm stützte und am ganzen Körper zitterte. Ich ließ sie
eintreten und zog mich sofort bis ins vordere Vorzimmer
zurück. Trotz der Entfernung und zweier geschlossener
Türen konnte ich Madame weiter laut schluchzen und herz-
zerreissend jammern hören. Gegen 2 Uhr morgens rief mich
der Kaiser zu sich. Ich eilte herbei und sah Madame an mir
vorüber hinausgehen. Sie presste ein Taschentuch an die
Augen und weinte noch immer bittere Tränen. Der Kaiser
ließ sie von der gleichen Person nach Hause bringen. Ich war
sicher, daß ich Madame Walewska nie mehr wiedersehen
würde.*

Aber es kam anders. Ganz offenbar hatte Maria mit der Metamorphose ihres strahlenden, ja gottähnlichen Helden, eben jenem ›Retter Polens‹, in einen schlicht verliebten Mann hart zu kämpfen gehabt. Dabei spielte sicherlich auch die Tatsache eine Rolle, daß ihre Ehe mit dem so viel älteren Walewski gar keine Ehe war, sie also mit männlichem Verlangen nicht recht vertraut schien.

Im nun erfolgten geduldigen, ja zärtlich romantischen Werben Napoleons, eine Spielart, die er ebenfalls beherrschte, gewöhnte sie sich wohl an den Gedanken, daß er ein Mann war wie jeder andere auch.

Im physischen Sinne war Maria keine Jungfrau mehr. Aus einem schockierenden Erlebnis ihrer Jungmädchenzeit hatte sie sechs Monate nach ihrer Heirat mit Walewski einem Jungen das Leben geschenkt. Die Eheschließung mit Walewski hatte die Affäre gedeckt. Aber im psychischen Sinne war Maria, als sie dem Kaiser begegnete, noch Jungfrau. Das instinktiv erfassend, gewann Napoleon Freude daran, in ihr Körper und Seele zu erwecken, stand es doch im krassen Gegensatz zu seinen bisherigen Erlebnissen mit Frauen. So fuhr er fort, ihr täglich, ja stündlich Briefchen zu schreiben. Und wie anders klingen diese, nachdem Maria – endlich ohne Tränen – seiner Einladung gefolgt war und die Nacht bis zum frühen Morgen sein Quartier mit ihm geteilt hatte.

Marie, meine süße Marie, mein erster Gedanke am Morgen bist Du, mein erster Wunsch, Dich bald wiederzusehen! Du kommst doch? Du hast es mir versprochen. Wenn nicht, würde der Adler zu Dir fliegen! N.

Er schickt Blumen und kleine Andenken, wie es zu allen Zeiten Liebende getan haben, und rührend sind die Zeichen und Abmachungen, die er trifft für die Gelegenheiten, wo sie sich in aller Öffentlichkeit sehen werden.

Ich schicke dir hier ein kleines Bouquet, liebste Maria, möge es zum geheimnisvollen Band werden, das zwischen uns inmitten der uns umgebenden Menge eine stille Übereinkunft herstellt. Ausgeliefert den zahlreichen Blicken, können wir uns ohne Worte verständigen! Wenn ich meine Hand auf mein Herz lege, sollst Du wissen, wie sehr es an Dich denkt, und als Antwort lege Du die Deine auf das Bouquet! Liebe mich, teure Marie, mögest Du Deine Hand niemals mehr von dem Bouquet nehmen. N.

Aus Begehren war längst Liebe geworden, eine Liebe, die Maria in all ihrer jugendlichen Romantik nachvollziehen und erwidern konnte. Und sie tat es von ganzem Herzen.

Was Preußen anbelangt, hatte Napoleon seine Versprechen Polen gegenüber schon wahr gemacht. Rußland bot ihm noch Widerstand. Um diesen zu brechen, rüstete sich der Kaiser unter anderem mit 40000 Mann, die er in Polen aushob, zur Entscheidungsschlacht. Sie fand am 8. Februar bei Preußisch Eylau statt und war so verlustreich, daß man kaum von Sieger und Besiegtem sprechen konnte. Politisch allerdings schlug sie auf französischer Seite zu Buche. Napoleon reagierte mit Depressionen und Magenkrämpfen. Völlig erschöpft verlegte er sein Hauptquartier nach Finckenstein bei

Osterode. Und nach dort ließ er die Walewska nachkommen.

*Meine süße Freundin, ich kann die Entfernung zu Dir nicht
mehr ertragen ...*

Maria, die nach den Tagen von Warschau eine Rückkehr zu ihrem Gatten nach Walewice nicht mehr wagte, hatte in Kiernozia unter den Fittichen ihrer Mutter
Zuflucht genommen. Jetzt eilte sie nach Finckenstein,
nicht nur um Napoleon zu lieben, sondern vor allem
ihn zu pflegen und seiner Gesundheit wieder aufzuhel-
fen. Darin erwies sie sich als sehr geschickt, denn binnen kurzem zeigte der Kaiser die größte Aktivität seiner ganzen Laufbahn. Es galt nicht nur, den Verlust
von rund 30000 Mann aufzufüllen, sondern die Ge-
schicke seines Riesenreiches zu lenken. Sobald der
Schnee schmolz und die Temperaturen frühlingshaft
kletterten, verwandelte sich das masurische Städtchen
in die Hauptstadt des mächtigsten Imperiums. Die Re-
sidenz der preußischen Junker von Finckenstein wurde
für zehn Wochen zum Dispositionszentrum der Macht
über halb Europa. Jeden Tag wurden Dutzende von
Kurieren an die verschiedensten Potentaten abgefertigt,
im Ballsaal des Schlosses exotische Gesandtschaften aus
der Türkei und Persien empfangen. In den Vorzim-
mern drängten sich die höchsten Würdenträger, während Napoleon beim Kartenspiel mit seinen Marschäl-
len über das Schicksal der Menschheit entschied.

Die Gräfin Maria Walewska war immer dabei, nun gab
es kein Versteckspiel mehr wie in Warschau. Der Kaiser
befahl, für Madame Walewska zwei Zimmer im
Schloß, gleich neben dem seinen, einzurichten, und
Maria zog mit Sack und Pack ein. Ihre Beziehung

nahm dadurch mehr den Charakter vertrauten Bei-
einanders an, wie es Napoleon als Kontrapunkt zur
sonstigen Unruhe seiner Unternehmungen ganz besonders zu genießen schien. Sämtliche Mahlzeiten
nahm er ausschließlich nur mit Maria ein, wobei Kammerdiener Constant servierte.

*Madame bezeugte Seiner Majestät während der ganzen
Wochen, die sie in Finckenstein zubrachten, die innigste und
selbstloseste Zärtlichkeit.*

So ist in Constants Memoiren zu lesen. Von der Selbst-
losigkeit gab es eine einzige und nicht sehr schwerwie-
gende Ausnahme. In Finckenstein erschien nämlich
ebenfalls Teodor Laczynski, der Bruder Marias, und
dieser avancierte recht plötzlich vom Leutnant zum
Oberst.

Ob Maria sonst Einfluß auf Napoleons politische Ent-
schlüsse nahm, ist umstritten, aber bei einer Persönlichkeit wie der seinen, die Privatleben und Politik streng
auseinanderhielt, recht unwahrscheinlich.

Der Abschied von der masurischen Idylle rückte näher.
Ein französisches Detachement wurde abgestellt, sich
Danzigs zu bemächtigen, das machte Finckenstein
unter Umständen zum Kriegsgebiet. Napoleon, der
ohnehin wieder vom Liebhaber zum Kriegsgott wechselte, wollte Maria in Sicherheit wissen. Sie sollte zu
ihrer Mutter, nicht etwa zu ihrem Ehemann Walewski,
heimkehren.

Eine verhängte Reisekutsche war vorgefahren. Maria,
Tränen in den Augen, unfähig zu sprechen, reichte
dem Geliebten stumm ein kleines Kästchen, ihr Ab-
schiedsgeschenk.

»Für mich?« staunte der Kaiser. Er, der stets flüchtige Amouren durch kleine Geschenke belohnt hatte, war fassungslos. Daß diesmal er es war, der ein Geschenk erhielt, war ihm wieder Beweis dafür, wie sehr sich seine Beziehung zu der schönen Polin von seinen sonstigen Abenteuern unterschied. Er liebte und er wurde geliebt. Voller Rührung öffnete Napoleon das Kästchen und entnahm ihm einen breiten goldenen Ring, in dem eine Inschrift eingraviert war.

Wenn du aufhörst, mich zu lieben, vergiß nicht, daß ich dich liebe.

Nun seinerseits feuchten Auges steckte er den Ring an seinen Finger. Wie lange er ihn dort, für jedermann sichtbar stecken ließ, mag dahingestellt bleiben. Er hatte Rücksichten zu nehmen, die er ohnehin oft genug vernachlässigte.

»Ich möchte, daß du nach Paris kommst, Marie, sobald ich dort zurück bin!« forderte er nun.

»Paris?« Maria wich zurück, als habe er etwas Ungeheuerliches von ihr verlangt. »Paris? Ich weiß nicht, ob das gut wäre . . .«

Dachte sie in diesem Augenblick daran, daß er ein verheirateter Mann war oder fürchtete sie die Pariser Gesellschaft, gegen die sich durchzusetzen zweifelsohne zu einem Kraftakt würde, dem sie vielleicht nicht gewachsen war. An ihre eigene Ehe dachte sie jedenfalls nicht, denn die war ohnehin verloren. Walewski hatte ihr ausdrücklich verboten, ihm je wieder unter die Augen zu kommen.

»Bitte, Marie«, suchte der Kaiser flehentlich sie zu überreden, »versprich, daß du nach Paris kommst, versprich es!«

Wie konnte sie noch weiter verweigern, worum er so herzlich bat? Zumal die bevorstehende Trennung ihr ohnehin wie eine Zentnerlast auf der Seele lag.

»Ich werde kommen«, versprach sie tapfer, »ich komme, sobald du mich rufst...«

Eine letzte Umarmung, dann stieg Maria Walewska in die Kutsche, die sie zurück ins Polnische bringen sollte. Napoleon behielt das Hauptquartier Finckenstein noch eine Weile bei, während sein Marschall Lefèbre Danzig belagerte. Und noch von diesem Hauptquartier aus, dem Schloß, in dem er mit Maria so glücklich gewesen, schrieb er ihr:

Von ganzem Herzen wünsche ich den Tag unseres Wiedersehens herbei, von dem an wir erneut füreinander werden leben können...

Wer aber will sich im Herzen eines Mannes zurechtfinden, der am gleichen Tag einen zweiten Brief schrieb, und zwar an die Kaiserin in Paris, der so lautet:

Ich liebe nur meine kleine, gute, schmollende und launenhafte Joséphine, die selbst beim Zanken ihre Anmut bewahrt. Sie ist immer liebenswürdig, außer wenn sie eifersüchtig ist, dann wird sie zur Teufelin...

Daß die Kaiserin von seiner Verbindung mit der polnischen Gräfin erfuhr, wie jeweils von allen früheren Eskapaden, konnte Napoleon nicht erstaunt haben. Daß sie aber, die selbst vielfach ihre Gunst verschenkte, in diesem Fall die Eifersüchtige spielte, versetzte ihn offenbar in Alarm. An eine Scheidung von Joséphine zu Gunsten einer Ehe mit Maria Walewska hat er wohl nie gedacht.

Gleich zu Beginn des Jahres 1808 machte Maria ihr Versprechen wahr. Sie kam nach Paris, besser gesagt, sie nahm die Strapazen einer zehntägigen Schlitten- und Kutschenfahrt in der bitteren Kälte dieses Winters auf sich. In Paris angekommen begannen erneut Versteckspiel und Geheimniskrämerei, die Maria als demütigend empfand. Auf Anweisung stieg sie in einem drittklassigen Hotel ab. Dort fand sie die Botschaft vor: *Kommen Sie jeden Tag zur gleichen Stunde ins Café de la Rotonde.*

Die vorgeschriebene Stunde war angegeben, aber es fehlte die vertraute Anrede und das allbekannte ›N‹ als Unterschrift. Zwei Tage saß Maria in dem Café, und nichts geschah. Am dritten Tag wollte sie eben wieder gehen, da betrat ein Mann in weitem Umhang und Schlapphut das Lokal und ging hastig auf sie zu.

»Oh, Liebster, endlich!«

»Schsch...t!« machte er und wagte kaum zu sprechen, damit man seine Stimme nicht erkannte. Arm in Arm schlenderten sie durch die Straßen, Napoleon ihr sein Paris zeigend. Aber aus welcher Perspektive!

Ein anderes Mal war der Treffpunkt ein Platz oder ein Park, wobei man die unwirtliche Jahreszeit bedenken muß. Nur selten arrangierte Napoleon eine hastige Umarmung in einem Hotelzimmer, ein einziges Mal schmuggelte er sie in sein Arbeitszimmer in den Tuilerien. Beide litten unter diesen Umständen, die sich so sehr von den Wochen in Finckenstein unterschieden. Und mehr denn je wurde sich Maria Walewska bewußt, daß sie sich auf die Rolle einer simplen Maitresse eingelassen hatte. Daran änderten weder ihre noch seine aufrichtigen Gefühle etwas.

»So geht es nicht weiter, Liebster, ich werde abreisen!«
erklärte sie ihm, und er, der sonst so Allmächtige,
wußte dem nichts entgegenzuhalten.

»Du hast recht«, stimmte er traurig zu, »fahre zurück
nach Polen, aber merke dir eins, meine süße Marie, dies
ist nicht das Ende unserer Freundschaft. Ich schwöre es
dir!«

So enttäuschend die Tage in Paris waren, so herrlich
wurden im kommenden Jahr die Wochen in Wien.

Kaiser Napoleon schlug am 5. und 6. Juli 1809 die
Schlacht bei Wagram und zog ins Schloß von Schönbrunn ein. Wieder rief er sogleich Maria zu sich. Aber
diesmal war ein entzückendes Häuschen in Meidling
bei Wien für sie hergerichtet, das sie zu ihrer Gesellschaft mit einer entfernten Verwandten teilen sollte.
Jósefa Witt, geborene Lubomirska, geschiedene Walewski, also eine Schwägerin Marias, war in alles einge-
weiht und bildete kein Hindernis für das neuerliche
Aufleben der Romanze zwischen Napoleon und
Maria.

Täglich schickte der Kaiser nun seinen Wagen nach
Meidling und ließ die polnische Gräfin zu sich nach
Schönbrunn holen.

»Fahren Sie ja vorsichtig!« mahnte er jedesmal den Kutscher, besorgt um Marias Sicherheit, und hatte damit
nicht ganz unrecht. Das Stück Wegs vom Haus der
Gräfin bis zum Schloß war zwar nur kurz, aber derart
schlecht instand, daß tatsächlich die Kutsche eines Tages
umfiel und es einem Wunder gleichkam, daß Maria
nicht verletzt war.

Wieviel mehr noch sorgte Napoleon sich um das Wohl

und Wehe Marias, als er erfuhr, daß sie schwanger war.

»Du mußt auf dich achten«, hieß es, und »erkälte dich ja nicht«, wenn er sie bei kühlem Wetter ohne Schal im Garten antraf. Und da sie sich lange Spaziergänge in den Donauauen angewöhnt hatten, verkürzte er diese in der Sorge, sie könne sich überanstrengen.

Die Schwangerschaft hatte Maria noch schöner gemacht. Das zarte Oval ihres Gesichts unter der Fülle blonder Haare schien von innen zu leuchten, ihre Augen unter den langen seidigen Wimpern hatten einen schimmernden Glanz bekommen, ihr Mund schien voller und lockender geworden. Napoleon war zweifelsohne entzückt von ihrem Aussehen, doch in einem Brief an seinen Bruder sagt er es so:

Sie ist so bezaubernd, sie ist ein Engel, aber ich glaube fast, daß ihre Seele noch schöner ist als ihr Körper.

Napoleon achtete, liebte und bewunderte sie, seine ›polnische Gattin‹, wie man sie bald hinter vorgehaltener Hand nannte, aber die Tatsache ihrer Schwangerschaft hatte für ihn noch eine ganz andere Bedeutung.

In der Ehe mit Joséphine Beauharnais hatte man ihn glauben lassen, daß die Kinderlosigkeit dieser Ehe allein an ihm läge – so Joséphine selbst, die ja schon Kinder hatte, aber auch die Meinung der Leibärzte. Nun aber hatte er ein Kind gezeugt und wußte sich bar jeder Schuld. Damit kehrte der Wunsch zurück, eine Dynastie der Bonapartes zu gründen und, da das mit Joséphine offensichtlich nicht möglich war, regte sich der Plan einer Scheidung, um eine Frau heiraten zu können, die ihm einen Thronerben zu schenken imstande war.

Wäre nun nicht der nächste Schritt eine Eheschließung mit der Mutter des bereits zu erwartenden Sohnes, mit Maria Walewska? Trug sie sich mit einer derartigen Hoffnung? Wahrscheinlich nicht. Die Dinge entwikkelten sich in eine andere Richtung. Napoleon suchte politische Interessen mit unter den gleichen Hut zu bringen.

Die Friedensverhandlungen mit Österreich zogen sich über drei Monate hin. Endlich, am 14. Oktober, unterzeichnete man den von Napoleon der Habsburger Monarchie diktierten Vertrag von Schönbrunn. Bayern erhielt das Innviertel und Salzburg, Galizien kam zu Rußland und dem neugegründeten Großherzogtum. An Warschau mußte Österreich sämtliche annektierten Gebiete zurückgeben. Das war erledigt. Der Kaiser plante am 15. Oktober bereits nach Paris aufzubrechen.

»Du kommst mit mir, meine Marie«, ordnete er an, stieß aber auf Widerstand bei Maria, die Paris nicht in bester Erinnerung hatte.

»Ich möchte nach Hause, nach Kiernozia und dort das Kind unter dem Beistand meiner Mutter zur Welt bringen.«

»Aber dann, mit dem Kind, will ich dich in Paris haben! Und Paris heißt ein Haus für dich, so wie du es hier in Meidling hattest.«

Man einigte sich und reiste nach verschiedenen Himmelsrichtungen ab.

In Paris setzte Napoleon sofort alle Hebel in Bewegung, eine Scheidung von Joséphine, beziehungsweise die Anullierung seiner Ehe mit ihr zu erreichen.

196

Maria aber erwartete in Kiernozia eine verblüffende Wendung der Dinge. Sie erhielt einen Brief ihres Ehemannes Walewski, mit dem er sie bat, zu ihm zurückzukehren und ihr Kind auf Schloß Walewice zur Welt zu bringen.

Teure, verehrte Frau, schreibt er, *Walewice ist mir mehr und mehr eine Last, mein Alter und meine Gesundheit verbieten mir jegliche Reise. Gewisse Erbschaftsangelegenheiten, die aus Anlaß der Geburt des zu erwartenden Kindes erledigt werden müssen, wären weit geringer, wenn dieser Walewski in Walewice geboren würde. In diesem Sinne möchte ich Ihnen die Rückkehr hierher nahelegen und erfülle gerne meine Pflicht, indem ich Gott bitte, daß er sie behüten möge. Anastazy Colonna-Walewski.*

Es ist nicht auszuschließen, daß Napoleon hinter dieser Sinnesänderung des polnischen Grafen steckte, denn er hatte mehrfach geäußert, dem Sohn aus seiner Verbindung mit Maria Walewska das Schicksal einer unehelichen Geburt, zu seiner Zeit ein Makel, ersparen zu wollen.

So übersiedelte Maria zu Beginn des Jahres 1810 nach Walewice, von wo ihre Odyssee ihren Ausgang genommen hatte.

Kaum hatte sie sich einigermaßen in die alten Verhältnisse wieder hineingefunden, erlebte sie eine weitere Überraschung.

»Haben Sie heute schon die Zeitung gelesen, meine Liebe?« fragte der Kammerherr Walewski mit kaum unterdrückter Schadenfreude an einem frühen Morgen des Monats März. Da Walewski gewöhnlich die Zeitung bis zum Mittag für sich beanspruchte, konnte die Frage nur Vorbote einer schlechten Nachricht sein. »Da, lesen Sie!« forderte er brüsk und hielt Maria das bereits aufgefaltete Blatt unter die Nase. Und Maria las.

Am 11. März 1810 wurde die Habsburger Erzherzogin Marie Louise in Wien dem abwesenden Kaiser Napoleon I. von Frankreich, vertreten durch Marschall Berthier, angetraut. Die zivile Trauung ist für den 1. April 1810 in Paris vorgesehen.

Unwillkürlich faßte Maria nach ihrem Leib, in dem sich kräftig das Kind Napoleons regte. Der Schmerz der Enttäuschung, wenn sie denn doch auf einen anderen Verlauf gehofft hatte, teilte sich ihr fast physisch mit. Schwerfällig erhob sie sich und trat ans Fenster, vor dem eben ein verspäteter Schneeschauer erste Knospen und Blüten bedeckte. Maria fühlte den sarkastischen Blick des Kammerherrn, der jede ihrer Bewegungen verfolgte.

»Nun, was sagen Sie dazu, meine Liebe?«

Maria sagte gar nichts. Sie sah hinaus in den Wirbel der Schneeflocken und dachte daran, wie groß, aber auch wie bitter geliehenes Glück doch sein kann.

Langsam wurde es Frühling, grünte und blühte das Land um Walewice, polnisches Land, Heimatland, das es jetzt auch für Marias Kind werden sollte.

Mit dem Datum des 7. Mai 1810 findet sich im Personenstandsbuch des Dorfes Bielawa, dem Schloß Walewice benachbart, folgende Eintragung:

Vor uns, dem Probst von Bielawa, Kreis Brzezina, Departe-
ment Warschau, erschien der Hochwohlgeborene Herr
Anastazy Walewski, Starost von Warka, wohnhaft in Wa-
lewice, 73 Jahre alt, und wies ein Kind männlichen Ge-
schlechts vor, das ihm und seiner Frau, Hochwohlgeboren
Maryanna Laczynska, Tochter des Starosten von Gostyn,
23 Jahre alt, am 4. ds. Monats um vier Uhr nachmittags
geboren wurde. Es solle die Namen Floryan Alexander Jósef
erhalten. gez. Jan Wegrzynowicz, Pfarrer und Personen-
standsbeamter.

Das Kind gedieh prächtig, aber Maria kümmerte
dahin. Mit Walewski war ein freundliches Auskom-
men auf die Dauer nicht möglich. Seine Kälte und seine
zur Schau gestellte Verachtung wurden zur täglichen
Tortur für sie. Noch einmal machte Maria sich auf den
weiten Weg nach Paris.

Die Stadt empfing sie mit allem erdenklichen Komfort,
für den der Kaiser gesorgt hatte, ein Haus in der Rue
Montmorency, Revenüen von 10000 Franken monat-
lich, eine Privatloge im Theater und das eleganteste
Kutschengespann von ganz Paris. Wie anders war das
als damals, als sie sich im Verborgenen, aber klopfen-
den Herzens mit dem Geliebten traf, die Nächte in
billigen Hotelzimmern verbrachte! Aber auch anderes
hatte sich von Grund auf verändert. Jetzt gab es eine
junge und schöne Kaiserin auf dem Thron, die Napoleon liebte, und, was noch mehr sagte, die ihm ebenfalls
einen Sohn geschenkt hatte. Für Marie blieb nichts als
Versorgung, Achtung und Dankbarkeit. Nicht einmal
unter vier Augen bekommt sie den Kaiser zu sehen.
Fast als Erlösung erscheint es Maria, als sie nach Polen

zurückgerufen wird. Ihre Familie hat die Scheidung von Anastazy Walewski betrieben, zum Termin muß Maria erscheinen. Als Begründung wird angeführt, daß sie die Ehe in unmündigem Alter unter Zwang eingegangen sei. Maria unterschreibt einen notariellen Vertrag das gemeinsame Vermögen betreffend, und am 24. August 1812 ist die Ehe geschieden.

Walewski, dem das Landleben nicht mehr zuträglich war, räumte Maria das Wohnrecht auf Walewice ein. Dort lebte sie ruhig und zurückgezogen ganz und gar der Erinnerung an den Geliebten. Wie konnte es anders sein, da seine Züge, seine Gestalt, ja sein ganzes Wesen sich an seinem lebenden Abbild, dem bald dreijährigen Alexander Walewski, jeden Tag deutlicher zeigten. Maria hatte alle Hoffnung fahren lassen auf fühlende Liebe und auf die Freiheit Polens.

Doch noch einmal sollte ein Hauch von beidem, ja sollte der Flügel des Adlers sie streifen.

Moskau brannte, die Grande Armee war in kopfloser Flucht! Eine halbe Million Menschen suchte bei Eis und Schnee die Beresina zu überqueren, und das auf den nur noch verbliebenen zwei hölzernen Brücken. Ganze elftausend gelangten ans andere Ufer, unter ihnen ein schmaler Schlitten mit einem einzigen Pferd davor. Der Kaiser! In Lowicz, schon westlich Warschau, läßt er den Kutscher einen Umweg fahren. Er braucht ein frisches Pferd. Und dann ist da doch ein Dorf namens Bielawa und ein Schloß namens Walewice. Schon steigen die Ecktürme aus der Abenddämmerung auf, ihre Konturen undeutlich im Wirbel fallender Schneeflok-ken. Der Schlitten biegt in die Auffahrt ein, das Pferd stolpert und dampft, keinen Schritt kann es mehr weiter.

Die Schloßhalle liegt im Dunkeln, kein Feuer brennt im Kamin. Nur oben an der Treppe regt sich ein Licht. Eine Frau steht dort und schaut übers Geländer herab. »Sergej!« ruft sie, »Sergej, wer ist gekommen?« Und dann sieht sie ihn, den hochgeschlagenen Kragen des Mantels, den Zweispitz tief in die Stirn gedrückt. »Majestät!« kommt es wie ein Schrei, »Liebster...!« Leichtfüßig kommt sie die Stufen herab, fliegt ihm entgegen, und er breitet weit seine Arme aus. »Marie, meine süße Marie...«

Walewice hat sich verändert, es ist Krieg. Ein einziges Feuer brennt im oberen Salon, mehr ein kleines Stübchen. Der Kaiser wärmt sich am flackernden Schein, Maria schenkt Wein ein, den letzten, den sie vor den Soldaten retten konnte.

»Erzähle, Liebster, erzähle von Rußland!«

»Erzählen?« Er scheint weit fort zu sein, an den Ufern der Beresina, wo seine Armee starb, ertrunken, erfroren, Beute streunender Kosaken. »Dafür gibt es keine Worte«, sagt er, »die Geschichte wird es erzählen ... und wird über mich richten...« Er nimmt einen Schluck Wein und starrt in die Flammen. Vielleicht sieht er Moskaus Paläste darin verglühen, seine Türme versinken. Langsam neigt der Kaiser seinen Kopf, bettet ihn an Marias Schulter. »Ich habe nur noch dich ... Marie...«

Maria will etwas sagen, aber er ist eingeschlafen. Sie rührt sich nicht, bewacht seinen Schlaf. Eine lange letzte Nacht hindurch ist sie seine Zuflucht, seine Hüterin. Aller Groll in ihr schmilzt. Sie weiß, sie hat ihn

201

nicht verloren, wird ihn nie verlieren. Dieses Wissen ist auch am Morgen noch in ihr, als erneut der Schlitten vorfährt, im Geschirr einen ausgeruhten braven Braunen. Feurige Schimmelgespanne gibt es schon längst nicht mehr in Walewice, aber der Braune wird den Kaiser sicher über die verschneiten Straßen Polens bringen. Weiter will sie nicht denken. Nicht jetzt, da das Glück noch anhält, auch als der Schlitten anruckt, die Kufen zischend über den Schnee gleiten, der Mann im grauen Mantel und dem wuchtigen Zweispitz kleiner und immer kleiner wird und endlich im aufsteigenden Wintermorgen verschwimmt.

Gräfin Maria Walewska ging einige Jahre später noch einmal eine Ehe ein mit dem General Philippe-Auguste d'Ornano. An den Folgen einer weiteren Geburt starb sie am 11. Dezember 1817. Sie ist nur einunddreißig Jahre alt geworden.

Ihr Sohn, Graf Alexander Walewski, avancierte unter seinem Vetter, Napoleon III., zum französischen Botschafter und später Außenminister des zweiten Kaiserreiches.

Für Frau und Vaterland!

Marie von Brühl und Karl von Clausewitz – 1806

»Wird es wohl Krieg geben?« So fragte sich jedermann im Berlin von 1803, die einen verzagt, die anderen mit verhaltenem Mut, wieder andere gar kampfeslustig.

Napoleon, Konsul auf Lebenszeit, besetzte Hannover, um damit England zu treffen, und versuchte dann, es als Pfand gegen ein Bündnis an Preußen zu verschachern. Preußen schwankte.

Gegen ein solches Bündnis sprach sich entschieden Prinz August von Preußen aus, General der preußischen Armee und Onkel des Königs, obwohl um neun Jahre jünger als dieser.

»Wir würden mit der Erwerbung Hannovers auf diese Weise dem Teufel den kleinen Finger reichen«, warnte Prinz August.

Er fand offene Ohren bei seinem neuen persönlichen Adjutanten, der ihm soeben von der ›Kriegsschule für Offiziere‹, der späteren ›Kriegsakademie‹, überstellt worden war.

Karl von Clausewitz, Abgang mit Auszeichnung, dreiundzwanzig Jahre alt, sollte von nun an dem Prinzen wie ein Schatten folgen. Sein neuer Posten brachte den jungen Mann erstmals an den Hof und damit in gesellschaftliche Kontakte, die ihm noch fremd und ungewohnt waren. Manch höheren Staatsbeamten lernte er kennen, ein Umgang, der seinen scharf beobachtenden Geist schulte und prägte.

»Clausewitz, heut abend große Uniform! Empfang beim König! Wohl wieder mal irgendwelche Franzosen, um uns kirre zu machen...« Gedankenverloren brach der Prinz ab.

»Jawohl, Königliche Hoheit, große Uniform, Empfang beim König«, bestätigte der Adjutant, aber sein Herr und Vorgesetzter hörte nicht mehr hin.

Berlin lag unter dem bleiernen Himmel eines Novembertages, und auf dem kurzen Weg durch die Stadt beobachtete Clausewitz erste Schneeflocken, die taumelnd zu Boden schwebten.

Im Schloß gab es dann ein dichtes Gedränge von Chargen aller Art, Diplomaten, Junkern und alten Hofschranzen und deren Damen in hochgeschnürten, weich fallenden Kleidern, der Antike nachempfunden, Straußenfedern im Haar oder den hoch in Mode stehenden Zitternadeln.

Clausewitz hatte es nicht leicht, in der Nähe seines Prinzen zu bleiben, und wurde gerade ein paar Schritt von ihm abgedrängt, als dieser den König begrüßte und der Königin recht familiär die Wange küßte.

Verdammtes Pech, dachte der frischgebackene Adjutant, wär' ich jetzt parat gewesen, hätt' er mich vielleicht vorgestellt! Aber die Gelegenheit war verpaßt und für diesen Abend auch nicht mehr gutzumachen. Enttäuscht wandte Clausewitz sich ab, immer bemüht, den Prinzen im Auge zu behalten.

Da geschah es, daß ihm etwas anderes ins Auge fiel. Das schmale Gesicht eines Mädchens – oder war es eine junge Frau? Ihre weit auseinanderliegenden Augen waren wie von Schleiern der Trauer umweht, dunkles

Haar schob sich wohlfrisiert tief in die Stirn und verstärkte noch den Eindruck lastender Schwermut. Das Mädchen schien am Geschehen ringsum keinen Anteil zu nehmen, mit seinen Gedanken und Empfindungen weit fort zu sein. Des Rätsels Lösung konnte das dunkle Kleid sein, das so sehr im Gegensatz zu den zartrosa, lila und resedafarbenen Tönen anderer Kleider stand. Sie mußte einen Trauerfall in der Familie soeben überwunden haben und sich vielleicht erstmalig wieder unter Menschen wagen.

Clausewitz fühlte spontan das Bedürfnis, der Fremden Trost zu spenden, ihr ein paar warme Worte zu sagen. Aber wie konnte er, denn ohne ihr offiziell vorgestellt zu werden, was nur ein Dritter für ihn tun konnte, war er der Fremde und nicht sie, die sich offensichtlich bei Hof nicht auf ungewohntem Parkett bewegte. Verschiedentlich von Damen und Herren angesprochen und begrüßt, gab sie geläufig, wenn auch zurückhaltend, Antwort, wobei sich ein Ausdruck schmerzlichen Lächelns über ihre Züge breitete. Wie gebannt umfaßte der junge Offizier Gesicht und Gestalt des Mädchens, konnte sich nicht losreißen vom Anblick verhaltener Grazie und vollendeter Anmut.

»Clausewitz!«

»Zu Befehl, Königliche Hoheit!«

»Was starren Sie denn die Gräfin Brühl so an, Clausewitz! Sie scheinen Geschmack zu haben, mein Lieber! Man hat sie lange nicht bei Hof gesehen, die Brühl. Seit ihr Vater starb – Sie wissen ja, der Jugenderzieher des Königs –, hat sie nur auf dem Lande gelebt. Ihre Schwester, die Fanny, ist noch viel hübscher, aber die hat sich schon der Marwitz gekapert.«

An allem, was die holde Weiblichkeit anbetraf, war er sehr interessiert, der Prinz, ganz im Gegensatz zu seinem Adjutanten, der noch so gut wie nichts von ihr gekostet hatte.

»Wo haben Sie nur gesteckt, Clausewitz«, fuhr Prinz August fort, »ich hätte Sie den Majestäten vorgestellt.«

»Königliche Hoheit, ich...« stammelte Clausewitz, und die Enttäuschung war ihm deutlich anzumerken.

»Na, macht ja nichts, mein Lieber, das holen wir beim nächsten Mal nach. Aber wissen Sie, mir sind zu viele Leute hier, machen wir, daß wir fortkommen.«

»Jawohl, Königliche Hoheit!« Also keine Möglichkeit mehr, noch einen Blick auf das Gesicht werfen zu können, das von nun an Karl von Clausewitz bis in seine Träume verfolgen sollte.

»Du solltest dich wirklich wieder öfters in Gesellschaft zeigen, Marie«, so hatte nicht nur die Schwester, Franziska von der Marwitz, gemahnt, sondern auch viele ihrer Freundinnen waren der gleichen Ansicht.

»Du bist doch noch jung und hast ein ganzes Leben vor dir, Marie! Das Mauerblümchen auf dem Lande zu spielen, ist nicht die Rolle, die zu dir paßt. Dazu bist du viel zu lebhaften Geistes und – wenn du dich erst wieder dafür entschließt – viel zu lebenslustig.«

Als dann auch die Mutter daran erinnerte, daß das Trauerjahr längst überschritten sei, und meinte, sie käme auf dem Gut Klein-Ziethen bestens allein zurecht, hatte sich Marie von Brühl einverstanden erklärt, wieder in der Öffentlichkeit zu erscheinen.

Der Anfang war ja nun gemacht. Der König hatte sie auf dem Empfang zugunsten französischer Diplomaten sehr huldvoll begrüßt, und die Königin hatte sie einfach in die Arme geschlossen.

»Marie von Brühl ist wieder in der Stadt«, hieß es überall, und ganz Berlin war sich einig, sie einzuladen und sie wieder am Leben teilnehmen zu lassen. Gut gemeint, aber recht ungeschickt, brachte manche Gastgeberin ein paar verspätete Beileidsäußerungen vor. In eben jenen Fehler verfiel auch die Prinzeß Louise, Mutter des Prinzen August, als Prinz Ferdinand von Preußen zu einem Souper einlud.

»Welch gütiger Mensch Ihr lieber Vater war! Es muß ein großer Verlust für Sie sein, ihn nicht mehr unter den Lebenden zu wissen!« Sofort traten Marie Tränen in die Augen, hatte sie mühsam um die eben erst wiedererlangte Fassung zu kämpfen.

»Ein unersetzlicher Verlust, Hoheit, ich muß . . .«

Die Stimme versagte ihr, sie preßte ein Spitzentuch gegen die Lippen und zog sich, eine Entschuldigung stammelnd, gegen eines der vertieften Fenster zurück. Vor der Neugier der versammelten Gäste geschützt, hoffte sie zur Ruhe zu kommen, ehe man zu Tisch ging. In diesem Augenblick sah sie einen hochgewachsenen jungen Offizier den Saal betreten und sich suchend umsehen. Marie empfand, ohne weiter darüber nachzudenken, das Auftreten des jungen Mannes als angenehm, und verwandte einen zweiten Blick auf ihn. Sie sah eine von dunklen Locken eingefaßte hohe Stirn, verträumte Augen und ein weiches Kinn, dazu im Widerspruch schmale, entschlossene Lippen und eine feste, sehr gerade Nase. Die Epauletten seiner Uniform blitzten im Schein der Kerzen, der hochgeschlossene, breite Kragen gab ihm etwas Gravitätisches.

Marie erschrak fast, als der suchende Blick des Offiziers an ihr hängenblieb. Sie wandte sich hastig ab, um hinter den Falten einer Samtportiere Schutz zu finden.

Karl von Clausewitz, sobald er Befehl erhalten, sich zum Souper des Prinzen Ferdinand bereit zu halten, hatte inständig gehofft, die Komteß Brühl sei ebenfalls eingeladen. Sie nicht sofort unter den Gästen zu entdecken, hatte ihm das Gefühl schmerzlicher Enttäuschung verursacht, Aber dann stand sie dort gegen den grünen Samt der Portiere gelehnt, das Kleid wieder dunkel gehalten, die Augen wie von Tränen schwer. Und diesmal sah sie ihn auch. Hatte sein Anblick sie erschreckt oder sonst eine Gemütsverfassung sie erregt, jedenfalls schien sie ihm entfliehen zu wollen, wie ein Vogel, der flatternd auffliegt.

Was tue ich nur? fragte sich Clausewitz. Sie ansprechen, ohne ihr bekannt zu sein, das darf ich nicht, das wäre gegen die Etikette. Doch zögere ich, entschwindet sie, und später, beim Souper, ist jede Gelegenheit vertan.

Der Zufall half in Gestalt eines Kameraden von der Kriegsschule, der eben, sich aus der Menge lösend, auf Clausewitz zukam.

»Sydow, du kommst mir wie gerufen! Sag mal, kennst du die Gräfin Brühl?«

»Freilich kenn' ich die Komteß Marie! Dort drüben steht sie ja!«

»Tu mir den Gefallen, Sydow, und stell mich der Gräfin vor.«

»Aha, Kamerad, Feuer gefangen?« lachte Sydow und winkte Clausewitz, ihm zu folgen.

Marie, wieder einigermaßen gefaßt, verließ eben die Fensternische, als sie die beiden Herren auf sich zukommen sah. Wie um erneut Halt zu suchen, stützte sie sich mit einer Hand gegen eine chinesische Etagere.

»Guten Abend, Komteß«, grüßte Sydow, »wie schön, Sie wieder in Berlin zu haben!«

»Guten Abend, Herr von Sydow, sehr liebenswürdig von Ihnen, das zu sagen. Ja, mir wurde es auf dem Lande nun doch zu einsam.«

»Komteß«, nahm Sydow einen neuen Anlauf, »erlauben Sie mir, Ihnen einen Freund vorzustellen? Karl von Clausewitz, Adjutant Seiner Königlichen Hoheit, Prinz August, wie Sie vielleicht schon wissen . . .

Clausewitz trat einen Schritt vor und verbeugte sich. »Komteß . . .« Mehr brachte er nicht heraus.

»Enchanté . . . Herr von Clausewitz!«

Man gab sich nicht die Hand. Es war ein hölzern steifer Anfang, aber es war ein Anfang. Karl triumphierte innerlich. Von nun an würde er die Gräfin ansprechen dürfen, wo immer er ihr begegnete.

Marie war unzufrieden mit sich selbst. Warum dies alberne ›enchanté‹? Französisch galt zwar immer noch als die Sprache des Hofes, aber ein gutes deutsches ›sehr erfreut‹ hätte herzlicher und freundlicher geklungen. Vielleicht war es gerade das, überlegte Marie, die um ihre Neigung zu kühler Reserve sehr wohl wußte. Vielleicht wollte sie Abstand wahren? Vielleicht fürchtete sie, ihn zu ermutigen, diesen hübschen Offizier, der ihr schon neulich auf dem Empfang beim König aufgefallen war, und seitdem, das mußte sie zugeben, nicht mehr aus dem Sinn gegangen war. Sie wollte es wiedergutmachen. Sobald der Zufall ihn ihr nochmals über den Weg führte, wollte sie ihm freundlicher begegnen.

»Na, mein Lieber«, meinte Sydow und stieß Clausewitz freundschaftlich in die Seite, »großen Eindruck scheinst du ja nicht gemacht zu haben auf unsere melancholische kleine Komteß!«

»Da magst du recht haben, Sydow, an mir ist nichts, das großen Eindruck macht, nicht im ersten Augenblick. Ich brauche Zeit, mich im rechten Licht zu präsentieren, und ein Ohr, das mir zuhört . . .«

»Damit könntest du Glück bei Marie haben«, sinnierte Sydow, »sie ist ein sehr überlegter Mensch und von großer Gründlichkeit.«

Das Souper fand dann an langer Tafel statt und bot Clausewitz keine Möglichkeit, ein weiteres Wort mit der Gräfin Brühl zu wechseln.

Das ganze Jahr 1803 über war Friedrich Wilhelm III. in seiner politischen Haltung unentschlossen geblieben. Einerseits traf man sich in Memel mit dem Zaren Alexander I., schon damals ein überzeugter Gegner Napoleons, andererseits ließ sich Königin Luise von Joséphine Beauharnais französische Moden schicken, Hüte und Pleureusen, ein Karton mit Seidenblumen und ein schwarzes Spitzenkleid. Der Frau des Konsuls ihren Dank zu übermitteln, ließ sich Luise Zeit, aber zurückgegeben hat sie die Gaben auch nicht. Textilien waren im preußischen Staat so knapp und teuer, daß die Heeresrichtlinien das blaue Tuch für einen Infanterierock von 2,5 auf 1,75 Ellen reduzierten.

Kurz vor Weihnachten besuchte Prinz August die Königinmutter in Monbijou. Die gleichfalls anwesende Komteß Brühl erwartete mit Spannung, ob er wohl in Begleitung seines Adjutanten käme. Man saß im sogenannten *fer à cheval* beisammen, einem Salon, der seinen Namen von seiner Hufeisenform her hatte. Man spielte Karten oder ging von Tisch zu Tisch, um zu kibitzen. Clausewitz trat hinter seinem Prinzen ein, grüßte in die Runde, wobei sein Blick den Bruchteil einer Sekunde bei Marie verhielt. Karl von Brühl, Maries Vetter, hielt ihn dann im Gespräch fest, mit dem Rücken Marie zugewandt, daß eine Kontaktaufnahme den ganzen Abend über unmöglich war. Wie muß das den lichterloh brennenden Clausewitz gequält haben! Aber auch Marie empfand diesen Mangel:

Ich bedauerte sehr, nicht mit ihm gesprochen zu haben, wie ich mir überhaupt Vorwürfe mache, ihn bereits zweimal mit Gleichgültigkeit behandelt zu haben, wie es im Grunde meines Herzens gar nicht meine Absicht gewesen war. Allein die Genauigkeit, mit der ich mich an alles erinnere, sagt mir, daß ich ihn keineswegs wie irgendeinen Fremden empfand. Erst bei einem dritten Treffen fand ich Gelegenheit, die Initiative zu einem Gespräch zu ergreifen.

Daß es ausgerechnet wieder ein Souper beim Prinzen Ferdinand war, ist dem Zufall zuzurechnen. Clausewitz, durch irgendeinen Umstand verspätet, traf erst ein, als man sich bereits zu Tisch begab. Ihn trennten etwa sechs oder sieben Gedecke von der Komteß, so daß er nichts weiter tun konnte, als grüßend das Gesicht gegen sie zu senken.

Kaum aber hatte man sich von Tisch erhoben und nahm im Nebenzimmer den Mokka, tat Marie entschlossen, das Täßchen Mokka bereits in Händen, einen Schritt auf den jungen Adjutanten des Prinzen zu.

211

»Guten Abend, Herr von Clausewitz!«

»Guten Abend, Komteß!«

»Sie sind mit meinem Vetter Karl bekannt, wie ich neulich bemerkte...«

So begann ein Gespräch, dessen Inhalt belanglos war, dessen Ton aber vorsichtig abtastend eine erste Brücke schlagen sollte.

Gleich zu Beginn des Jahres 1804 brachte eine Hochzeit im Hause Hohenzollern eine ganze Reihe von Hoffesten mit sich. Damit wurden Begegnungen zwischen Marie von Brühl und Karl von Clausewitz fast alltäglich. Die Festlichkeiten gipfelten in einem Diner beim König, und Schicksal oder Zufall wollten es, daß Clausewitz bei Tisch der Gräfin gegenüber zu sitzen kam. Der Tisch war so schmal war, daß Mienenspiel und hingeworfene Bemerkungen das Ihre tun konnten.

»Ein hübscher Tischschmuck, nicht wahr, Herr von Clausewitz?« eröffnete Marie und hätte sich sofort auf die Zunge beißen können. Eine Dame hat keinesfalls als erste den Herrn anzureden. Die Regeln gesellschaftlichen Umgangs schienen dazu angetan, jede Spontaneität zu unterbinden. Ein Wunder, wenn es dennoch dazu kam, daß zwei Menschen zueinander fanden. Marie und Karl jedenfalls hatten noch manchen Umweg auf sich zu nehmen.

Da waren ein Ball, auf dem er nicht wagte, die Komteß aufzufordern, eine Einladung zum Tee, bei der Clausewitz lediglich das gute Wetter zu erwähnen Gelegenheit fand, ein Besuch der Komödie, bei dem man nur von Loge zu Loge grüßte. Im Frühjahr dann Ausfahrten im Tiergarten, Clausewitz zu Pferd, wieder nur ein kurzer Gruß, der längst beiden das Herz eng und die Seele weit machte im sehnlichen Wunsch, einander zuzurufen: Hier bin ich! Achte meiner wie ich deiner.

Erst Druck von außen, die Politik nämlich, konnte alle Hemmnisse innen überwinden.

Im Dezember hatte Napoleon sich zum Kaiser der Franzosen ausrufen lassen. Nun streckte er die Hand nach der Welt aus.

»Haben wir erst einmal Russland erobert, sollte es französischen Truppen nicht schwer fallen, auch bis Indien vorzudringen!« So hatte sich der Kaiser geäußert.

Noch immer zögert Friedrich Wilhelm III., Partei zu ergreifen, obwohl ihn Berater wie der Freiherr von Stein drängen, der Koalition England-Rußland-Österreich beizutreten. Ja, Zar Alexander selbst erscheint in Berlin, den König von Preußen für sich zu gewinnen.

Es ist der 25. Oktober 1805. Dem Zaren wird im Berliner Schloß ein prächtiger Empfang zuteil. Der gesamte Hof, zu dem im weitesten Sinne Marie von Brühl gehört, schreitet dem Zaren entgegen und geleitet ihn im Schloß die Marmortreppen hinan. Plötzlich, mitten im Gedränge, fühlt Marie Clausewitz neben sich, steigt Stufe um Stufe neben ihm hinauf. Sie spürt, er will etwas sagen, will die Gelegenheit beim Schopfe packen.

»Komteß, bitte darf ich mir erlauben ... Komteß ...!« Die Menge drängt nach, sie werden getrennt. Uniformen, Roben, Gala und Glitzern! Marie schwindelt fast. Sie will ihn wiedersehen, das weiß sie jetzt ganz genau. Sie will hören, was er hatte sagen wollen, will wissen, was er denkt, was er fühlt, hofft inständig, daß es das gleiche sei, was sie so innig fühlt ...

Sie geht von Salon zu Salon, überall Menschen, Chargen, Hofschranzen, deren Damen, die auf die große
Parade warten, die Zar und König vom Balkon aus
abnehmen werden. Schon hört man die Musik näher
kommen, Hochrufe der Menge draußen auf dem Platz.
Und da sieht sie ihn. Er lehnt gegen ein Mamortisch-
chen und sieht auch sie. Sein Gesicht leuchtet auf wie in
ungläubiger Freude.

»Ah, Komteß, ich hoffte, Sie zu treffen«, gesteht er
ungestüm, »Sie wollen doch sicher die Parade sehen!
Kommen Sie, ich habe uns einen Platz reserviert!«

›Uns‹ sagt er, was sicher nicht korrekt ist, aber in Maries
Gemüt laut widerhallt.

»Oh, das ist fein ...« stimmt sie zu und tritt dicht zu
ihm. Er streift einen Vorhang beiseite und läßt sie vorbei ans offene Fenster. Ihre Hände liegen nebeneinander auf der Fensterbank. Unten marschieren Reihe für
Reihe, Zug für Zug die Soldaten. Dröhnend die
Klänge friderizianischer Märsche. Da berühren die
Hände einander. Marie blickt erschrocken auf und sieht
gleichermaßen Schrecken in seinen Augen. Die Berührung war ein Versehen, beruhigt sich Marie, kein
plumper Versuch. Aber, so weiß sie ebenfalls, nach
dieser Berührung ihrer Hände gibt es kein Zurück
mehr. Der Magnetismus zwischen ihnen ist stärker als
wohlerzogene Konvention. Ihm zu widerstehen, ist
nur noch eine Frage der Zeit und der Umstände.

Der Besuch des Zaren in Berlin tat seine Wirkung.
Friedrich Wilhelm, der große Zauderer, entschloß sich
endlich zum Beitritt der sogenannten dritten Koalition
und damit auch zum militärischen Vorgehen gegen

Napoleon. Doch nach wie vor wurde der Ausmarsch der Truppen verschoben, während der russische General Kutusov sich längst mit den Österreichern vereinigte. Werden die Preußen marschieren? Und wann? So fragt sich jedermann in Berlin, auch der eben zum Stabskapitän avancierte Karl von Clausewitz.

Noch gestaltet sich das gesellschaftliche Leben der Stadt unverändert. Man trifft sich im Bellevue bei den Radziwills, tanzt und plaudert, am Ende hilft Clausewitz der Komteß Brühl, den Schal umzulegen.

»Es ist bald soweit, Komteß! Sie wissen, daß ich ein jedes Ende schwächlicher Neutralitätspolitik begrüße, wenn, ja wenn da nicht der Abschied wäre...«

Marie will etwas antworten, aber ihr versagt die Stimme. An einem der nächsten Tage betritt Marie mit einer Freundin einen Schusterladen.

»Mit was darf ich den Damen dienen, bitte schön?«

»Ein Paar Pelzstiefel hätte ich gern«, fordert die Freundin. Kurz nach ihnen betritt ein Offizier den Laden. Es ist der Herr Stabskapitän von Clausewitz.

»Ich hab' Sie hineingehen sehen, Komteß«, entschuldigt er sich, »ich konnte einfach nicht widerstehen...«

Marie klopft das Herz bis zum Halse, hatte sie doch schon befürchtet, ihn nicht mehr zu sehen, ehe der Ausmarsch beginnt.

»Ich hoffe, ich störe Sie nicht beim Einkauf«, bremst Clausewitz schon wieder den eigenen Vorstoß.

»O nein, nein! Ich bin nur aus Gesellschaft mitgegangen«, beeilt sich Marie, seinen Rückzug zu hindern. Der Betrieb im Laden, aus- und eingehende Käufer, ermöglichen es ihnen, sich unbemerkt in eine Ecke zurückzuziehen.«

»Am fünften Dezember ist es soweit«, sagt Clausewitz.

»Das sind nur noch drei Tage!« entfährt es Marie und ihrer Stimme ist der Schrecken über das Unausweichliche anzuhören.

»Ja, drei Tage, in denen ich am liebsten...«

»In denen Sie was am liebsten, Herr Stabskapitän?« versucht Marie diesmal in möglichst leichtem Ton.

»Ach, Komteß, es gäbe noch so vieles zu sagen...«

Aber er sagt es nicht. Man sagt einer Frau nicht, daß man sie liebt und ihr sein Leben antragen möchte, wenn man nicht weiß, ob einem dies Leben in wenigen Tagen noch gehört. Man schweigt, so schwer es fällt. Aber man tastet nach Zeichen, nach einem noch so kleinen Beweis...

»Nun, wenn es losgeht, Clausewitz, so hoffe ich...«

»Was hoffen Sie, Komteß?«

»... daß Sie ihre Freunde nicht vergessen dort draußen!«

»Meine Freunde?« Clausewitz scheint sich besinnen zu müssen. »Wenn Sie von einer Freundin sprechen würden, Marie, so würde ich sagen: niemals! Nicht einen Moment mein Leben lang!« Der Ton seiner Stimme sagt viel mehr als seine Worte, scheint sich verzweifelt aufzubäumen und bricht dann ganz plötzlich ab.

Marie sieht voller Rührung zu ihm auf. Ihr Blick ist Bekenntnis und Versprechen zugleich. Dann erst bemerkt sie, daß er ihre Hand hält. Und wenn die ihre auch im rehledernen Handschuh steckt, so fühlt sie doch den Druck seiner Finger.

»Marie, Marie...« hört sie ihn flüstern und fühlt für Sekunden seine Lippen auf dem Leder des Handschuhs.

Auch hierzu erinnert Marie sich deutlich in ihren Auf-
zeichnungen.

*Wir hatten einander verstanden, und der Bund unserer See-
len war schweigend geschlossen. Niemals in meinem Leben
werde ich vergessen, was ich an diesem Tage empfand. Noch
kurze Zeit vorher schien eine Zentnerlast auf meiner Seele
zu liegen, aber wie durch Zauberei hatte ein einziger Moment diese Schmerzen in Seligkeit verwandelt. Mich so
geliebt zu sehen, dem Geliebten auch meine Liebe gezeigt zu
haben, hatte diese Seligkeit ausgelöst.*

In den letzten drei Tagen vor dem offiziellen Ausmarsch der Truppen sprachen die Liebenden – sie wußten ja nun, daß sie es waren – sich nicht mehr.
Am 5. Dezember nahmen einige Damen an vorbestell-
ten Fenstern der Häuser Platz, von denen aus man den
Truppenausmarsch sehen konnte. Unter ihnen auch
Marie von Brühl. Neben Frau von Berg und der Mini-
sterin von Heinitz stehend, blickte Marie auf das Ge-
schehen unten auf dem Wilhelmsplatz hinab, und ihr
Blick suchte nur den einen unter ihnen, dem ihr ganz
persönlicher Abschied galt. Und richtig löst sich ein
Reiter aus den bunten Formationen und lenkt sein
Pferd unter das Fenster, an dem Marie steht. Er hebt das
Gesicht zu ihr empor, und sie erkennt die blassen und
dennoch leuchtenden Züge des Stabskapitäns von
Clausewitz. Sie winkt, und ihr Winken gilt nur ihm. Er
sieht es und grüßt militärisch, dann wendet er rasch sein
Pferd und taucht unter im tausendfach gebrochenem
Bild reitender und marschierenden Soldaten.

Hatten die Liebenden an eine lange Trennung geglaubt, so war das Schicksal ihnen diesmal noch gnä-
dig. Die Preußen kamen zu spät, die Schlacht von
Austerlitz war geschlagen und auch verloren. Napoleon residierte in Wien und diktierte der Koalition seinen Frieden. Im Arbeitskabinett Maria Theresias
unterzeichnete Preußen ein Bündnis mit Frankreich das
unter anderem die Auflösung der gesamten preußischen Armee vorsah.

Für Karl und Marie bedeutete das ein Wiedersehen im
Frühjahr 1806, und diesmal sanken sie sich wirklich in
die Arme.

»Ach, Karl, ich hatte solche Angst um Sie!«

Noch wagte sie nicht das vertraute Du.

»Marie!« flüsterte er, »wenn ich nur sagen dürfte, meine
Marie...«

Noch durfte er es nicht. Die Zeiten waren zu unsicher
und die Karrieresprossen für einen kleinen Stabskapitän
kaum erstiegen, so daß er nicht wagte, einer Gräfin
Brühl von gemeinsamer Zukunft zu sprechen.

Beide blieben sie Gefangene konventioneller Um-
gangsformen, hatten sich mit zufälligen Begegnungen,
verstohlenen Blicken und belanglosen Worten in Gegenwart Dritter zufrieden zu geben.

Welche Spannung und innere Qual das mit sich bringt,
ist kaum auszuloten. Wenn das Herz sich niemals frei
aussprechen darf, natürliche Regungen unterdrückt
und geknebelt bleiben müssen, dann kann zweierlei
geschehen: Daß echtes Gefühl abstirbt oder daß es sich,
von der Gesellschaft geächtet, außerhalb aller Konvention Bahn bricht und damit großes Unglück hinterläßt.
Diesen gefährlichen Pfad hatten Karl von Clausewitz

und Marie von Brühl noch viele Monate hindurch zu gehen. Ihrer beider Schutzengel hießen Vertrauen und Besonnenheit.

Friedrich Wilhelm III., voller Abscheu vor Napoleons Machthunger und umworben von Österreich und Rußland, sprengte die Ketten des Vertrages von Wien und ließ im August 1806 mobilmachen. Der gesamte Ablauf von Abschied und Ausmarsch vom vorigen Jahr wiederholte sich also zu Ende des Monats. Prinz August von Preußen befehligte ein Grenadierbataillon im Armeeverband des Herzogs von Braunschweig.

»Darf ich Ihnen schreiben?« hatte Clausewitz kurz vorm Abmarsch Maries Erlaubnis eingeholt und auch erhalten. Sein erster Brief trägt das Datum 30. August 1806 und zeigt so ganz seine Wesensart, den klaren Geist des späteren Militärtheoretikers, gepaart mit dem romantischen Überschwang seiner Zeit.

Es ist wirklich ein recht ästhetischer Eindruck, den das Vorüberziehen eines Kriegshaufens macht, wobei man keineswegs an unsere Revuen denken muß. Hier sind es nicht, wie dort, steife Truppenlinien, die sich dem Auge darbieten, sondern man unterscheidet in den geöffneten Reigen noch das Individuum in seiner Eigentümlichkeit und es herrscht neben der ruhig fortschreitenden Bewegung viel Mannigfaltigkeit und Ausdruck des Lebens. Jeder leuchtet mit seiner Rüstung einzeln durch die grünen Zweige des jungen Waldes, und wenn schon der Mann dem Auge entschwunden ist, blitzt noch seine Waffe durch die Wolke von Staub, die sich hoch über dem Rande des Tales erhebt und des verborgenen Heeres Zug verkündet.

219

Die Menge der Individuen, verbunden zu einer langen, mühevollen gemeinschaftlichen Reise, um auf dem Schauplatz tausender Lebensgefahren anzukommen, der große heilige Zweck, dem sie alle folgen, legt diesem Bild in meiner Seele eine Bedeutung unter, die mich tief ergreift.

Clausewitz weiß, daß er bei Marie jenes offene Ohr findet, das er sich bei einer Partnerin als unabdingbar wichtig gewünscht hat.

Glauben Sie ja nicht, teure Marie, daß Sie dies alles zu lesen bekommen, weil ich es für schicklich halte − ich bin wirklich ein wahres Kind, wenn ich soetwas sehe, und weiß recht gut, daß ich manchem in diesem Wesen lächerlich erscheine, daher ich mir Äußerungen dieser Art nur gegen meine vertrautesten und nachsichtigsten Freunde erlaube.

Und wo sie übers bloße Zuhören hinaus, ihn besser sieht als er ist, bremst er und führt sie auf den Boden der Tatsachen zurück.

Bedenke, daß ich ein Sohn des Lagers bin, aber aus der wirklichen, nicht aus Schillers poetischer Welt. Nach einer sehr mittelmäßigen Erziehung war im zwölften Jahr mein erster Ausflug in die Laufgräben von Mainz − da trug, als Mainz ein Raub der Flammen wurde, die wir angefacht, das Jauchzen des rohen Soldatenhaufens auch meine kindliche Stimme empor.

Clausewitz ist Soldat mit Leib und Seele. Er möchte, geprägt vom alten Geist friderizianischer Glanzzeit, Erfolge im Feld wie eine Trophäe nach Hause bringen, aber auch − und da ist sie wieder, die Dualität seines Wesens − kriegerische Tätigkeit an ein klares politisches Ziel gebunden sehen. Napoleon hieß die Bedrohung, und diese einzuschätzen kam aus dem Kopf. Und richtig schätzte er sie ein als Katastrophe, noch bevor die Schlacht bei Auerstedt verloren ging. Am 18. September schreibt er aus dem Quartier bei Gerbstädt:

Wir rücken immer weiter vor, und ein schwacher Schimmer kriegerischer Aussicht fällt von neuem in meine Seele und erleuchtet so manches Bild, so manche Hoffnung, die schon wieder in die Dunkelheit zurückgetreten waren.

Alles, was Clausewitz draußen sah – Vorbedingung zur befürchteten Katastrophe –, mußte ihn aufs tiefste erregen. Die Verpflegung der preußischen Soldaten war mehr als ungenügend. Im Laufe des Oktober setzten Regengüsse ein, es wurde bitterkalt. Man hatte vergessen, Wintermäntel oder wenigstens wärmende Westen fassen zu lassen. Die Nähte der viel zu engen Uniformen barsten bei heftiger Bewegung, Schuhe und Stiefel blieben im Morast der Wege stecken, Munition war viel zu wenig ausgegeben, die Pferde blieben entkräftet zurück.

Am Tag der Schlacht selbst hatte Clausewitz die aus dem dritten Glied des Grenadierbataillons gebildete Schützenlinie zu führen. Seine Aktivitäten konnten sich nur noch mit dem Rückzug durch die sumpfigen Uckerbrüche befassen.

»Glauben Sie, wir kommen durch?« fragte der Prinz unaufhörlich seinen Adjutanten. Drei Stunden verbissenes Scharmützel vergingen, ehe er antwortete:

»Ja, Königliche Hoheit, ich glaub', wir kommen durch!« Aber es müssen falsche Würfel gewesen sein, mit denen er um Tod oder Tat gewürfelt hatte. Umringt vom Feind, mußte Prinz August mit seinem Bataillon sich in die Gefangenschaft ergeben.

Vom Abtransport nach Frankreich schreibt Clausewitz:

Verwaist irren wir Kinder eines verlorenen Vaterlandes
umher, und der Glanz des Staates, dem wir dienten, den wir
bilden halfen, ist erloschen. Mit des Staates Hoheit schwang
sich auch unser Bewußtsein empor, doch jetzt sind wir wie
Ruinen eines verfallenen Tempels kaum würdig, das höl-
zerne Dach einer ärmlichen Hütte zu stützen.

Der Tag von Jena und Auerstedt hat den Verbündeten
Hunderttausende von Toten gekostet, viele noch auf
der Flucht verfolgt und erschlagen.

Napoleons Marschall Davout zieht am 26. Oktober
mit starken Einheiten in Berlin ein. Napoleon selbst
wendet sich, ohne jede Bedeckung, nach Potsdam.
Dort verlangt er vom Sakristan der Garnisonkirche,
ihn zum Grab Friedrichs des Großen zu führen. Er zieht
seinen monströsen Zweispitz und hält Andacht.
»Wäre er noch am Leben, stünde ich heute nicht hier«,
seufzt der siegreiche Kaiser der Franzosen.
Seinen Einzug in Berlin hält er erst den kommenden
Tag. Die Berliner untereinander geben die Parole aus:
»Schreit ›Vive l'Empereur!‹ so laut ihr könnt, sonst sind
wir verloren.«
Alles will in sein gewöhnliches Geleise zurück und um jeden
Preis seine Ruhe haben, formuliert Clausewitz, *aber sie*
werden dieses Ziel verfehlen und ein Schicksal erleben, das
sie in ihrem phantasielosen Dasein nicht einmal ahnen kön-
nen!
Ein volles Jahr lang blieb Karl von Clausewitz in
Frankreich. Nicht daß es ihm an Komfort gefehlt hätte,

aber zur Schmach der Gefangenschaft kam die des Friedens von Tilsit.

Die Bedingungen dieses Friedens berauben den Preußischen Staat allen Schmuckes, den ein Jahrhundert ihm anlegte klagt er aus der Ferne.

Erst im Oktober 1807 kehrte Clausewitz mit seinem Prinzen nach Berlin zurück. Die Zeit hatte ihn gereift. Das Erlebte, besser das Durchlebte, hat die Beachtung gesellschaftlicher Normen abgewertet. Wer leben wollte, mußte schneller leben. Gegen Hoffnung wollte er Gewißheit tauschen.

»Marie«, begann er entschlossen, sobald sich erste Gelegenheit ergab, »Marie, erlauben Sie mir, daß ich nach Klein-Ziethen fahre und mit Ihrer Mutter spreche?«

Was es mit der alten Gräfin auf dem Brühlschen Gut zu sprechen gab, das wußte Marie sehr wohl und auch, daß es sich nur noch höflicherweise um eine Formsache handelte. Denn längst hatte Marie, mit achtundzwanzig Jahren ja kein junges Mädchen mehr, selbst ihr Schicksal entschieden.

»Ja, Karl, tu das. Fahr nach Klein-Ziethen und sprich mit Mama, aber die Antwort, Karl, die geb' ich dir hier und heute. Ja, Karl von Clausewitz, ich will deine Frau werden!«

In ihrer ersten Umarmung als Verlobte lag weniger Leidenschaft als etwas von der Weihe eines Versprechens. Im Kuß, den sie tauschten, überantwortete sich der eine dem anderen mit allem, was er war – vor Gott und der Welt.

Dennoch wurde nach einem Besuch in Klein-Ziethen noch festlich die offizielle Verlobung begangen. Von nun an durfte das Brautpaar in der Komödie gemeinsam in einer Loge sitzen, durfte sich im Tiergarten nebeneinander in der Kutsche zeigen, wurde als Paar zu Bällen geladen, konnte Hand in Hand unter den Linden promenieren.

Nur heiraten konnten sie noch nicht.

Die Leiter, die Clausewitz in weiteren Jahren zu erklimmen hatte und die ihn erst in den Stand setzte, tatsächlich eine Familie gründen zu können, sah so aus: Aus seiner Stellung als Adjutant des Prinzen August löste Scharnhorst ihn im September 1808 aus, um ihn in seiner ›Pressestelle‹ zu beschäftigen. Hier entdeckte Clausewitz seine Begabung, über militärische Themen zu schreiben.

Am 23. Februar 1809 wurde er zum Wirklichen Kapitän befördert und als solcher zum Bürochef im Kriegsministerium eingesetzt. Am 19. Juli 1809 wurde er Mitglied des Generalstabs und am 29. August 1809 zum Major befördert.

Im Oktober 1810 wurde der Major Karl von Clausewitz als Lehrer an die Kriegsakademie berufen.

Am 17. Dezember 1810 gaben er und die Gräfin Marie von Brühl sich vor dem Altar das gegenseitige Ja-Wort, auf das beide sieben lange Jahre gewartet hatten.

In Hunderten von Briefen, die die beiden wechselten, spiegelt sich die enge Verbundenheit und das gegenseitige Verständnis wider, daß diese so überaus glückliche Ehe ausmachte.

Die Briefe, soweit Clausewitz sie von seinen verschiedenen Feldzügen nach Hause schreibt, sind erfüllt von Beschreibungen militärischer und strategischer Vorgänge, aber auch deren Kritik und Vorschlägen zur

Verbesserung. Clausewitz stand auf dem Standpunkt, die Politik müsse enger mit der Kriegsführung zusammenwirken, aber stets solle sie die Vorhand behalten. Von diesem Gedanken erfüllt, teilte er seiner Frau alsbald mit:

»Ich möchte ein Buch schreiben, Marie, ein Buch, von dem eine Revolution in der Kriegstheorie ausgehen wird, und das nicht nach zwei oder drei Jahren vergessen ist.«

»Tu das, Liebster, tu das«, stimmte Marie ihrem Mann begeistert zu, »mach dich an die Arbeit, Karl, und sieh zu, daß du einen guten Verleger findest.«

Lange sah Karl von Clausewitz seine Frau an.

»Nein«, sagte er, »nicht so lange ich lebe, soll es an die Öffentlichkeit kommen, Marie, aber nach meinem Tod sorg du dafür, daß mein Buch herausgegeben wird. Versprichst du mir das, Marie?« Ihm graute wohl vor der Auseinandersetzung mit dem Echo, das seine Meinung und seine Schriften unweigerlich auslösen würden.

So versprach Marie ihrem Mann, das Buch, das den schlichten Titel »Vom Kriege« erhalten sollte, erst nach seinem Tod herauszubringen, und sie hielt ihr Versprechen, nachdem im Jahre 1831 eine Choleraepidemie in Breslau ihren Mann dahingerafft hatte.

Die Veröffentlichung des Buches wie auch sämtlicher sonstiger Schriften und Notizen, die sie in lesbare Form brachte, war die größte und schönste Liebestat der Marie von Clausewitz für ihren Mann.

Ungarische Klänge

Marie d' Agoult und Franz Liszt – 1833

Sie hatte als Kind der alternde Goethe gesegnet, *ihn* küßte Beethoven auf die Stirn, als er das erste Mal öffentlich auftrat.

Sie, die Gräfin, sprach daher von ihrer *geistigen Verwandtschaft*, *er*, der geniale Pianist und Musiker auf den ersten Sprossen seines Erfolgs, stritt das bescheiden ab.

»Einem so einfachen Bürger wie mir wird selten die Auszeichnung zuteil, die Bekanntschaft einer Gräfin zu machen, von Verwandtschaft also ganz zu schweigen!« Dem Ton seiner Worte war eine gehörige Portion Ironie beigemischt.

Franz Liszt, von der Pariser Gesellschaft honoriert, wurde von ihr keineswegs akzeptiert. Und das machte seinem Selbstbewußtsein schwer zu schaffen. Da war schon sein Name: Zum einen verriet er nicht auf Anhieb die ungarische Herkunft, wie es der Künstler gern gehabt hätte, zum anderen aber war es ärgerlich, daß seine Freunde ihn immer noch ›Franzi‹ nannten, die Franzosen aber ›Liszt‹ nicht aussprechen konnten und ihn daher zu ›Litz‹ umtauften.

»Erlauben Sie, meine Liebe, daß ich Ihnen Litz vorstelle. Gestatten, lieber Litz, daß ich Sie mit der Gräfin Marie d'Agoult bekannt mache.«

Mit diesen Worten in einem Pariser Salon hatte alles angefangen, und Franz wußte später nicht einmal mehr, wer sie gesprochen hatte.

»Sehr erfreut, Herr Liszt.«

Daß sie seinen Namen korrekt aussprach, berührte ihn sofort angenehm und lag an eben jener Kindheit in Frankfurt, bei der der alte Goethe dem kleinen Mädchen die Hand aufs blonde Haar gelegt und ein paar Segenswünsche gemurmelt hatte.

Liszt erwartete, daß die Gräfin d'Agoult ihn im Laufe des Abends auffordern würde, auch sie einmal zu besuchen, so wie es die Damen der Gesellschaft taten, um ihre Salons oder Cercle durch sein Klavierspiel aufzuwerten. Aber die Gräfin würdigte ihn den ganzen Abend keines Wortes mehr und schon gar nicht mit einer Einladung. Aus Ärger darüber musterte Liszt die Gräfin mehr als üblich und mußte zugeben, sie war eine außerordentliche Schönheit. Ihr Haar, das sie in der Mitte gescheitelt trug, schimmerte goldblond, ihre Augen waren von sehr dunklem Blau, der schön gezeichnete Mund von ebenso dunklem Rot. Jeder Maler würde an den Farben, wie sie die Natur hier zusammengestellt hatte, seine helle Freude haben, so räumte Liszt im stillen ein. Aber Ärger und Enttäuschung hielten noch den ganzen Heimweg an bis in die Wohnung in der Rue Cocquenard, wo Franz mit seiner Mutter lebte.

»Hattest du einen schönen Abend, Franzi?«

Die Antwort war ein unzufriedenes Brummen, wie es Anna Liszt in letzter Zeit öfter zu hören bekam.

Doch schon am nächsten Tag erhielt Franz Liszt einen Brief mit einer neunzackigen Krone darauf.

Mein Herr, mit Ihrem Besuch würden Sie eine Freude bereiten der aufrichtigen Bewunderin Ihrer Kunst, der Gräfin d'Agoult.

Ohne seine freudige Erregung verbergen zu können, rief Franz seiner Mutter zu:

»Mama, haben Sie meinen neuen Frack gebürstet? Ich brauche ihn, ich gehe aus!«

»Ja, mein Franzi, dein Frack hängt sauber im Schrank, aber wo gehst du denn hin, Franzi?«

»Ach, liebste Mama, vielleicht in den Himmel, vielleicht in die Hölle, ich weiß es noch nicht...«

In selten gezeigtem Überschwang faßte Franz die Mutter um die Taille und tanzte mit ihr durchs Zimmer, daß sein schulterlanges Haar nur so flog.

»Franzi, um Himmels willen, was hast du nur?«

»Warten wir es ab, Mama, warten wir es ab...«

Auf seinem Weg zum Quai Malaquais nahm Franz Liszt sich vor, die Gräfin zu erobern.

Die Front des Palais d'Agoult machte einen fast feindseligen Eindruck, schien jeden Besucher hochmütig abweisen zu wollen. Und so nicht weniger der Diener, der die Tür öffnete. Liszt übergab ihm seine Visitenkarte und wartete ein paar Minuten in einer überdimensionalen Halle.

»Die Frau Gräfin läßt bitten...« hörte er dann sagen und folgte einem livrierten Lakai durch reich ausgestattete Salons bis in einen, aus dem ihm Stimmengemurmel entgegendrang. Die Gräfin war nicht allein, wie hatte er das auch annehmen können! Sie gab eine intime kleine Gesellschaft für ein Dutzend Freunde und Bekannte, eine Sache von oberflächlicher Schwatzhaftigkeit. Wieder war Franz enttäuscht. Weder er als Mensch noch seine Musik paßten in diesen Rahmen.

»Ah, da sind Sie ja, Monsieur Liszt«, begrüßte ihn die

228

Dame des Hauses, »ich glaube kaum, daß ich Sie vorstellen muß, jedermann weiß von Ihnen und von Ihrer Kunst.«

Das Schema war ihm bekannt. Gleich würde sie ihn bitten, ihnen etwas auf dem Klavier zu spielen, und er würde es tun, schon um seine Überlegenheit wenigstens in einem Punkt unter Beweis zu stellen.

Marie d'Agoult forderte Liszt aber nicht auf zu spielen, sondern setzte sich unglaublicherweise selbst ans Klavier und spielte ein paar kleine Stücke, gefühlvoll und technisch gut.

»Ich will Ihnen nicht Konkurrenz machen, Liszt, beileibe nicht«, sagte sie bei einem letzten Glas Wein, »ich spiele für den Hausgebrauch, das genügt mir. Aber Ihre Kunst wäre mir zu schade gewesen für einen Abend wie diesen. Wenn Sie spielen, hier auf diesem Flügel, so möchte ich, daß Sie für mich ganz allein spielen! Ich hoffe, Liszt, Sie kommen wieder . . .«

Das war mehr, als er je hatte hoffen können. Und wieder einmal auf dem Heimweg durch das stillgewordene Paris überlegte Franz Liszt: Hatte er die Frau erobert? Oder einfach eine Bewunderin seiner Kunst gewonnen?

Viel zu ungeduldig und überstürzt suchte Liszt bereits am nächsten Tag das Palais d'Agoult wieder auf. Er traf die Gräfin in Gesellschaft des Grafen d'Agoult an, einem freundlichen Herrn, der die Fünfzig schon erreicht haben mußte.

»Ah, Monsieur Litz«, sagte der freundliche Herr, »meine Frau hat mir schon von Ihnen erzählt! Sie spielen Geige, nicht wahr? Oder war es das Piano?«

Der Abend bot nichts von dem, was Liszt sich erhofft hatte, aber auch nichts an Erschreckendem oder gar Peinlichem, was einer zart sprießenden Romanze begegnen kann, wenn unerwartet der Ehemann mit von der Partie ist.

Schon viel besser verlief sein dritter Besuch. Franz traf die Gräfin allein an. Sie trug eine Art orientalisches Hausgewand und empfing ihn mit unverstellter Freude.

»Spielen Sie, Liszt«, bat Marie d'Agoult, »spielen Sie für mich! Ich werde jedem Takt Ihrer Musik andächtig lauschen.«

Liszt spielte und tatsächlich las er so etwas wie Andacht auf dem schönen Gesicht der Gräfin, aber es war die Andacht eines musikalischen Menschen, nichts anderes.

Liszt spielte Berlioz, und zwar seine Vertonung des Gedichts ›Die Gefangene‹ von Victor Hugo. Er spielte brillant und melodiös und summte leise die Worte dazu.

> *Doch wenn zärtlich die Wangen*
> *Kosende Kühle streift,*
> *Des Nachts, o welch Verlangen,*
> *Zu träumen mich ergreift.*

War es Einbildung, oder entdeckte Franz tatsächlich eine langsam sich abzeichnende Veränderung im Gesichtsausdruck der Gräfin? Eben noch konzentriert auf Anschlag und Virtuosität, auf die absolute Perfektion seines Spiels, lösten sich ihre Züge zu empfindsamem Begreifen.

Ein Sehnen kommt gezogen
Vom blauen Himmelsbogen,
Indes auf Meereswogen
Des Mondes Silber schweift.

Der letzte Ton klang aus, und sofort war Marie um Sachlichkeit bemüht.

»Ich wußte gar nicht, daß Berlioz dies Gedicht vertonte«, begann sie völlig beherrscht, »könnten Sie mir wohl die Noten zugänglich machen?«

»Aber gewiß, Verehrteste, ich habe sie zu Hause. Gleich morgen könnte ich sie Ihnen vorbeibringen.«

Anlaß und Vorwand wechselten einander ab, aber brachten es mit sich, daß Liszt von nun an fast täglich im Palais d'Agoult zu sehen war. Allzu sicher seines vermeintlichen Hausrechts brachte er auch seine Freunde mit: Berlioz, Chopin, Balzac, Hugo, die jedoch, abgestoßen von der steifen Atmosphäre des Hauses, sich der Begeisterung für die Hausherrin nicht anschlossen. Zwischen Ahnenbildern, Brokat und livrierten Lakaien konnte eine Gastlichkeit nach Künstlerart nicht gedeihen, wie sie meinten. Und Marie d'Agoult tat das Ihre dazu, sie nicht gedeihen zu lassen. Sie wollte Liszt und den für sich allein. So saßen sie denn beieinander, sprachen über Musik, machten belanglose Konversation über Politik, Literatur und auch unverfänglich Persönliches.

»Ich höre Sie husten, lieber Liszt! Doch nicht etwa eine Erkältung? Ich kenne ein gutes Rezept für Hustentee...«

»Keine Sorge, Gräfin, nichts von Belang. Es ist nur das Wetter...«

»Sie haben recht, es sieht nach Schnee aus. Nehmen Sie morgen, wenn Sie kommen, ja einen warmen Mantel um...«

Liszt verbeugt sich, die Gräfin nickt, sie reichen sich nicht die Hand.

Der tägliche Abschied, scheinbar seelenlos und leer, zwischen Hoffnung und Gewißheit auf jenen Morgen, dem Liszt entgegenfiebert und dem Marie keinen Namen zu geben wagt. Und dann gibt sie ihm doch einen Namen, einen, der Liszt zutiefst empört und mit Zorn erfüllt.

Paris ist erfüllt von einem neuen Frühling. Franz Liszt meldet sich im Palais am Quai Malaquais und findet Marie in völlig veränderter Stimmung.

»Ach, mein Lieber«, klagt sie wehmütig, »ich verlasse morgen die Stadt, wir werden uns lange Zeit nicht sehen...«

So schnell kann Franz dem Umsturz der Gefühle gar nicht folgen, wußte er bisher doch nicht einmal, wieviel der Gräfin an ihren Zusammenkünften lag.

»Paris verlassen? Warum?«

»Mein Mann und ich ziehen jedes Frühjahr nach Croissy, um den Sommer dort zu verbringen.«

»Nach Croissy? Den Sommer über?« Er ist fassungslos.

Und Marie nutzt den Augenblick. »Sie werden mir sehr fehlen, lieber Liszt! Sie müssen wissen, ich habe Sie sehr liebgewonnen...«

Das kommt zu plötzlich. Franz glaubt, nicht richtig gehört zu haben.

»Liebgewonnen...?«

232

»Ja, Franz, so lieb wie einen eigenen Sohn.«

Hatte sie Sohn gesagt? Franz empfand das Wort wie reinen Hohn. Nach aller Geduld und Selbstzucht, mit der er geglaubt, die Liebe dieser Frau zu erringen, war dies wie ein Schlag ins Gesicht.

»Gräfin«, begann er in eisigem Ton und hätte lieber laut gelacht, »Gräfin, Sie sind achtundzwanzig Jahre alt, wie ich sehr wohl weiß, und ich knapp sechs Jahre jünger, da fällt es mir schwer, mich als Ihren Sohn zu betrachten.«

»Doch, doch, liebster Liszt, dem müssen Sie zustimmen! Da mich ein starkes Gefühl zu Ihnen erfüllt, eines, das anders nicht heißen darf, so seien Sie mein Sohn, ungeachtet der Jahre!«

»Nein, Gräfin, dreimal nein!« Liszt war aufgesprungen, hatte seine Hände gegen sie erhoben, als müsse er sich vor weiteren Schlägen schützen. »Ich bin ein Mann, Gräfin, und kein dummer Junge! Meine Hoffnungen sind die eines Mannes und können nicht mit Schlummerliedern erstickt werden! Lieben Sie mich, Marie, oder schicken Sie mich fort! Aber kränken Sie mich nicht durch Ausflüchte, die Ihrer nicht würdig sind!«

Seine sonst blassen Wangen hatten sich hochrot gefärbt, seine Lippen zitterten, und der Zorn ließ ihm die Augen tränen.

»Madame«, stammelte er mit letzter Fassung, »ich bitte, mich gütigst beurlauben zu wollen...«

Franz Liszt tastete wie blind nach seinem Hut und verließ das Palais d'Agoult. Draußen im Dunkel einer ersten schwülen Frühlingsnacht brach er in hemmungsloses Schluchzen aus.

233

»Was ist mir dir, Franzi?« sorgte sich Anna Liszt, »du läufst herum mit einem Gesicht wie drei Tage Regenwetter und das Klavier hast du auch lange nicht mehr angefaßt!«

Ein tiefer Seufzer war die Antwort. Wie sollte Franz sich seiner Mutter auch erklären? Ihr, einer einfachen Frau, Bäckerstochter aus Krems, galt noch immer der Grundsatz, deine Rede sei Ja oder Nein. Zwischentöne kannte sie nicht. Eine Frau zu lieben, sie zu vermissen, die einen soeben in die Schranken gewiesen und hinter der man selbst die Tür zugeschlagen, das würde Anna Liszt nie begreifen. Weit subtiler war da schon die Anteilnahme der Freunde.

»Ist es die Gräfin, die dir Kummer macht, Franz?« fragte Chopin verständnisvoll.

»Sie hat mich verlassen, sie ist aufs Land gefahren«, kam es mit leisem Vorwurf von Liszt.

»Ach, Unsinn«, tröstete Berlioz, »ein paar Sommermonate, dann ist sie wieder da und schließt dich in ihre Arme!«

»Mich in die Arme schließen?« klang jetzt der Vorwurf laut. »Niemals! Mütterlich übers Haar streichen will sie mir, als Frau ist sie ohne jedes Gefühl, kalt wie blankes Eisen!«

»Kalt«, lachte laut Balzac in seiner groben Art, »kalt sagst du? Das mag zutreffen auf außen sechs Fingerbreit Schnee, aber darunter, mein Lieber, brodeln sechs Fuß Lava, und wehe dem, der einmal den Schnee beiseite kratzt!«

Franz sah den Freund fassungslos an. So hatte er Marie nie gesehen und daß ein anderer es auch nur vermuten konnte, erfüllte ihn mit jäher Eifersucht.

»So«, sagte er leichthin, »du scheinst es ja zu wissen. Mich interessiert sie nicht mehr, diese hochnäsige Gräfin!«

Im Juli kam eine Einladung nach Croissy. Sofort war Liszt bereit, ihr zu folgen. Von Paris aus waren es nur wenige Meilen, die er in einer Mietkutsche hinter sich brachte, einem schäbigen Gefährt, dessen er sich schämte, als es vor dem prunkvollen Schloß mit den vier mächtigen Ecktürmen vorfuhr. Wieder empfing ihn ein hochmütiger Diener, nahmen zwei Lakaien sein kümmerliches Gepäck in Empfang.

Liszt war entschlossen, alle Demütigung hinzunehmen, wenn er nur seine Marie dafür wiedersehen würde. Er sah sie wieder – in einem Salon voller Gäste, eine Herzogin, einen Marquis, Adel jeder Schattierung. Nicht Sehnsucht hatte die Einladung an den Musiker bewirkt, sondern die Routine sommerlicher Geselligkeit auf dem Lande. Franz setzte Hochmut gegen Hochmut und betrat den Salon mit der Würde eines Silberkranichs.

»Gräfin«, sagte er zwischen fast geschlossenen Lippen und deutete flüchtig einen Handkuß an, »sehr liebenswürdig, mir eine Einladung zu schicken, aber ich fürchte, meine Zeit ... ich meine ... höchstens bis morgen...«

Schon hatte er sich verheddert.

»Aber nein, mein Lieber«, kam es mit unerwarteter Wärme von der Gräfin, »nun sind Sie einmal hier und verbringen ein paar schöne Tage mit uns. Ich habe mich so auf Ihr Kommen gefreut!« Sie ließ Franz keine Zeit, mit seiner Verwirrung fertig zu werden. »Meinen

235

Freunden brauche ich Sie nicht vorzustellen«, fuhr Marie fort, »ein jeder kennt Franz Liszt! Aber Ihnen möchte ich jemanden vorstellen. Kommen Sie!«

Sommerlich standen die hohen Fenstertüren offen, die auf eine breite Terrasse führten. Dort gewahrte Liszt zwei kleine Mädchen, vielleicht vier und fünf Jahre alt, und von engelhafter Schönheit.

»Kommt her, Louise und Claire!« rief die Gräfin, und die Mädchen knicksten vor dem Gast wie zwei kleine Puppen. »Das sind meine Töchter«, sagte Marie und gab ihrer Stimme einen zwingenden Unterton, »ich wollte, daß Sie sie sehen und wissen, daß ich ihnen immer eine gute Mutter sein werde...« Noch einmal wechselte sie den Ton der Unterhaltung. »Ach, Liszt, Sie kennen ja dies Schloß noch nicht. Ich werde es Ihnen zeigen. Es wurde von Colbert erbaut, Finanzminister Ludwigs XIV., sehen Sie hier die Bibliothek...«

Eine gute halbe Stunde folgte er der Schloßherrin von Raum zu Raum, allein mit ihr, aber getrennt durch das Herleiern eingelernter Erklärungen über Konsolen aus orientalischem Alabaster und Gemälden von Oudry.

»Marie, ich...« versuchte er einmal die unsichtbare Mauer zu durchbrechen.

»Nicht, Franz, nicht!« Marie legte einen Finger an die Lippen und sah ihn flehend an, und widerstrebend begriff er: Sie wollte ihn nicht der Hydra ihres Salons aussetzen, aber ihm zeigen, was sie war und bedeutete und was sie ein für alle mal gegen jede Versuchung schützen wollte: Familie, Stand, Herkunft, Tradition.

Franz Liszt schwieg dazu, zwei oder drei Tage im luxuriösen, sommerlich blühenden Croissy, dann setzte er zum Gegenangriff an.

Zufall oder Nachlässigkeit? Jedenfalls mündete ein Nachmittag schwerer, golden lastender Sonne für Franz und Marie fluchtartig im Schatten eines Pavillons.

»Ist das eine Hitze heute!« stöhnte er.

»Lassen Sie uns ein paar Minuten ausruhen«, war ihr argloser Vorschlag.

»Marie, wir müssen sprechen . . . bitte!«

»Nein, Franz, ich denke, es ist alles gesagt zwischen uns.«

»Nichts ist gesagt, Marie, nichts, das der Wahrheit nahe kommt.«

»Die Wahrheit ist dies alles hier, die Kinder, Croissy . . .«

»Die Wahrheit ist, daß ich Sie liebe!« Fast schrie er es, die Züge seines Gesichts verzerrt wie in unerträglichem Schmerz. »Ich liebe Sie, Marie, und Sie lieben mich! Sie können nicht von mir lassen und suchen den Ausweg in dieser Komödie! Treusorgende Mutter! Stolze Schloß-herrin! Gehorsame Ehefrau!« Liszt packte den Arm der Gräfin und zwang sie zu sich herum. »Sieh mich an, Marie, du weißt, es ist Lüge, alles Lüge! Eine Farce! Eine Paraderolle, der du durch elterliche Tradition dich verpflichtet glaubst! Aber du lebst nicht! Du leidest! Du sehnst dich nach mir wie ich mich nach dir! Wäre es anders, wäre dir der kleine ungarische Musikus nicht einmal mehr in den Sinn gekommen, hier zwischen Türmen, Zinnen und Lakaien. Aber ich war in deinem Sinn, nachts in deinen Träumen so wie du in den mei-nen!«

Liszt war auf die Knie gesunken und hielt Marie um-faßt. Sie beugte sich über ihn, unfähig, auch nur noch eine Minute weiter zu widerstehen. Da hörten sie Schritte. Jemand näherte sich über den kiesbestreuten Parkweg.

Die Marquise von Gabriac in Gesellschaft eines schneidigen Barons deutscher Herkunft, ebenfalls auf Schatten hoffend, erklomm die Stufen zum Pavillon und fand dort auf steinerner Bank, sittsam nebeneinander ins Gespräch vertieft, ihre Gastgeberin und diesen Monsieur Litz aus Paris.

»Ah, kommen Sie herein, Marquise, hier ist es herrlich kühl, Aber, aber Baron, Sie sind ja ohne Hut bei dieser Sonne!« Vollkommene Beherrschung im Gesicht der Gräfin. »Wir sprachen gerade vom weiblichsten aller Themen, von der Mode. Es sieht ganz so aus, liebe Marquise, als müßten wir Frauen uns bald wieder schnüren und Reifröcke tragen.« Und mit einem bedeutsamen Blick auf Franz fügte sie im Plauderton an: »Ich werde wohl ein paar Tage Paris einschieben und vorsorglich meinen Schneider aufsuchen müssen.«

Sobald man sich im Schatten erfrischt und die Sonne weit den Zenit überschritten hatte, verließ man zu viert den schützenden Pavillon. Zwischen Liszt und Marie d'Agoult fiel kein weiteres Wort, aber er war sich gewiß, eine mächtige Bresche in die Mauer geschlagen zu haben.

Zurück in Paris begann Franz seiner Mutter klarzumachen, daß er in der Enge der gemeinsamen Wohnung, beim Töpfeklappern aus der Küche und Teppichklopfen vom Hof, unmöglich am Klavier arbeiten und komponieren könne. Obwohl das Geld knapp war, konnte er sie überzeugen, daß eine gesonderte Behausung für ihn unbedingt vonnöten sei. Tatsächlich mietete er ein gemütlich eingerichtetes Zimmer, das über einen separaten Eingang zu erreichen war. In einem Billett ließ er Marie seine Adresse wissen: Nummer 21, in der Rue de Mail. Der Text des Billetts umfaßte nur zwei Worte: *Ich warte*.

Und dann wartete er tatsächlich. Er komponierte ein wenig und, da er Geld brauchte, gab er Klavierunterricht. Während seine Schüler gehorsam vor sich hinklimperten, gingen seine Gedanken andere Wege. Wann würde sie kommen? fragte er sich zum hundertsten Mal, denn daß sie kommen würde, daran zweifelte er nicht einen Augenblick. Das Bollwerk der Liebe und Leidenschaft war längst auch in ihr zu stark geworden gegen die schwächlichen Argumente herkömmlicher Konvention. Er würde sie in den Armen halten, sie mit seinen Küssen überschütten, mit seinem Feuer das ihre entzünden. Nur wann? Wie lange mußte er noch warten? Wagte er doch kaum, überhaupt sein Zimmer zu verlassen, um nicht den Augenblick zu verpassen, an dem sie sich ihm bescheren würde.
Ein Rumor wollte ein paar Mal wissen, die Gräfin d'Agoult sei in der Stadt gewesen, zu Einkäufen, zum Besuch ihres Zahnarztes, sie sei aber wieder abgereist. Dadurch entmutigt, brütete Liszt tagelang vor sich hin, rührte keine der schwarz-weißen Tasten an und verwünschte sich und die ganze Welt. Dann wieder schöpfte er Hoffnung aus der Gewißheit, daß diese Frau ihm bestimmt sei und daß allein die Macht seiner Sehnsucht und der Strom seiner Gedanken ihre Schritte hierher zu ihm lenken müßten.

An einem Tag im September stand auf der Liste seiner Klavierschüler ein zwölfjähriger Junge ohne jedes Talent. Fleißig übte er, was der Lehrer ansagte, und dem tat jeder Ton in den Ohren weh. Tonleiter rauf, Tonleiter runter, ein mühsamer Akkord, kreischende Dissonanz. Liszt stand auf und trat ans Fenster, dessen grüne Jalousien, halb herabgelassen, der grellen Mittagssonne den Eintritt versperrten.

»Moll, du Unglücksrabe! Moll und nicht Dur!«

Nochmals der mühsame Versuch eines Akkords und mitten hinein zaghaft das Scheppern der Glocke an der Treppe.

Sofort war Liszt an der Tür. Draußen stand, einen Schleier vorm Gesicht, Marie d'Agoult.

Franz stand wie versteinert. Was er tausendmal gewünscht, war Wirklichkeit und traf ihn völlig unvorbereitet.

Ohne seinen Gast zu begrüßen, wandte er sich an den Jungen.

»Hör zu, wir brechen die Stunde ab. Es ist Besuch da, meine Cousine . . . Geh nach Hause, für heute brauchst du nichts zu zahlen.«

Erleichtert stand der Junge auf.

»Soll ich morgen wiederkommen?«

»Morgen? Morgen nicht . . . nein, nächste Woche irgendwann . . .

Der Junge lief an der verschleierten Dame vorbei die Treppe hinab und machte, daß er fortkam.

Marie nestelte den Schleier los, ihre tiefblauen Augen blitzten ein klein wenig belustigt.

»Darf ich hereinkommen?« fragte sie.

»Hereinkommen?« Er schien der Bedeutung des Wortes nachzuhorchen. »Hereinkommen in meine Stube, in mein Herz, in mein Leben, Marie!« brach es dann aus ihm heraus. Er warf beide Arme um sie und half ihr über die Schwelle.

»Marie, meine Marie«, rief er ein ums andere Mal, »nicht wahr, jetzt endlich darf ich dich so nennen: meine Marie!«

Und dann senkten sich langsam seine Lippen auf die ihren, den Bund zu besiegeln.

Noch immer waren vor den Fenstern der kleinen Stube die grünen Jalousien halb herabgelassen, aber längst nicht mehr, um die Mittagssonne zu drosseln, sondern den Sternen am dunklen Nachthimmel den Einblick zu verwehren. In ihrer Neugier hätten sie ein Paar belauscht, dem seit Stunden die Welt gehörte, ihre ureigene Welt, in der endlich nur das Gesetz der Liebe galt.

»Mußt du wirklich zurück, Marie? Kannst du nicht einfach hierbleiben, bei mir für immer und ewig?«

»Wo denkst du hin, Liebster! Ich bin immer noch die Gräfin d'Agoult, habe Mann und Kinder und gesellschaftliche Verpflichtungen!«

»Willst du sagen, ich bin nur dein Zeitvertreib?« fuhr er auf.

»Du bist mein ein und alles, das weißt du, Franz, aber wir müssen vorsichtig sein, es für uns behalten ...«

»Du schämst dich meiner, Marie! Gib es zu! Du lachst insgeheim über mich, während ich meine Seele vor dir ausbreite!« Da war es wieder, das Grüblerische, das ewig Mißtrauische im oftmals düsteren Charakter des Franz Liszt. Wie sollte sie, die mutig alle Bedenken abgestreift und sich dem Zwang ihrer Liebe hingegeben hatte, jemals damit fertig werden, daß sie zudem von nun an ständig streiten sollte: Du liebst mich nicht – ich liebe dich doch – du schämst dich meiner – nein, ich schäme mich nicht deiner und so fort bis zur Erschöpfung. Anders aber konnte Liszt nicht lieben. Wie seine Musik, mächtig wogend, zart im Geläuf, war auch seine Liebe. Er war nicht der Mann, der Ruhe ausstrahlte, nicht die Flamme, die wärmte, er war der Sturm, der blies, und das Feuer, das loderte und sengte.

Unter Schmerzen setzte Marie d'Agoult sich immer wieder seinen Wettern aus, bis ihr klar wurde, daß sie selbst es war, die am Doppelleben zerbrechen würde. Waren sie beieinander, gab es Küsse und Diskussionen, waren sie getrennt, beispielsweise während seiner Konzerttourneen, schrieben sie sich Briefe.

Marie! An dem Tag, an dem Du mir aus vollem Herzen, aus voller Brust wirst sagen können: Franz, wir wollen alles, was vielleicht Unvollkommenes, Betrübendes und Kleinliches zwischen uns war, auslöschen, vergessen, für immer verzeihen, wir wollen einander alles sein, von jenem Tag an werden wir den Menschen entfliehen und für uns allein leben, lieben und sterben!

Die Antwort kam prompt:

Ja, Franz, wir wollen alles Unvollkommene, Betrübende und Kleinliche zwischen uns auslöschen, vergessen und für immer verzeihen, uns einander alles sein , den Menschen entfliehen und für uns allein leben, lieben und sterben!

Und Marie d'Agoult meinte es ernst. Zu Beginn des Jahres 1835 entschloß sie sich, ihren Mann und ihre Töchter zu verlassen und öffentlich mit Franz List zusammenzuleben.

»Wir werden frei sein, uns Tag und Nacht sehen und einander wie auch der Welt beweisen, daß wir zusammengehören.« Ihre Seele blühte auf im Vorgefühl von Opfer und Hingabe, Liszt aber erschrak.

»Du meinst eine wilde Ehe? Zusammen in einer Wohnung, an einem Tisch?«

»Ja, Liebster, ja! Wir werden den Menschen offen trotzen, so wie du es immer gewollt hast!«

Hatte er es wirklich gewollt? Oder war es die Kraftprobe, die zu bestehen er gewollt hatte? Sicher, sein Sieg über die Gräfin war vollkommen, aber wo, wenn die Liebe vierundzwanzig Stunden währte, wenn sie das Erwachen, das Rasieren, den Hausputz, die Mahlzeiten mit einbegriff, wo blieb dann seine Musik? Sein Träumen, sein Leiden, sein Wüten und sein Frohlokken? Ratlos suchte Liszt, seinen Sieg nicht etwa auszukosten, sondern stattdessen die Übergabebedingungen zu begrenzen.

»Ich werde Paris für einige Zeit verlassen, dann bist du nicht der Feme durch die Gesellschaft ausgesetzt.«

»Du hast recht, Liebster, genau das habe ich auch gedacht«, übernahm sie den Part und stürmte voran, »wir mieten ein Haus in Genf oder in Basel und leben dort ganz für uns, aber...« – Rührung füllte ihre blauen Augen zu glitzernden Seen – »aber nicht zu zweien, liebster Franz, sondern zu dreien werden wir sein? Ich denke im Dezember ist es soweit...«

Die Falle war zugeschnappt.

Es wurde dann Genf, wo das Paar Ecke Rue Tabazan eine geräumige Wohnung mit Blick auf See und Berge mietete.

Und dann geschah ein Wunder. Die Rollen der Marie d'Agoult und des Franz Liszt vertauschten sich, er fand Gefallen an der Rolle des getreuen Ehemannes, während sie die Last der späten Schwangerschaft spürte, die Bequemlichkeiten eines von Dienstboten geführten Haushalts vermißte.

»Heute gibt es Omelette«, verkündete Franz stolz und schlug Eier in eine Schüssel.

»Wir hatten gestern schon Omelette«, klagte Marie, ihren schweren Leib auf eine Ottomane gebettet, »und vorgestern Omelette und die ganze Woche über Omelette.«

Franz lachte nur und füllte Butter in die heiße Pfanne.

»Sobald du dich besser fühlst, Liebste, gehen wir ja wieder im Restaurant speisen.«

Marie fehlte die Gesellschaft von Freunden und Gästen, Franz traf die Hautevolée bei seinen immer häufiger werdenden Konzertreisen nach London, Wien und Berlin.

Marie alterte zusehends, ihr Haar wurde matt, Unzufriedenheit zeigte sich in Falten um den Mund. Franz, wann immer in Genf anwesend, gab vor, nichts davon zu bemerken.

»Du bist mir die Schönste und Liebste auf der Welt und wirst es immer bleiben«, versicherte er seiner Marie mit nicht endender Geduld.

Dann war es soweit. Am 18. Dezember brachte Marie d'Agoult ein kleines Mädchen zur Welt. Stolz erschien der Vater auf dem Standesamt und ließ eintragen:

Blandine Rachel, unehelich. Vater: Franz Liszt, Musikpro-
fessor. Mutter: Cathérine-Adelaide Mérau.
Letzterer ein Phantasiename aus Rücksicht gegen die
gräfliche Familie d'Agoult.

Langsam zeichnete sich auch in Genf für die beiden
Liebenden ein gesellschaftliches Leben ab, in seiner
Reaktion allerdings zweigeteilt. Die einen sprachen
Marie, wenn auch etwas geniert, mit ›Madame Liszt‹
an, die anderen begrüßten das Paar begeistert als Vor-
reiter mutiger Moderne. Auf die Dauer aber überwo-
gen die ersteren und war Marie von deren Engstirnig-
keit angewidert.
»Könnten wir doch nach Paris zurück!« ruft sie ver-
zweifelt, und Liszt nimmt den Ruf nur allzugern auf.
Ihm fehlt der Applaus gerade des Pariser Publikums,
das er ebenso braucht wie verachtet.
In der *Gazette Musicale* schreibt er darüber in einem
Aufsatz:

Wie selten wird ein wahrer Künstler verstanden. Viel häufi-
ger kommt es vor, daß er die tiefste Bewegung seines Innern
einem kalten, spöttelnden Publikum preisgeben muß, um bei
einer zerstreuten Menge einen blassen Widerschein zu ent-
zünden. Rauschender Beifall ist vielmehr dem Zufall Mode
unterworfen und entspringt oft der Scheu vor einem großen
Namen, nicht aber einem echten Gefühl dem Vorgetragenen
gegenüber.

Marie d'Agoult hingegen versteht den Künstler Franz
Liszt ganz auf ihre Weise, und das ist unvermindert die
Weise der Liebe:

Wenn er am Flügel sitzt und frei seinen Genius walten läßt,
gewinnt die Schönheit seines Gesichts den Grad von Hoheit.
Seine Blässe nimmt zu, seine Nasenflügel weiten sich, ein
nervöses Zittern bewegt seine Lippen, sein stolzer, gebieten-
der Blick sucht nicht, fragt nicht, er herrscht und befiehlt!

Zurück in Paris findet Marie mit dem Kind und erneut
schwanger vorübergehend bei einer Freundin Unterkunft, während Liszt sich ins künstlerische Leben
stürzt. Vom Pariser Publikum indes enttäuscht, wie
sein Artikel zeigt, beginnt für das Paar, fast einer Flucht
gleich, ein hektisches Wanderleben durch Italien. In
Bellaggio am Comer See kommt ihre zweite Tochter,
Cosima, zur Welt. Um Marie nach der Geburt einige
Ruhe zu gönnen, zieht Liszt allein weiter.

Konzerte in Mailand und Venedig und dann wieder
Wien! Überall himmelstürmender Erfolg und den, wie
die ferne Marie sich denken kann, nicht nur bei Musik-
freunden, sondern auch bei den Damen. Doch Marie
ist nicht nur klug, sondern versteht aus wahrhaft lie-
bendem Herzen. Dennoch beginnt sie zu kränkeln,
seelischen oder physischen Ursprungs bleibt dahingestellt.
Als sie ihn zu sich ruft, kommt er nicht. Er glaubt nicht
an ihre Krankheit, fürchtet Auseinandersetzungen und
Mißstimmung, rettet sich nach Rom. Liszt hat sich im
Netz der eigenen Freiheit gefangen. Und jetzt ist er es,
der nach ihr ruft.

Liebste, gute Marie! Du sagst dir wahrscheinlich dasselbe,
was ich mir morgens und abends mit tiefer Bitterkeit sage:

*Eigennutz und Eitelkeit beherrschen in Wahrheit das ganze
Leben eines Mannes. Für die Liebe ist kein Raum darin ...
Und dennoch liebe ich dich, Marie, liebe dich mit aller Kraft.
Nur du allein hast ein Anrecht auf mein ganzes Sein, denn
du allein besitzt das Geheimnis meines Lebens, meines
Glücks, aber auch meines Unglücks ...*

Vielleicht war es der größte Irrtum in Marie d'Agoults
Leben, daß sie diesen Zeilen entnahm, Franz brauche
sie, und ihr Platz sei nach wie vor an seiner Seite. Sie
fuhr nach Rom. Franz empfängt sie begeistert.
»Meine Marie, meine einzige Marie!« ruft er und zieht
sie in seine Arme. Er sieht nicht, was die Krankheit ihr
angetan, er sieht nicht ihr Alter, ihre abgezehrten Züge.
Er liebt sie wahrhaftig.
Und doch war es ein Irrtum. Als Marie ihn klar erkennt, ist es schon zu spät. Sie vertraut sich ihrem
Tagebuch an:

*Ich habe zuviel geweint ... mein Herz ist wie verdorrt.
Einen Augenblick hat mich die Leidenschaft nochmals erhoben, aber jetzt habe ich kaum mehr einen Willen, zu leben.
Was Franz angeht, so fühle ich mich als Hindernis seiner
letzten Entfaltung. Ich bin nicht gut für ihn und werfe Traurigkeit und Mutlosigkeit über seine Tage.*

Daß die Geburt eines dritten Kindes, eines Sohnes, dem
sie den Namen Daniel geben, ihre Beziehung nicht
mehr retten kann, erkennt Marie ganz klar.
Leider ist Franz, schreibt sie an eine Freundin, *einmal
wieder zutiefst melancholisch. Der Gedanke, nun Vater
dreier kleiner Kinder zu sein, scheint ihn zu verstimmen.*

247

Es verstimmt ihn nicht nur, er fühlt sich geknebelt, gebunden an beiden Händen, die doch nichts anderes sollen, als frei über schwarz-weiße Tasten fliegen.

Lauter Jubel, fünfzehn und mehr Vorhänge nach jeder Vorstellung, und Geld, endlich selbstverdientes Geld, und zwar eine Menge davon! Das alles hat ihn verändert, hat den Rahmen seines bisherigen Seins gesprengt.

Es bleibt Marie d'Agoult nur noch eins, um Franz Liszt ihre große Liebe zu beweisen: Sie gibt ihn frei.

Du und ich, mein Franz, das dauert nun schon fünf Jahre, und vielleicht ist das genug. Laß mich meiner Wege gehen und gehe du die deinen. Ich meinerseits werde niemanden mehr lieben können, aber warum sollte ich dich einer Liebe berauben, die eine neue Lebensquelle für dich sein könnte ... man darf nichts aufhalten, was eine vollkommene Entwicklung unserer Fähigkeiten herbeiführt ... ich habe eine zu tiefe Achtung vor Deiner Freiheit, um sie dir nicht voll zu gewähren ...

Der Ausgang ist versöhnlich. Marie kehrte in die Arme der Familie d'Agoult zurück und betätigte sich später unter dem Pseudonym ›Daniel Stern‹ als Schriftstellerin.

Franz Liszt stieg endgültig auf zum strahlendsten Stern am Musikhimmel. Wenn ihre Wege sich kreuzten, war Freundschaft zwischen ihnen.

Romeo und Julia im zwanzigsten Jahrhundert

Viktoria Luise von Preußen
und Ernst August von Hannover – 1912

Der Friedensvertrag von Nikolsburg aus dem Jahre 1866 sieht in seinem Artikel V. die Anerkennung der *von Preußen in Norddeutschland herzustellenden neuen Einrichtungen, einschließlich der Territorialveränderungen* vor. Im Klartext hieß das unter anderem die Annexion des Königreichs Hannover, die Entthronung der Welfenfamilie und in der Folge eine für Land und Leute harte militärische Besatzungszeit.

Bismarck, dem Architekten des Vertrages von Nikolsburg, kann man nicht nachsagen, er habe sich nicht von den besten Absichten im Sinne Deutschlands leiten lassen. Seine eigenen Worte dazu:

Die Eroberung gründet sich auf das Recht der deutschen Nation, zu existieren, zu atmen und sich zu einigen, auf das Recht und die Pflicht Preußens, dieser deutschen Nation die für ihre Existenz nötige Basis zu liefern.

König Georg V. von Hannover zog ruhelos umher: von Wien nach Paris und Biarritz und wieder nach Paris, wo er krank und erblindet starb. Sein Sohn, Ernst August, wählte unter den ihm ohnehin zustehenden Titeln für sich und seine Nachfolger den des Herzogs von Cumberland und nahm Wohnung in einem Familienschloß in Gmunden am Traunsee.

Es läßt sich leicht denken, in welch gespanntem Verhältnis die hannoversche Königsfamilie zur Familie der Hohenzollern stand. Sie waren einander spinnefeind.

An einem herrlichen Tag im Mai des Jahres 1912 fuhr mit lautem Getöse ein Automobil, noch eines jener kastenförmigen, hochbeinigen Vehikel, die Landstraße von Friesack nach Wusterhausen, inmitten der Mark Brandenburg. Nahe dem Ort Nackel geriet das Auto ins Schleudern und kam von der Straße ab. Am Steuer saß Prinz Georg Wilhelm, der älteste Sohn des derzeitigen Herzogs von Cumberland, auf dem Weg nach Kopenhagen zum Begräbnis seines Onkels, König Friedrich VIII. von Dänemark. Als der Wagen sich auf dem der Straße benachbarten Acker überschlug, war der Prinz sofort tot.

Der Vorfall wurde telegrafisch nach Bad Homburg in Hessen durchgegeben, wo Kaiser Wilhelm II. mit seiner Familie ein paar Ferientage verbrachte.

»Ein Welfenprinz findet den Tod auf preußischem Boden!« rief der Kaiser erschüttert. Als Herrscher über das Zweite Deutsche Reich stand er politisch voll hinter den Vorgängen von 1866, als Mensch und enger Verwandter des englischen Königshauses bedauerte er die unüberbrückbare Kluft von Herzen. »Sofort Telegramme an Eitel Fritz und August Wilhelm«, befahl er, »haben sich als Ehrenwache zur Verfügung zu stellen!«

Mitsamt einer Abordnung Zieten-Husaren fanden sich auf schnellstem Wege die beiden Söhne des Kaisers, Prinz Eitel Fritz und Prinz August Wilhelm, bei Nackel in dem kleinen Gutshaus ein, in dem man den Prinzen provisorisch aufgebahrt hatte. Beim Schein von einem

Dutzend tropfender Stearinkerzen hielten die preußischen Prinzen die ganze Nacht hindurch Totenwache beim Prinzen von Hannover, dem Anwärter auf einen Thron, den sie, die Preußen, vor knapp fünfzig Jahren hinweggefegt hatten, eine Groteske der Historie, aber ebenso spontan bewiesene Achtung vor dem einstmals Unterlegenen.

Für die vom preußischen Herrscherhaus gezeigte Geste empfand der Herzog von Cumberland aufrichtige Dankbarkeit. Diesen Dank sichtbar abzustatten, gedachte er seinen jüngeren Sohn, Prinz Ernst August, zu einer kurzen Visite nach Potsdam zu entsenden. Dabei bediente er sich der Dienste seines Schwiegersohnes, Prinz Max von Baden, der, mit beiden verfeindeten Seiten befreundet, erst einmal das Terrain abtasten sollte, ob eine solche Visite vom Kaiser überhaupt richtig aufgenommen würde.

Sie wurde nicht nur richtig aufgenommen, sondern mit Freuden erwartet.

»Die Majestäten wünschen den Nachmittagstee im Garten einzunehmen!« gab der Majordomus die Anweisung der Kaiserin weiter an das ausführende Hauspersonal im neuen Palais zu Potsdam. Und sobald draußen, im sogenannten Teehäuschen, rustikal, aber dennoch mit Meissener Porzellan auf Damast, der Tisch gedeckt war, versammelte sich die kaiserliche Familie.

»Und hier so ganz nonchalant soll er also hereinspaziert kommen, der junge Cumberländer?« fragte Sissy und entfaltete ihre Serviette.

»Nicht so vorlaut, Kind«, verwies Kaiserin Auguste-

Viktoria ihre Tochter, »es ist Papas Wunsch, den ersten Kontakt so familiär wie möglich zu gestalten.« Und im Hinblick auf die entfaltete Serviette fügte sie hinzu: »Wir warten mit dem Tee, bis unsere Gäste eingetroffen sind, Sissy.«

Prinzessin Viktoria Luise war weder vorlaut noch ein Kind, sie war neunzehn Jahre alt, groß und schlank, von blendender Figur und sah ihrem Vater außerordentlich ähnlich. Auch sonst hatten sie viele gemeinsame Vorlieben, an deren erster Stelle bei beiden das Reiten stand. Wilhelm II. war trotz seines verkürzten linken Armes, einer Behinderung von Geburt an, ein vorzüglicher Reiter, und Viktoria Luise, in der Familie nur ›Sissy‹ genannt, ritt mit Begeisterung Jagden und war zur Revue des 2. Leibhusaren-Regiments, dessen Chef sie war, sieben Stunden im Sattel gesessen.

»Gäste im Plural, liebste Mama?« erkundigte sich Viktoria Luise und legte die Serviette wieder auf den Teller zurück. »Wer kommt denn noch außer dem abgesandten Welfensproß?«

»Max von Baden ist in seiner Begleitung«, informierte der Kaiser die Tochter, »und das ist mir sehr recht, muß ich sagen. Ein bißchen prekär ist das Ganze ja nun doch . . .«

»Der Max?« rief die Prinzessin aus, »wenn der dabei ist, geht alles glatt, Papa. Ich mag ihn sehr, den guten Onkel Max!«

Dem Vater ein Freund und doppelt so alt wie sie selbst, war Viktoria Luise gewöhnt, den Prinzen von Baden als Onkel zu bezeichnen, obwohl er durch seine Heirat eigentlich ihrer Generation angehörte.

Nicht lange mehr hatte die kaiserliche Familie zu warten, bis ihnen die Besucher gemeldet wurden. Nicht etwa, wie es offiziell geheißen hätte: Seine Hoheit, der Prinz von Baden, und Seine königliche Hoheit, der Herzog zu Braunschweig und Lüneburg, Prinz von Hannover, sondern, wie ausdrücklich angewiesen, nur ein kleiner Hinweis:

»Die Herren sind eingetroffen!«

Prinz Max kam mit großen Schritten über den Rasen auf das Teehäuschen zu. Sein monströser Schnauzbart sträubte sich unter fröhlichem Lachen. Laut und jovial begrüßte er jeden nach Gebühr mit Handschlag, Umarmung und herzhaftem Wangenkuß.

»Ich bringe euch meinen Schwager Ernst August!« rief er ohne Umstände und wies mit ausholender Armbewegung auf den zweiten Besucher, der langsam, als zähle er die Schritte, ebenfalls über den Rasen kam. Dieser trug die hellblaue Uniform des bayerischen 1. Schweren-Reiter Regiments und wirkte trotz des schmalen Oberlippenbarts so unglaublich jung, als spiele er den Soldaten nur. Diesen Eindruck unterstrich ein Paar großer brauner Augen, die voller Staunen und Verwunderung die Welt nur halb wahrzunehmen schienen. Ehe er den letzten Schritt auf die Wartenden zutat, verharrte der Welfen-Prinz einen Augenblick regungslos, als wolle er kehrtmachen und fliehen. Aber Max faßte ihn aufmunternd um die Schultern und schob ihn das letzte Stück vor sich her.

»Hier ist er in seiner vollen Lebensgröße, vierundzwanzig Jahre jung, und der beste Kerl, den man sich denken kann!«

Die übertrieben forsche Weise, die Prinz Max an den Tag legte, sollte der Situation das Beklemmende nehmen und überdies dem Schwager seinen Auftrag erleichtern.

Kaiser Wilhelm, der die Absicht durchschaute und billigte, nahm den Ton auf.

»Von Herzen willkommen, Oberleutnant!« Die Anrede per militärischem Rang war als Anerkennung gemeint. »Trinken wir erst einmal eine gute Tasse Tee zusammen, wie es die Engländer zu tun pflegen...« Die Engländer, ein Hinweis auf die starken verwandtschaftlichen Bande, sollte ebenfalls den Weg ebnen.

Die Kaiserin schloß sich dem frisch-fröhlichen Entrée nicht an. Mit ernstem Blick, aber warmer Stimme gedachte sie zuerst dem Anlaß der Begegnung.

»Mein Beileid, Prinz, zu dem so überaus traurigen Verlust. Ihr Bruder war noch so jung. Wenn ich mir vorstelle, mein Eitel-Fritz oder mein Adalbert...«

Ernst August hatte noch nichts gesagt. Jetzt aber die Gelegenheit wahrnehmend, beugte er sich tief über die Hand seiner Gastgeberin.

»Ich danke Euer Majestät«, sagte er mit unerwartet tiefer Stimme, »und möchte gleich den Dank meines Vaters anfügen, den er mir aufgetragen hat, dem Kaiser und der Kaiserin, mehr aber noch dem Hause Hohenzollern für seine Ehrungen anläßlich des Todes meines Bruders auszusprechen.«

Einen Augenblick herrschte genau das beklemmende Schweigen, das die Herren hatten vermeiden wollen.

»Ach, mein Junge...« begann Wilhelm II. mit plötzlich heiserer Stimme und brach wieder ab.

Dann war es wieder Max, der die Situation rettete.

»Du hast recht, Willy, eine Tasse Tee täte jetzt wirklich verdammt gut.«

Dem folgte allgemeines Stühlerücken und Platznehmen. Gräfin Bassewitz, die anwesende Ehrendame Ihrer Majestät, übernahm es, den Tee einzuschenken.

»Nehmen Sie Zucker, Prinz, Sahne oder Milch?«

»Danke, Gräfin, nichts von beidem.«

Viktoria Luise hatte bis jetzt schweigsam die Szene beobachtet. Zum zweiten Mal entfaltete sie ihre Serviette und ließ den Blick am Prinzen von Hannover vorbeigleiten. Wie hatte es nur geschehen können, überlegte sie, daß sie sich nie ein Bild gemacht hatte vom ›jungen Cumberländer‹, wie sie alle im Scherz ihn nannten. Seit Tagen wußte Sissy von dem großen Ereignis, daß nach fünfzigjähriger Feindschaft das erste Mal ein Welfen-Prinz zu Besuch käme. Sie kannte auch den Anlaß und alles, was damit zusammenhing, aber niemals hatte sie auch nur einen Gedanken daran verschwendet, ob er jung wäre, ob groß, schlank, blond und gutaussehend. Und nun war er das alles zusammen! War mit einem Mal eine konkrete Erscheinung aus Fleisch und Blut, und zwar eine, die ihr vom ersten Augenblick an ungekanntes Herzklopfen verursachte. Völlig versunken hatte sie, was sonst nicht ihre Art war, am Tischgespräch nicht teilgenommen.

»Nun, Sissy, was meinst du dazu?« hörte sie plötzlich ihren Vater fragen.

»Wozu, Papa?«

»Nun, unserem Gast die Ställe zu zeigen! Er ist genau so ein Pferdenarr wie du, will mir scheinen.«

»O ja, Papa, die Ställe . . . natürlich gern, Papa!«

So ganz war Viktoria Luise mit ihren Gedanken noch nicht wieder auf der Erde gelandet, aber beim Thema Pferde erwachte schlagartig ihr Interesse. Sie liebte diese edlen Tiere von ganzem Herzen und hätte sich am liebsten von morgens bis abends nur mit ihnen beschäftigt. Pferde! Ihre Schönheit, ihre Eleganz und Sensibilität!

»Kommen Sie, Ernst August, ich zeige Ihnen meine Vollblüter.«

Der Hannoversche Prinz, der bisher noch kaum gesprochen hatte, erhob sich sofort und gab damit wortlos seine Zustimmung zur Stallbesichtigung.

Nebeneinander überquerten sie ein Stück des weiten Schloßplatzes. Der Prinz paßte seinen Schritt dem der Prinzessin an, deren knöchellanges, enges Kleid nicht viel Fußfreiheit erlaubte. Die Unterhaltung ging schleppend.

»Welch schönes Wetter wir dies Jahr schon haben!«

»Ja, im vorigen Jahr kam der Sommer viel später.«

Das war nicht gerade sehr ertragreich. Verflixt, wie kriege ich ihn nur zum Sprechen, dachte Viktoria bei sich, da der Prinz nach der Erörterung des Wetters ganz in Schweigen verfiel. Kaum aber betraten sie das dämmrige Halbdunkel der vorbildlichen Ställe, die breite gepflasterte Gasse zwischen Ständern und Boxen, wurde Ernst August gesprächig.

»Donnerwetter«, murmelte er und trat an einen großäugigen Apfelschimmel heran, »das könnte ein Chamisso-Sohn sein!«

»Getroffen!« lachte Viktoria Luise. Sie war beeindruckt von seiner Kenntnis.

Und wieder blieb der Prinz bei einem eleganten Braunen stehen, hinten weiß hochgestiefelt, die schmale Blesse lang heruntergezogen.

»Und der hat sicher unseren Adeptus im Blut!«

Wieder mußte Viktoria zustimmen. Daß der Prinz allerdings ›unser‹ gesagt hatte, war um fünfzehn Jahre verfehlter Lokalpatriotismus. Als dieser Hengst die Hannoveraner Rasse mitbestimmte, war das Gestüt schon preußisch. Aber ja nicht, so dachte sich Viktoria, an dieses Thema rühren.

»Und sehen Sie, das sind meine beiden Lieblinge!« stellte sie voller Stolz zwei Vollblüter vor, die vertraut prustend ihre Herrin begrüßten. »Das da ist ›Rosi‹ und das dort ist ›Portus‹. Ich reite sie täglich.«

»Herrliche Tiere!« kam die volle Anerkennung von seiten Ernst Augusts, und beide wußten, sie hatten nicht nur ein Thema gefunden, das von nun an für nicht endenden Gesprächsstoff sorgen sollte, sondern auch im anderen die verwandte Saite angeschlagen, die, zuerst zart klingend, bald zum tönenden Duett anschwellen sollte.

Auf dem Weg zurück zum Teehaus war zwischen beiden die lebhafteste Unterhaltung im Gang, und Kaiser und Kaiserin fanden den jungen Gast vollkommen verändert, als er sich erneut an der Tischrunde niederließ.

»Majestät haben ausgezeichnete Bestände in den Ställen. Ich habe in München einen Rappen zu stehen, den sollten Majestät einmal sehen! Leider nur mein Dienstpferd, aber ich hab' ihn täglich unterm Sattel, kaum Wurf, aber Gänge wie... wie...«

»Wie Pegasus, das Musenroß«, half Kaiser Wilhelm lachend.

»Jawohl, wie Pegasus, der geflügelte«, nahm Ernst August den Vergleich dankbar auf und fiel in das Lachen fröhlich und jungenhaft mit ein.

Viktorias Blicke glitten nicht mehr am Prinzen vorbei, ganz offen betrachtete sie seine nun entspannten Gesichtszüge. Trotz ihrer Unerfahrenheit mußte sie sich eingestehen, daß sie von ihnen fasziniert war. Hin und wieder hoben sich die braunen Augen des Prinzen, begegneten den ihren kaum länger als einen Wimpernschlag, aber ohne Zweifel beurteilten sie das Gesehene gleichermaßen entzückt.

Und ein drittes Augenpaar fing das Hin und Her der Blicke auf.

»Sollte meine kleine Sissy Feuer fangen?« fragte sich Kaiserin Auguste besorgt, aber keineswegs ablehnend, dann aber mit tiefem unhörbarem Seufzer: »Das arme Kind! Es gäbe einen harten Kampf zwischen *Montague* und *Capulet*!«

Zwar hatte die Dankesvisite des Prinzen Ernst August im Potsdamer Neuen Palais stattgefunden, versöhnt waren die Familien noch nicht. Das bekam Viktoria Luise sehr bald zu spüren.

»Ach, Ina, hat er dir denn nicht gefallen?« schwärmte Sissy, sobald sie mit ihrer Freundin, der jungen Komteß Bassewitz, allein auf ihrem Zimmer war, »er sieht so gut aus und hat Humor und, Ina, er ist ein Pferdenarr!«

»Zieh die Zügel an, liebste Sissy«, warnte Ina Marie Bassewitz, »laß deine Gefühle ja nicht mit dir durchgehen! Du weißt, ich kenne die Cumberlands gut, und einen größeren Dickkopf als den Vater Cumberland kann ich mir nicht vorstellen!«

»Du meinst, wenn Ernst August und ich...?«

»Ja, das meine ich. Jeder, der eine Heirat dieser Art auch

nur in Vorschlag bringen wollte, würde tauben Ohren predigen.«

»Soweit will ich noch nicht denken, Ina, obwohl... warum eigentlich nicht? Wir würden doch in jeder Hinsicht zueinander passen, und ich glaube, ich habe ihm auch ein wenig gefallen...«

»Das mag alles so sein, Sissy, aber mach dich nicht unglücklich durch irgendwelche Hoffnungen.«

»Man sagt, sie haben viel Familiensinn, diese Cumberlands!«

»Das haben sie«, gab die Bassewitz Auskunft, »einen geradezu vorbildlichen, ja liebevollen Zusammenhalt innerhalb der Familie, aber nach wie vor Haß gegen alles, was preußischen Ursprungs ist.«

»Aber Ernst August, Ina, er gehört einer neuen Generation an so wie ich, wir denken moderner, freier...«

»Und doch wärt ihr, wenn es denn jemals dazu käme, vom Segen des Herzogs abhängig.«

»Ach, Ina...«

Sissy kannte sich selbst nicht mehr. Was war das nur, das ihr die Kehle zuschnürte beim Gedanken, diesen hübschen jungen Prinzen vielleicht nie mehr wiederzusehen? War es das, wovon man tuschelte und träumte, war es wirklich und wahrhaftig Liebe? Mutig bekannte Viktoria sich zu dieser neuen Entdeckung:

»Ich glaube, ich liebe den Prinzen Ernst August von Hannover ... ausgerechnet ihn. Was soll ich nur tun, Ina?«

Dann folgte ein Gespräch zwischen Mutter und Tochter.

»Ich fürchte, Mama, ich hab' mir ihn in den Kopf gesetzt, diesen oder keinen!«

»Ich kann dich schon verstehen, Sissy, mir hat er auch sehr gut gefallen, weiß Gott, eine ausgezeichnete Erscheinung! Und er trägt das stolze Hellblau der bayerischen Reiter, das auch mein Vater trug, als er in den Siebziger Krieg zog!«

Und ein weiteres zwischen Vater und Tochter:

»So, so, na ja, ich will mal sehen . . .«

Mehr kam da nicht vom Kaiser. Der Herzenswunsch seiner Tochter ging ihm schon nahe, aber um Gottes willen wollte er sich keinen Korb holen, schon gar nicht aus Schloß Gmunden. Wieder einmal mußte Max von Baden hilfreich einspringen.

»Max, du könntest doch einmal mit aller Vorsicht horchen, ich meine diskret sondieren, was der Cumberländer wohl dazu sagen würde . . . du weißt schon . . . mein Gott, Max, Sissy hat ihr Herz verschenkt, verstehst du?«

»Ich verstehe«, lachte Max von Baden wie immer fröhlich gestimmt, »und ehe dieses Herz bricht, soll ich mal den Herrn Schwiegervater beiseite nehmen . . . ?« Und dann schlug er in die ihm dargebotene Hand ein. »Mach' ich, Willy, mach' ich! Du hörst von mir.«

Lange ließ Prinz Max nichts von sich hören. Der Sommer verging – für die kaiserliche Familie zumeist auf Schloß Wilhelmshöhe bei Kassel. Im Herbst fanden die traditionellen Kaisermanöver statt, die übers Reich verteilt abgehalten wurden, und bei denen in diesem Jahr ausgerechnet ein Oberleutnant des bayerischen Schwere-Reiter Regiments durch eine geschickt gerittene Patrouille auffiel.

»Großartig gemacht!« lobte der Kaiser höchstpersönlich den Oberleutnant, der kein anderer war als Prinz Ernst

August von Hannover. Fiel ein persönliches Wort zwischen den beiden oder ließ ein verstohlenes Augenzwinkern familiäres Interesse irgendwelcher Art vermuten? Nichts dergleichen.

Bis Jahresende ließ nichts darauf schließen, wie Max von Baden in dieser Angelegenheit hatte agieren und was er hatte erreichen können. Viktorias Nerven waren bis zum Zerreißen gespannt. Die Ungewißheit schien ihr unerträglich. Konnte man denn gar nichts tun?

Im Januar 1913 endlich kam Max nach Potsdam, um zu berichten.

»Es sieht nicht gut aus, Willy! Dar alte Herr will nichts, aber auch partout nichts davon wissen, seinen Sohn deiner Tochter zu versprechen, zumal, wie er richtig vermutet, das ja wohl mit einem Verzicht auf sein Hannoversches Thronrecht verbunden sein müßte.«

»Ein solcher Verzicht wäre selbstverständliche Voraussetzung«, forderte nun auch Wilhelm II., ohne zu bedenken, daß er damit das Glück seiner Sissy zerbrach.

Kein Verzicht auf den Thron von Hannover, keine Heirat mit einer preußischen Prinzessin! Punktum.

Und dabei war der ins Auge gefaßte Bräutigam noch nicht einmal gefragt worden, ob auch er sich nach der Prinzessin verzehre. Um das herauszubekommen, weihte Sissy eine weitere Vertraute, Kronprinzessin Cecilie, in ihre Gefühle ein.

»Du könntest doch ganz unauffällig ein Gespräch mit Ernst August führen . . .«

»Ja, das ginge wohl«, überlegte Cecilie hilfsbereit, »ich bin ja oft zur Erholung in Partenkirchen, da könnte er von München leicht einmal herüberkommen.«

So wurde es vereinbart, und um das Treffen noch un-
verfänglicher zu machen, gesellte sich Sissys Bruder
Adalbert mit dazu.
Das Resultat war ein Telegramm von Partenkirchen
nach Potsdam. Der Inhalt war absichtlich für Dritte
unklar gehalten, der Empfängerin aber brachte es ju-
belnde Gewißheit.

*Partenkirchen, 9. 1. 1913 um 8 Uhr 30 nachm. Prinzeß
Victoria Louise, Neues Palais Potsdam. Hatte soeben Tee
und langes Gespräch mit jemandem, der eigentlich allein mit
Adalbert zu Abend aß. Wir drei redeten andauernd nur über
dich, Liebling. Herzliche Grüße. Cilly.*

Das konnte nur eins heißen: Ernst August empfand für
sie genauso wie sie zu ihm. Welch beglückendes Gefühl! Konnte denn wirklich etwas wie Politik, Historie
oder Tradition zwischen ihnen stehen? Waren derlei
Hindernisse nicht wegzufegen durch den Sturm, der
sich in ihren jungen Herzen erhob? So dachte Viktoria
Luise mit ihren neunzehn Jahren.
Ernst August hingegen, wenn auch nur um fünf Jahre
reifer, urteilte vorsichtiger.
»Es muß alles wohl durchdacht werden«, war seine
Meinung, »der Gedanke an eine derartige Verbindung
braucht bei meinen Eltern Zeit, Einlaß zu finden.«
Männer sind immer so vernünftig, dachte Sissy bei
sich, die selbst ungeduldig den Fortgang ihrer Herzensangelegenheit herbeisehnte. Daß diese eben keineswegs
nur *ihre* Herzensangelegenheit, sondern ein höchst bri-
santer Fall innenpolitischer – man bedenke Hannover
befand sich theoretisch immer noch mit Preußen im

Kriegszustand –, ja der Beziehung zum englischen Thron wegen auch außenpolitischer Überlegungen war, das wollte Viktoria Luise nur ungern wahrhaben. Zwei Menschen hatten ihre Liebe zueinander entdeckt, war das nicht genug? War das nicht Sache einzig dieser beiden Menschen?

O Romeo! Warum denn Romeo?
Verleugne deinen Vater, deinen Namen!
Willst du das nicht, schwör dich zu meinem Liebsten,
Und ich bin länger keine Capulet!

Ganz so einfach erging es selbst Romeo und Julia nicht, Streit und Hader, Flüstern und sanfter Druck, und wo wohlmeinende Zungen die Geister eingestimmt haben, tritt endlich der Sohn zu offenem Wort vor den Vater hin.

»Ich möchte Euer Hoheit gehorsamst bitten ... nein, nicht so, Vater, mir ist Viktoria ans Herz gewachsen! Ich bitte um deine Erlaubnis zur Heirat!«

»Hm! Der Max liegt mir schon dauernd in den Ohren wegen deiner Preußen-Prinzessin und gibt mir zu verstehen, welch eigensinniger alter Esel ich sei!«

»Aber, Vater, das würde der Max doch nie ...«

»Doch, doch, ich hab' ihn schon verstanden, mein Junge, und ich hab auch verstanden, welch ausgezeichneten Vorschlag er für die Formulierung zum Heiratskontrakt macht.«

Der Herzog nestelt seine Brille hervor, und liest von einem Notizzettel ab:

Der Herzog von Cumberland verzichtet zugunsten seines einzigen Sohnes auf den Thron des Herzogtums Braun-

schweig – Ernst August tritt in die preußische Armee ein,
leistet den Fahneneid auf den König von Preußen und ver-
pflichtet sich, jegliche Aktion den hannoverschen Thron
betreffend zu unterlassen.

Zufrieden setzt der Cumberländer die Brille ab.
»Kein Wort von einem hannoverschen Thronverzicht
meinerseits. Na, nun werden wir ja sehen, ob Wilhelm
diese Kröte schluckt. Wenn ja, bist du verlobt, mein
Sohn, und das mit deines Vaters Segen.«

Der Kaiser schluckte die Kröte mit Freuden. Eine ent-
sprechende Note ging an die Regierung unter Leitung
des Ministerpräsidenten Bethmann-Hollweg, die zumindest formell zuzustimmen hatte.
Soweit waren die Dinge gediehen, ohne daß die Brautleute, wie man sie jetzt wohl schon nennen konnte, sich
ein zweites Mal zu Gesicht bekommen hatten. Der
einzige Kontakt war ein Telefongespräch gewesen , das
offiziell Prinz Adalbert an die Schwester angemeldet
hatte. Als die Verbindung durchkam, sprach er selbst
nur einige wenige Worte und reichte dann den Hörer
weiter.
»Wie geht es Ihnen, Viktoria?« fragte eine weiche,
dunkle Stimme, die Sissy seit dem Besuch damals nicht
mehr aus dem Ohr gegangen war, »Sie wissen, wer hier
spricht, nicht wahr?«
»Ja, ich weiß es . . .« konnte sie nur hauchen und flüch-
tete sich dann schleunigst in ein paar unbedeutende
Belanglosigkeiten. »Ist es bei Ihnen auch so kalt? Wir
haben hier dies Jahr viel Schnee.« Dann aber war da
wieder diese warme, einschmeichelnde Stimme.

»Sissy ... ich glaube, es wird bald alles in Ordnung kommen zwischen uns!«

Dann knackte es und pfiff, die Verbindung war unterbrochen.

Eine Heirat ohne Verlobung war in diesen Kreisen undenkbar. Kaiser Wilhelm bestimmte Karlsruhe zu den Festlichkeiten, denn dieses Haus war mit den Welfen ebenso wie mit den Hohenzollern verschwägert, und zudem verehrte der Kaiser seine Großtante, Herzogin-Witwe Luise, ganz besonders. Noch immer wurde aber auf Geheimhaltung vor der Öffentlichkeit geachtet, so daß Ernst August inkognito wie auch in Zivil nach Karlsruhe reiste. Kaum dort angekommen, wurde er, ohne die Damen begrüßen zu können, zu einem Gespräch mit dem Schwiegervater in spe befohlen. Eine gute Dreiviertelstunde verbrachten die beiden hinter verschlossener Tür, vor der Viktoria Luise in einem kirschroten Seidenkleid mit Spitzenbesatz wartete.

Viktoria Luise konnte kaum ihrer Erregung Herr werden.

»Mama, was reden sie noch alles dort drinnen ... Papa wird doch nicht am Ende ...?«

»Nichts, nichts, mein Kind, alles nur reine Formsache«, beruhigte die Kaiserin ihre Tochter, »Papa und ich, wir sind dem jungen Mann ebenso gut, wie du es bist!«

Und da öffnete sich die Tür. Strahlend, den berühmten Schnurrbart zwirbelnd, trat Kaiser Wilhelm aus der Tür.

»Alles in Ordnung!« rief er laut mit seiner schnarrenden Stimme, »nun darfst du ihn umarmen, deinen Ernst

August! Aber ich glaube, dazu werden wir die beiden allein lassen, was meinst du, Auguste?«

Ernst August war auf der Schwelle vom Nebenzimmer her stehen geblieben. Die weit offenen Türflügel schienen ihn zu umrahmen wie ein kostbares Gemälde. Seine braunen Augen blickten Viktoria entgegen, umfingen sie in aller Liebe, noch ehe er einen Schritt auf sie zugetan hatte.

»Viktoria«, sagte er leise, »wir haben es geschafft...« Nun tat er einen Schritt auf sie zu. »Geschafft haben wir es, alle Hindernisse aus dem Weg zu räumen, aber da bleibt noch eines, Viktoria!«

»Noch eines? Was meinen Sie... was meinst du...?

Ein zweiter, dritter Schritt, und der Prinz von Hannover stand ganz dicht vor der Preußenprinzessin.

»Viktoria Luise«, begann er leise, aber sehr deutlich, »willst du meine Frau werden?«

Fast hätte Viktoria laut aufgelacht. Er hatte ja recht, diese Frage war die einzige, die bei all dem Hin und Her, den Kämpfen der letzten Wochen niemals erörtert worden war, bei ihr aber auch niemals in Zweifel gestanden hatte. Und jetzt, da er sie stellte, kam ihr die Antwort wie eine Erlösung von den Lippen.

»Ja, Ernst August, das will ich! Das will ich ganz gewiß!«

Plötzlich lagen ihre Arme um seinen Hals, fühlte sie die seinen um ihre Schultern und tauchte ein in das so sehnlich herbeigewünschte Glück. Sie hatte sich einen Stern vom Himmel geholt, einen von ganz ganz oben, dessen Glanz ihr hell geleuchtet hatte, aber jetzt, ihr so nahe, heller strahlte, als sie je zu hoffen gewagt hatte.

Die Öffentlichkeit wurde informiert, es regnete Glück und Segenswünsche. Durch die Presse lief ein ›Ah‹ und ›Oh‹, der Simplizissimus brachte eine Karikatur von Gulbransson: das Brautpaar lebensnah gezeichnet, darunter der Text:

Kinder, habt euch lieb! Und das Jahr 66 wollen wir jetzt auslöschen!

Das traf die Wahrheit weitgehendst, wie sich vor allem bei der Präsentation der Braut in Gmunden zeigte, Sie wurde dort im etwas überladen, mit Türmchen versehenen Schloß von den Schwiegereltern mit aller nur denkbaren Herzlichkeit empfangen. Herzogin Thyra, eine dänische Prinzessin, Schwester der englischen Königin, der russischen Zarin und des Königs von Griechenland, umarmte ihre Schwiegertochter mit den Worten:

»Sei von Herzen willkommen in unserem Hause, mein Kind.«

Dem Herzog, einem Mann von hoher, schlanker Gestalt, war nichts anzusehen vom politischen Dickkopf, den man ihm nachsagte, ganz im Gegenteil, sein Gesicht war von Güte und Freundlichkeit geprägt.

Die mehr oder weniger starre Haltung in der hannoverschen Frage zeigte sich einzig in ein paar niederen Chargen der herzoglichen Hofhaltung.

Da war zum Beispiel der Kammerdiener des Prinzen, ein alter Mann namens Freise, der welfischer dachte als die Welfen selbst.

»Na, Freise, jetzt bin ich also verlobt«, teilte Ernst August dem Kammerdiener mit, dessen Glückwunsch aber noch auf sich warten ließ.

»Haben Sie auf den Thron verzichtet?« fragte er stattdessen kurz angebunden.

»Nein, Freise, das habe ich nicht«, gab der Prinz Antwort. »Na, denn gratuliere ich!«

Ein paar unbeschwerte Tage im Österreicherland folgten. Dann fiel der Abschied schwer, denn die Brautleute hatten sich noch einmal zu trennen.

»Ich komme in wenigen Tagen nach«, versprach Ernst
August und drückte damit nichts anderes aus als den
eigenen dringenden Wunsch.

Doch dazu kam es nicht. Im griechischen Saloniki hatte
ein Anarchist namens Alexander Schinas einen Revol-
ver gezogen und König Georg I., Bruder der Herzogin, in die Brust geschossen. Prinz Ernst August hatte
als Abgesandter der Welfenfamilie an den Beisetzungs-
feierlichkeiten in Athen teilzunehmen.

Erst im April fand ein erneutes Zusammentreffen des
Brautpaares und damit beider Familien im Schloß Bad
Homburg statt. Das war das erste Händeschütteln zwi-
schen dem Kaiser von Deutschland und immer noch
König von Preußen und dem eigentlichen – hätte es das
Jahr 1866 nicht gegeben – König von Hannover. Und
dieses Händeschütteln fiel in aller Herzlichkeit aus
ebenso wie der weitere Aufenthalt, der vor allem der
Vorbereitung der Hochzeit dienen sollte.

Ums Haar wäre diese dennoch gescheitert. Kaiser wie
Herzöge reisen ja nicht allein, sondern in Begleitung
etlicher Hofchargen, Herren ihrer Verwaltung und auf
Seiten des deutschen Kaisers natürlich Herren der
Regierung. So waren in Homburg der Reichskanzler
Bethmann-Hollweg und Graf Eulenburg anwesend,

wie Geheimrat von der Wense, der aus Gmunden mitgekommen war. Die Herren hielten hinter den Kulissen heftige Diskussionen ab darüber, ob nicht doch die wörtliche Verzichtserklärung auf den Thron von Hannover Vorbedingung zur Eheschließung sein müßte.

»Die verflixte Politik«, seufzte Ernst August und hielt die Hand seiner Braut, »sie ist es, die über unser Schicksal entscheidet!«

»Du meinst auch jetzt, da unsere Eltern sich ausgesöhnt haben?« Viktoria Luise mochte es kaum glauben.

»Ich fürchte ja, Liebes! Hannover und Preußen sind zum Deutschen Reich zusammengewachsen, und das wird vielleicht einmal zu einem Teil Europas werden, aber immer noch gibt es Menschen, die nach rückwärts sehen.«

Zum Glück wurde dann auch hinter den Kulissen ein Kompromiß gefunden, das Treffen in Bad Homburg hatte den Weg für die Hochzeit endgültig frei gemacht.

Doch noch mußte diese mit all dem üblichen Brimborium hinter sich gebracht werden und geriet weit mehr zur Strapaze denn zum Vergnügen, vor allem für die Braut.

»Wenn wir nur erst in Frieden für uns allein sein könnten!«, seufzte sie, und Ernst August stimmte ihr zu.

Der eigentliche Akt war für den 24. Mai 1913 festgesetzt, aber die Hochzeitsgäste, unter ihnen das englische Königspaar und Zar Nikolaus II., trafen bereits drei Tage vorher ein. Über ihre Ankunft schrieb die ›Berliner Illustrierte Zeitung‹:

Ein ununterbrochener Korso von Kaisern, Königen, Herzö-
gen, Prinzen unterhielt die Zuschauer dieser hochzeitlichen
Fürstenparade, und im ›Berliner Lokal-Anzeiger‹ las
man:
Die Schutzleute hatten alle Hände voll zu tun, um die
gewaltige Menge der Passanten vor Lebensgefahr zu schüt-
zen. Die unübersehbare Menschenmenge, von heller Begei-
sterung erfüllt, wich und wankte nicht...

Drei Tage Oper, Bälle, Paraden, Festessen, darunter die
eigentliche Trauungszeremonie in der Schloßkapelle
des Berliner Schlosses. Beim anschließenden Essen
saßen 1100 Gäste zu Tisch. Erhobenen Glases hielt der
Kaiser seiner Tochter den Trinkspruch.
»...ich danke dir für die lange Zeit strahlenden Son-
nenlichts, das du meinem Herzen gewesen bist! Du
reichst deine Hand einem Mann aus edlem Fürsten-
hause, dem Hause der Welfen, die mit den Hohenzollern eine so markante Rolle in der geschichtlichen Entwicklung des Deutschen Reiches gespielt haben...«
Es war das letzte riskante Anklingen der Ereignisse von
1866, aber danach war sich jedermann mit dem Simplizissimus einig, sie endlich ruhen zu lassen.

Dann kam der Abschied von Berlin, um nach kurzer
Hochzeitsreise eine Villa in Rathenow, der künftigen
Garnisonsstadt des Prinzen, zu beziehen. Wieder soll
hier die Presse zu Wort kommen:

*Als nach Sonnenuntergang vor dem Stettiner Bahnhof die
Lichtreklamen aufblitzten, die Bogenlampen sich entzünde-
ten, beleuchteten sie ein höchst seltenes Bild. Eine Menschenmenge von vielen tausend Köpfen wogte auf dem Platz,
dahinter weitere dunkle Menschenmauern, blinkende
Schutzmannhelme unter ihnen. Die Berliner waren gekommen, dem hohen Brautpaar Lebewohl zu sagen. Wehmut lag
über der Menge, wie sie eben bei einer Trennung von liebge-
wordenen Menschen mitschwingt. Dann plötzlich Hochrufe
und lautes Jubeln in die Frühlingsnacht hinein, eine spontane
Kundgebung von ungeheurem Ausmaß! Nur wenige Sekunden sind die Brautleute zu sehen, aber in diesen Sekunden
wollen die Berliner ihnen alles an Herzlichkeit mitgeben,
was sie nur zu vergeben haben ...*

Gegen Neun Uhr dreißig fährt der Zug ab, ruckelnd
und schnaufend setzt er sich in Bewegung, im rotsam-
tenen Sonderabteil Viktoria Luise von Preußen und
Ernst August von Hannover auf der Fahrt in die Flitter-
wochen, aber auch auf der Fahrt in ein eigenes Leben.

Da nicht, wie im Drama um Romeo und Julia, Tod,
sondern ein tätiges Dasein sie erwartet, möchte man
aber auch hier wieder mit Shakespeare sagen:

Sieh, wie die Macht der Lieb' und Wonne siegt!

271

Inhalt